新课标课外阅读能力提升丛书

NEW CLASS SIGN

荒诞与喧嚣

HUANG DAN YU XUAN XIAO

青铜 著

北京时代华文书局

图书在版编目（CIP）数据

荒诞与喧嚣 / 青铜著. -- 北京 : 北京时代华文书局, 2018.2 (2019.4重印)
ISBN 978-7-5699-2225-7

Ⅰ. ①荒… Ⅱ. ①青… Ⅲ. ①小小说－小说集－中国－当代 Ⅳ. ① I247.82

中国版本图书馆 CIP 数据核字（2018）第 001892 号

荒 诞 与 喧 嚣

HUANGDAN YU XUANXIAO

著　　者 | 青　铜

出 版 人 | 王训海
选题策划 | 梁明德　吴　霜
责任编辑 | 周连杰
装帧设计 | 格林文化
责任印制 | 刘　银　訾　敬

出版发行 | 北京时代华文书局　http://www.bjsdsj.com.cn
北京市东城区安定门外大街 136 号皇城国际大厦 A 座 8 楼
邮编：100011　电话：010－64267955　64267677
印　　刷 | 三河市三佳印刷装订有限公司　0316-3650105
（如发现印装质量问题，请与印刷厂联系调换）
开　　本 | 155mm×220mm　1/16　印　　张 | 17.75　字　　数 | 230 千字
版　　次 | 2018 年 3 月第 1 版　印　　次 | 2019 年 4 月第 2 次印刷
书　　号 | ISBN 978-7-5699-2225-7
定　　价 | 40.00 元

目录 Contents

荒诞与喧嚣

荒诞与喧嚣

第二辑　浮世新语

荒诞与喧嚣

荒诞与喧嚣

第一辑　光州人物

李西凉

桥镇北依淮水，东有沙河。沿青石小街北行，穿过犬牙差互的滴水屋檐，翻过一道高出地表的水渠，走过那座年久失修的石拱桥，石路的尽头，就是李西凉家的小院。朝南两间青砖瓦房，门前一座孤坟，长年培着新土。

常常是在夕阳斜照的黄昏，李西凉就掇一只木杌子，坐在门前的槐树下，对着那座坟，拉京胡。他咿咿呀呀地唱，有时旦角，有时小生，唱腔多变，时而清丽婉转，时而高亢苍凉。一本《西厢记》，从张生、崔莺莺到红娘，他一人全唱，仿佛一台大戏，戏里的各色人物，就藏在他的喉咙里。

李西凉自拉自唱。常常是拉着唱着，那声调就呜咽了，两行清泪蚯蚓般爬在脸上。李西凉守着那座孤坟，一直坐到满天星。没有人知道，那坟里埋着什么人。

每逢阴历单日，是桥镇集市。卖瓜果菜蔬、鸡鸭鱼兔、竹木家具、镐头镰刀的，耍小把戏、说相声、卖狗皮膏药、相面算命的，都齐聚到镇街上来。这时，李西凉就掮着个担子，一头是半扇猪肉，一头是个油腻腻的柳条篮子，里面盛着明晃晃的钩子、刀具，踩着湿滑的青石路，去十字街口做营生。

李西凉是个屠夫。

李西凉宰的猪膘肥、肉嫩，血出得干净，常常是不到罢集，肉就卖完了。李西凉就掮起担子，沿青石路走回去，泡一壶酽茶，坐到大槐树底下，拉他的京胡。

他微眯着细长的眼睛，身子像风中蒿草，有节奏地摆动着。弓子像一条蛇，舞动着，就有奇怪而好听的声音从蟒皮蒙着的琴筒里跳出来。他按弦的手指翻飞，如蝶扑花丛，在夕阳的光里，晃人眼睛。

直到夜幕四合，李西凉才收了京胡，把弓子往紫檀木的琴轴上一摽，望一眼那坟，转身回屋。

李西凉的那最后一眼，像一出压轴戏，每一晚都要上演。

桥镇的时光，仿佛那沿街的滴水屋檐，长长短短，一晃十年。李西凉五十不到，已是鬓发染霜，仿佛被弓子抽去了魂魄一样。

这日桥镇逢集，十字街口来了个戴礼帽的青袍客。李西凉正剔着一块大骨，见有客来，忙抬头招呼，上好的肥膘、精肉、小排、脆骨，来点啥？

李西凉抬起头来，立时就怔住了，手指一松，剔骨尖刀落下去，"铮"的一声插在砧板上。

青袍客狞笑道，老相好的，可还记得我铁某？

李西凉长叹一声，铁三爷，一别经年，您老可好？

好，好，我好得很呐！铁三爷仰天狂笑，直笑出满眼的泪花儿来。老天有眼呀，总算让我寻着了你们——

铁三爷唰地打衣襟里摸出一支短枪，戳上李西凉的脑门，说，想不到啊，昔年梨园名角李二先生，竟做起坊间操刀卖肉屠夫！真是世事变幻，转眼境迁啊！

十字街口，观者如堵。忽听铁三爷口中冒出个"李二先生"，顿时嘈嘈切切，如炸了窝的蜂子。

桥镇偏居一隅，却也有闻李二先生之名。他原是那光州城中最负盛名的大戏园子"庆和堂"里的头牌当红小生，又擅反串旦角。昔年名动光州，衣冠珠玉、眸若晨星，一出《人面桃花》，引动多少女子春心？那一年，去铁府唱堂会，与人家小妾秋波频传，情愫暗生，竟自私奔去了。铁府侦骑四处，围追堵截，却还是被他逃了。光州城大哗，一时传为佳话。

这满头白发、身腰佝偻的屠夫李西凉，真的就是李二先生？

李西凉面对黑森森的枪口，平静地问，如何找来的？

铁三爷笑道，夜泊沙河，风过入耳，《人面桃花》，一人同饰生旦二角。想这光州，有几个李二先生？

李西凉叹一声，幽幽地说，这债，是该了了。你动手吧。

铁三爷冷哼一声，带我去见那个贱人！

沿青石小街北行，穿过犬牙差互的滴水屋檐，翻过一道高出地表的水渠，走过那座年久失修的石拱桥，石路的尽头，铁三爷在门前止步，恶声道，贱人，给我滚出来！

李西凉指一指孤坟。

铁三爷怔住。

蒙你铁三爷所赐，狗吠马嘶，刀弓紧逼。那日离了光州，一路奔逃，翠儿她体弱，怎经得如此折腾？染了伤寒。到得桥镇，便自撇下我去了……

李西凉泪流满面。铁三爷呆了会儿，倏地抬起枪来，顶在李西凉脑门上，食指一紧，就要扣动扳机。

李西凉目视枪口，道，可否容我再唱一曲？

铁三爷不语。李西凉径自转身回屋，取出京胡，面对孤坟坐下，慢板一响，琴弓飞动。

今年不似去年春，眼前不见去年人，春风依旧去年景，去年今日慢思寻……她那里也必定将我盼望，彼此间诉不尽别后衷肠……

铁三爷老泪横流，仰起脸来，看秋日的天空，流云过处，高远、澄明。

铁三爷缓缓垂下举枪的手，袍袖一拂，径自沿青石路去了……这边厢，琴弓翻飞，李西凉仍自闭目吟唱。却换作一副水色的小嗓，全然花旦模样。

那高山插天外我能飞往，飞过了万重山去寻找情郎。那边厢大海水波涛万丈，见不着我那知心的人寸断肝肠……

是时，夕阳西下，听者无不唏嘘。想那么一个枯瘦的老头，如何能唱出那样柔媚、婉转、尖细、哀怨的腔调？像是有个桃花一样的女人，藏在他宽大的衣襟里。

白瞎子

白瞎子姓白，白净面皮，白衣如雪，连眼珠子也是灰白色的，翻起来，像死鱼。

这世上的瞎子，要活下去，无非有三条路：算命打卦、按摩捏脚、拉琴卖艺。白瞎子就是个算命先生。

白瞎子擅摸骨。

话说这天，白瞎子举着青布幌子，走在老关街头，被一个青年撞了个趔趄。白瞎子一把抓住青年的胳膊，站稳脚跟，瘦如鸡爪的手指就势顺着肩胛骨往上一摸，闪电似的抚过青年的头面，突然戟手一指，喝道，你爹都快死了，不去准备后事，还在街上瞎撞！

青年登时火冒三丈，一掌将白瞎子打倒在地，一口唾沫吐在白瞎子脸上，破口大骂。

白瞎子从灰窝里爬起来，不急不恼，拿袖子擦了擦脸，一步三叹地走了。

后晌午，罢了集，白瞎子正走到淮河渡头，远远听见有人呼喊。那人一溜小跑到了近前，口称“神仙救命”，纳头便拜。却正是方才街头打他的青年，其父刚刚被惊牛抵了胸口，已奄奄一息！

白瞎子俯身扶起那人，长叹一声道，死生由命，命数在天，恕老朽也无能为力啊！

自此，光州无人不知白瞎子。白瞎子便收了青布幌子，专一在家坐地开卦。他也从不计较卦资多少，但有个规矩，只测凶不卜吉。有那富商财主、达官贵人慕名而来，想问财帛利禄、功名前程，白瞎子一概不见。

白瞎子是没眼人，起居多有不便，便收了个十二三岁的孤儿，叫怜儿，在膝前侍候。那怜儿乖巧，把白瞎子侍候得周到，一身白衣不染半点泥尘。白瞎子无有家室，一生潦倒寂寞，便把怜儿视如己出。

这一年，光州城生出个事端。

城东有个王老虎，只因五个儿子皆在朝为官，便仗势欺人，鱼肉乡里，无所不为；又在家中私设刑堂、监狱，专门对付敢于不恭之人。光州人称其“夜朝廷”。

这日，适逢王老虎七十寿诞，儿子们都赶回祝寿，顶戴花翎，耀人眼目；十几个孙儿也衣罗戴锦，威风凛凛。王家庄上下张灯结彩、鼓乐喧天，那场面气派得紧。

王老虎虽有十六房姬妾，却不知餍足。几个儿子一合计，便要为老父献上一份特别的寿礼：着家丁抢来美貌女子七人。内中有个刚烈的，誓死不从，触柱而亡。王老虎一怒之下，把余下那六个女子尽皆棒杀了。

一时四乡大哗，却道路以目，无人敢言。王老虎的几个儿子清醒后也觉后怕，想要卜一卜前程，便派人去请白瞎子。

白瞎子乘竹丝凉轿而来，到得王家厅堂，一袭白衣如雪，一身傲气凛人。

一名家丁喝道，大胆的瞎子，见了老爷还不下跪！

白瞎子说，我是个瞎子，眼前没有老爷。

家丁大怒，正待用强，被王大喝住。那王大颇有几分儒雅，冲白瞎子一拱手，说，素闻先生之名，心下仰慕丰仪，早欲一晤。今日，还请先生为我王家卜一卜吉凶。

白瞎子说，我瞎子素来只测凶，不卜吉。

王大微微一笑，柔声说，还望先生破例成全，鄙人有卦资百两奉上。

白瞎子略一沉吟，说，也好。只有一事相请：那七名女子尸身，望府上能发还各家，料理后事。

王大当即答应。

白瞎子说，便请到贵府祖上宝穴一观。

到了王家祖坟，白瞎子细细踩踏一遍，测那地势，心下便知：王家祖坟是块风水宝地，唤作“莲花塘”，因之人丁兴旺、官运亨通，历久不衰。当下，白瞎子奉承几句吉言，离了王家庄，吩咐怜儿将百两卦金分送与那七名女子家中。

白瞎子返家，便闭门不出。不几日，正逢月圆之时，天将晚，白瞎子唤过怜儿，一番俯耳叮嘱。怜儿闻言，便取了镰刀出门，轻衣麻鞋，快步径往王家祖坟去了。

到得坟前，月已中天，月华如水。怜儿举目望去，眼前便浮现出一片水光盛大的莲花塘，莲叶密密匝匝，莲花开得正艳。那根根莲茎，竟似血脉纠结，内中有六株高大的，莲叶大似车轮；还有十几株，已有盆口大小；余者大似碗盘、小若杯盏，错落层叠，随风摇曳……

怜儿谨遵师嘱，甩开膀子，挥镰若转月，拂水生连珠，片刻间将高大莲叶尽数斩断，随即提刀回返。身后，皎洁的月华已被一片血色掩得晦暗不明。

次日，王老虎及五个儿子、十几个孙儿悉数毙命于榻上，而妇孺仆从却毫发无损。仵作验尸，既无外伤，又不似染疾，端的蹊跷无比。

一时，光州城人人拍手称快，家家燃鞭相庆。

不几日，白瞎子携了怜儿远游，一袭白衣，从此隐没于江湖烟雨之中。

丁小麻子

光州无人不识丁小麻子。

丁小麻子蜡黄面皮，三绺长须，只因娘胎里带了一脸坑洼，乡人便以麻子相称。唤来唤去，真名倒给唤丢了。

按说，丁小麻子的麻子也不比谁的麻子小，大的赛豌豆，小的也大过芝麻，为何字号里多出个“小”字来呢？原来他有个孪生哥哥，据说也是一脸麻子。

丁小麻子猴精。

有一回，丁小麻子跟着哥哥赶集。集东头有个张六，卖麻花。丁小麻子口馋，可兜里没钱，就拉了哥哥到一个茅厕里头，这般这般地说了，要赚那麻花吃。

交代完了，丁小麻子来到张六摊前，大咧咧地说，这麻花，个儿咋这么小啊？我不费劲就能吃你半筐。

张六不高兴了，说，癞蛤蟆打呵欠，你好大的口气！

丁小麻子撇撇嘴，说，不信？不信咱输个公道。

输公道，就是打赌。旁边赶集的人一听，嗨，这多有意思啊？就跟着瞎起哄。

张六见人围得多，心想，怎能输给一个小孩子？便说，你要是能吃完了，我分文不收！你要是吃不完咋弄？

见张六掉进网兜了，丁小麻子心里暗笑，嘴上却硬邦邦，说，吃不完我管你叫爹！

嗨，这儿子吃爹，天经地义啊，当然不能收钱了。怎么算，丁小麻子都稳赚不吃亏。张六也愣，哪能想到这一出？就一口应承下来。

丁小麻子二话不说，就摆开了阵势，吃。嘎嘎嘣嘣地嚼了半天，实在撑不下了，就说，我去尿一泡。张六见茅厕没几步远，心想，也不怕你尿遁，就放他去了。

丁小麻子进茅厕，换了丁大麻子来吃。兄弟俩是一个模子倒出来的，又都是一脸麻子，别说张六，亲戚邻居都分不清。就这样，张六白赔了半筐麻花。

俗话说，三岁看老。后来，丁小麻子就跑码头去了。没几年，骗术就学得全了，碰瓷、种金、相面、行巫，无一不精；但丁小麻子觉得这些太低级，只要大的。

丁小麻子行骗，从来不在家门口儿。

这日，淮南运河码头新开了家布庄。掌柜的姓王，打滁州来，听说运河码头兴旺，特地来赶这个生意场。这王掌柜是个面上人，初来乍到，便撒了帖子，大张旗鼓地宴请当地官绅、名流、各大商号掌柜。这叫“拜码头”。

这王掌柜生一张蜡黄面皮，三绺长须，透着十二分的精明。只是，一脸的大麻子不太给看。酒宴上，王掌柜跟各位都唱了喏、问了安，便安心扎铺子做起了生意。

王记布庄生意很火，三天两头进货出货。相比之下，码头上几家布庄却显得萧条了，便有心赶王掌柜走人，只是人家先拜了码头，撕不开面子。

如此过了俩月。

这一天，忽然来了位金爷，自称打商城来，急需两船杭绸。商城地处大别山腹地，水陆交通不畅，当地商号多在淮南走货。这位金爷打听到王记布庄的场面大，就直接去了。王掌柜二话不说，接下了这单生意，只说量大，得等两天。

金爷付了五百两订金，便在高升客栈住了下来。

消息很快传出。码头上几家布庄眼红，想把生意抢过来，便齐聚到何记布庄打商量。商量来商量去，只有一个法儿：翻脸，赶人。

一众人便齐到王记布庄来。进门，入座，看茶。何掌柜开门见山，说，靠山吃山，靠水吃水。您王大爷总得给我们留口吃的。

当面锣对面鼓，一番阵仗下来，强龙不压地头蛇啊。王掌柜颇无奈，便说，小号挡了各位爷的财路，也属无心之举。这样吧，我还回滁州去，不给各位爷添麻烦。只是，小号还有几千匹存货，也不好带回去，连铺子带货一总儿作价，烦劳几位爷给兑点盘缠就是了。

见王掌柜如此好说话，几家布庄的掌柜便应允了，当场盘清租金，清点布匹，按市价低一成付了银票。王掌柜也就灰溜溜地收拾行李，退还了金爷的五百两订金，当夜乘船走了。

几家掌柜便顶着星星去找那位金爷。金爷是买家，有的是银子，缺的是杭绸，买谁的不是买？当下就敲定了，照旧付了五百两订金，只是限定三天时间，立地坐等提货。

有了生意，几家布庄的掌柜又犯愁了：存货不够，几家的铺底子掀翻过来，拢共也就一船货。到哪儿弄两船杭绸去？便是去杭州进货，三天也不可能打个来回。正犯难呢，次日，码头上忽然来了一艘江船，清一色拉着杭绸，说是人家订的货，运往徽州去的。

几家布庄的掌柜瞌睡遇上个枕头，哪肯轻易错过？未及仔细查验，便要打要杀的，强买了那船杭绸，只是比市价多出了两成。江船卸了货，也就起锚返程去了。

当下，几家布庄的掌柜便齐奔高升客栈去寻金爷，却是人去房空！店小二说，那位金爷一早就退房走了。

几位当场就傻在那里。想到那船杭绸，赶忙回去查验，只有面上是好的，仓底一色是以次充好的假货。细一思量，方明白了，那“王掌柜”和“金爷”是一伙的！人家费时三月，设下了一个天大的“连环套”！。

几家布庄元气大伤，债台高筑，不久，便纷纷摘了幌子。

事过经年，有客从光州来。听了这段传奇，闻知那王记布庄的掌柜蜡黄面皮，三绺长须，一脸的大麻子，便笑了，说，栽在丁小麻子手上，不冤。

大老海

光州人海得彪，面白无须，又瘦又小，乍一看像个没长开的孩子，却得了个绰号“大老海”。光州方言里头，人名前加个“老”字是表示敬佩；“大”一般是指身材高大或势力强大。海得彪身高不过五尺，是个穷帮工的，两头一头都不占，这绰号就显得怪。

说怪也不怪。

海得彪力气惊人。十六岁那年，海得彪去赶集，遇到个老汉牵着头黑老犍去赶牛市。这黑老犍不知怎的就使起了性子，不走了。人说牛发脾气十人难抵，老汉又鞭又打，把黑老犍的鼻子都给拽岔了，它就是不挪步儿。海得彪打此路过，二话不说，往牛肚子底下一钻，双手“举火烧天”，双膀一较劲儿，“嘿”一声就把黑老犍给托起来了，一路大步流星，好似托着块大烧饼，一口气走到三里外的牛市上。众人远远望见一头牛在半空中飞着过来，都吃惊地张大了嘴；到近前，才看到牛肚子底下还有个小人儿。海得彪放下牛，转身就走，直到走得没影儿了，人和牛都还站在那儿发傻呢。

稍大点儿，海得彪在光州城里打零工，因为天生神力，常有惊人之举。

这一天，城北大池塘边上的“鸿源号”绸缎庄失火了，街坊四邻盆泼瓢浇，无奈这天刮西北风，风助火势，火借风威，越烧越猛，众人守着口池塘干瞪眼。突然，倾盆大雨从天而降，对着火头猛浇。说也奇怪，这雨一阵儿一阵儿的，就好似天上有人拿着水瓢在往下浇，且只落在火场上，火场外的人身上都是干的。

哪有这样的雨，莫非是龙王爷来了？

众人呆愣片刻，这才看到池塘边站着个人，双手擎着一条三尺宽、丈二长的小船，当成个大水瓢从池塘里舀水往火场上泼。那船少说也有个二三百斤，加上一舱水，怕不有个千把斤？也只有海得彪能想出这个主意来。

自此，光州人都管海得彪叫“大老海”，这名头越传越响，传遍了光州城。

大老海为人热心、仗义，从不仗着力大欺负人，但他爱捉弄人。谁要是头天得罪了他，次日一大早，家门口保准就多出一只大石狮子，屁股对着街，脑袋冲着门，推也推不开，挪也挪不走。没办法，只好赔着笑脸去请大老海。大老海也好说话，转眼就来了，一手掀狮头，一手抓狮腿，“嘿”一声就举起来，往边上一扔，地上砸个坑。这石狮子就得在那儿卧一阵子了，大老海转身就走，下次要用，再来取就成。

这石狮子原本在光州城西土地庙门口，太重，自打雕成后就蹲在那儿，几百年没挪窝儿。大老海一进光州城，这石狮子就活了，在城里乱转悠，今天在西大街，明天就可能在东门口。只要看到石狮子挪窝了，光州人就知道，一准又有人得罪大老海了。

这一天，石狮子又活了，跑到了白记饭庄的大门口。原来，头天晚上大老海在白记吃饭，菜有点咸，掌柜的白继尧礼数又没到，大老海就不高兴了。

石狮子堵着门，来的都是瞧热闹的人，还咋做生意？白掌柜没奈何，赔着笑脸来请大老海。大老海正在街上扛活呢，就说：“没空！等着吧。”

天傍黑，大老海来了。他估摸着搅了白掌柜一天的生意，也差不多够意思了。说话间，围观的人已挤了满街，人圈里，大老海照旧一手掀狮头，一手抓狮腿，“嘿”一声就举在了头顶上。众人都远远闪开，等大老海的那一扔，地上砸个坑。说也怪，大老海这回竟然不扔了，只见他脸上表情变了变，扫了白掌柜一眼，突然就笑了，说：“狮子啊狮子，你玩累了，也该回去睡觉了。”

话说完，大老海抬脚就走。白掌柜笑着拱拱手：“您走好，可别砸着脚。”众人觉得奇怪，想跟着瞧热闹，大老海眼一瞪，说：“谁跟着我就扔谁脑袋上。”谁也没长个铁脑袋，就都站下不动了。

大老海就这么举着石狮子走了，跟举着个棉花包似的，脸不红、腿不颤，一口气走到城西土地庙门前。瞅瞅四下无人，大老海轻轻放下石狮子，试了几试，手硬是没拿开。

大老海笑着骂：“白继尧，能耐啊，给我抹了胶！”

刘一刀

刘一刀本名刘义道，在光州城南关街开屠铺。

刘一刀杀猪，从不让人打帮手。左手揪住猪尾巴，提将起来，右手一抄猪后腿，就放倒了。麻利地打个绳襻儿，往屠案上一放，猪就只有干号的份儿了。刘一刀不慌不忙，先点一锅旱烟吸了，这才从油腻的柳条篮子里抽出把细长的刀来，就着塘水细细地磨。刀磨到晃人眼睛，刘一刀才用拇指肚儿试试刀刃，嘴里念叨一句：猪儿猪儿你莫怪，你是人间一道菜。今年早早走，明年早早来。

刘一刀念词儿的时候，神情是专注的，甚而是神圣的，像在念一句祷词；那眼神，却又是复杂的，眸子缩成了针尖儿。念完了词儿的刘一刀，瘦小的身子忽然就胖大了许多，充满了精气神儿，像一把磨过的刀，瘆人。这会儿，四周就都安静了，眼睛都盯着那把秋水似的长刀。

刘一刀把左手食中二指插进猪鼻孔里，抠紧了，右手刀照准猪颈子，一捅、一挑、倏地抽出，猪晃子就涌出来，流到瓦盆里。

收了刀的刘一刀，就又回复到瘦小的样子，耷拉着眼皮，袖着手走开去。

刘一刀杀猪从来只用一刀，因而得了个刘一刀的名号，真名反倒没人叫了。

刘一刀卖肉，从来不用称，要多少，他一刀下去，例无补刀。有人不信，拿了肉到隔壁店里校秤，不差分毫。久而久之，就都信了。

刘一刀做买卖，价格公道，童叟无欺；刀法好，杀出的猪肉血出得净，鲜嫩；又总有人冲着刘一刀的手法来瞧稀奇，生意就火。

对门屠铺门可罗雀，老板张秃子就坐不住了。他本是光州城的一个青皮无赖，年纪大了，混不开了，才开了个肉铺，不想被刘一刀抢了生意。

这一日，张秃子来到刘一刀屠铺前，横眉斜眼地说，都说你刘一刀卖肉不用秤。今儿个，我倒是要看看你的本事。你要是切多切少了，可别怪我砸了你的牌子！

刘一刀心知对家是来找麻烦的，却还是眼皮不抬，问，要多少？

张秃子说，三两七钱。

例来买肉，都是整数，哪有挂零头的？铺子前呼啦围满了人。

刘一刀抬手就是一刀，剁下块肉来。

张秃子拾了肉，径直往药铺子去，使那秤药材的戥子一校，还是不差分毫！

张秃子无话，踅回来，指着秃头上不多的头发，说，人家都说你刀快。今儿个，我头痒，烦劳你给剃剃脑袋。

这分明是耍起无赖了。张秃子心想，你刘一刀再厉害，今儿个也要你下不了台。

不想，刘一刀拱拱手，说，我刘某平生只杀猪不剃头。张爷既然开了金口，我就斗胆侍候一回。

众人大哗。杀猪刀剃脑袋，头一回听说呢。

张秃子倒也不怵，早在当街上扎好了架子。只见刘一刀从一堆剔骨尖刀中特意挑出一把大号的砍刀来，走到张秃子身前三尺站定，道一声，张爷站稳了。抡起胳膊，呼地一刀，照张秃子脑袋上削过去了。

刀光一闪即没。刘一刀收刀入怀，拱手道声得罪，转身回铺。此时，一绺毛发方轻飘飘地落下来；再看那张秃子，筛糠似地抖着，尿了一裤子，秃头上光溜溜的，连左颊上一颗豆大的黑痣上的毛也没了。

刘一刀的名声就更响了。

不久，日本鬼子打进了光州城。小队长山田听闻刘一刀其名，便“请”刘一刀比刀。

十字街口，二十名中国人被绑成一排。刘一刀被枪逼着。翻译官宣布了比赛规则：各杀十人，以快为胜。

刘一刀闻言，一直耷拉着的眼皮倏地一跳，那眸子就缩成了针尖儿。

翻译官递过一把日本军刀。刘一刀说，拿我的刀。山田允了。鬼子兵很快把刀取来。刘一刀手指轻抚过细长的刀锋，又用拇指肚儿试试刀刃。那刀秋水一样摄人心魂。

刘一刀默念着什么，瘦小的身子忽然就胖大了许多。刘一刀说，来吧。

四周轰然，旋即又低声骂着走狗、汉奸。

枪响令出。三丈开外，山田刚刚举起军刀，刘一刀已经出手，长刀平平飞出，轻如柳叶、矫若惊龙，划出一道寒光。

刀光过处，山田颈项鲜血激射，直将一颗脑袋顶起数尺。人头飞起之时，嘴里迸出两个汉字：快——刀！

左二老爷

桥镇是水陆码头，商铺林立，旗幌蔽日，药铺粮行酒楼钱庄烟馆茶肆娼窑戏院……吃的喝的铺的盖的用的玩的，应有尽有；每逢集日，卖狗皮膏药的、打把式卖艺的、撂地儿说书的、打竹板唱莲花落的……哭的笑的喊的叫的说的唱的，样样俱全。

这正是热闹的时辰，热闹的场合，平地里忽然钻出一个细小的声音："左二老爷来了！"你再看，书不说了，戏不唱了，做买卖的也不讨价还价了，齐刷刷地闪到街边。打人缝开处，走来一个矮小精瘦的老者，病怏怏的一副气色，倒比不上他身后跟着的那两杆快枪来得气派。

左二老爷似一阵小风吹过长街，两旁的人便像倒伏的麦浪，齐刷刷地鞠躬致意。左二老爷只微微颔首，眼皮也不抬地走过去；直到那老迈佝偻的身影走出很远，人们才醒过神来，该干啥的还干啥。

左二老爷何许人也？非耕非读、不官不商，手上却有叮当哗啦花不完的银钱，眼前有跑前跑后使不完的跟班，外头有甩得开叫得响抖不完的威风和脸面，用桥镇人的话说：手不捉笔，脚不踩耙，头不戴纱，不耽误吃香喝辣。

他凭什么？！

这三教九流之地、鱼龙杂处之所，免不了生出些事端，骗钱昧货伤人打脸，闹得风波汹涌天昏地暗，只要找到左二老爷，就风平浪静云住雨歇了；也因此，不管是江浙大贾，还是沧州豪客，乃至各家商号店铺，街头摆摊炸果子、卖菜的小贩，只要踩着桥镇的地面，都要孝敬左二老爷一些日用钱，桥镇人管它叫“地皮税”。

这一日，左二老爷照例转完了街，正在富春楼喝茶，突然来了个推独轮车的少年人，一头拜倒在左二老爷身前。

左二老爷皱皱眉，说：“起来说话。”

原来，这是个打北乡过来卖馍的，头一回来桥镇，刚交了“地皮税”，车子还没扎稳，馍就被哄抢一空。这满街的人，问谁要钱去？

左二老爷细细地抿着茶，眼皮也不抬。末了，把茶碗往桌上一顿，说：“去吧，少不了你馍钱。”

少年人前脚走，管家后脚上街，提一面响铜锣往十字街口一站，“咣咣咣”三声响过，说：“谁吃了人家的馍，把钱送到富春楼柜上。一个馍，一个铜板。”

一个馍一个铜板？忒贵了些吧！可左二老爷说了，天底下没有白吃的馍！

富春楼一时挤破了脑袋。这边，卖馍的少年人抹着眼泪一路走，忽听身后马蹄声疾雨般撵上来，马上人抬手扔过个手巾包儿，说：“左二老爷说了，您一个外乡人来俺桥镇做买卖，照顾多有不周。这多出的馍钱，就当跟您赔不是了。”

这样的事多了去了。桥镇风雨不歇浪滔天，左二老爷就是那块定风压浪的镇河石，就是那把遮风挡雨的油布伞！

日子快如马蹄，转眼五年过去，县里忽然来了个十八岁的新县长。新官上任三把火，剿土匪、惩恶霸、治青皮，砍砍杀杀，桥镇却依然故我。

这日，左二老爷走到西街口，迎面过来个挑藕的后生，“哈啾”一声，一口唾沫不偏不倚，吐了左二老爷满脸。左二老爷的跟班一撩衣襟，“唰”地拔出了匣子枪！整条街立马静了。那后生却不怎么慌，笑嘻嘻地拽过块汗巾就要给左二老爷擦脸。左二老爷一抬手，说：“不碍事儿，不碍事儿。”转身就走。

打这以后，左二老爷不怎么上街了，成日闷在家里逗鸟儿玩。

这一日，左二老爷闷得慌，就去了戏园子里。唱的是豫剧《包文正二下陈州》。演包文正的是光州城来的名角儿赛金锣，一条嗓子盖过了铜锣家伙：

私访走上陈州道

不戴乌纱不穿袍

不骑快马不坐轿

水影里庄稼佬

有谁知乔装改扮的开封府尹黑老包……

听到要紧处，左二老爷忍不住喊声“好”！这时候，邻座来了个长袍客，二十上下的年纪，却吸着一杆两尺半长的旱烟袋，一个劲儿喷云吐雾。那长袍客落座时，偏巧坐歪了条凳，身一斜，通红的烟袋锅子猛地蹭在了左二老爷脸上，“滋”的一道白烟过后，空气中顿时弥漫起一股子肉焦味儿。

左二老爷疼得浑身一哆嗦，差点没蹦起来。身后的跟班还没撩起衣襟，左二老爷的手早已伸过来，摁住了。

长袍客似笑非笑地望一眼，问：“这位老爷，没烫着您吧？”

左二老爷笑笑，顺手端起茶碗抿一口，眼皮也不抬地说：“不碍事儿，听戏，听戏。”

戏台上，锣鼓一紧，赛金锣抖开一条铁打的嗓子唱：

小衙内杨金吾火上浇油真可恼

俺倒要细查细访细盘细问细推敲

查明了真赃实据定斩不饶……

长袍客起身走了。管家说：“咦，这不就是前日儿街上挑藕的吗？”

“你那眼色！五年前推车卖馍娃，今日个坐衙县大人。”左二老爷抿口茶，幽幽地道，“包文正二下陈州，是要血溅狗头铡的……”

次日，左二老爷将枪械、钱粮封了，誊了账目名录，差管家送往县里，自己却关了宅门，去了镇外一处小院，闭门谢客。

数日后，打县城快马递来一封素笺，没有称呼和落款：

识时务方为俊杰，知深浅才是达人。

你赠我馍钱一吊，我还你性命一条。

孙二拐子

孙二一生下来，左腿就短一截儿，走路一扭三拐。淮水边上，人人呼其孙二拐子。

孙二拐子一不耕作稼穑，二不货卖行商，冬天捧一杆白铜水烟袋，靠在南墙根下晒老日头；夏天掂一把宜兴紫砂壶，躲在村头的槐树下乘荫凉。啥时候你见他，他都是一副逍遥自在的模样儿。

那年月，人人面有菜色，独孙二拐子红光满面，出手就是大把的银子。就有人猜疑，说孙二拐子是个“扒叉子”。“扒叉子”是光州话，也就是“三只手”、“偷儿”、“贼”的意思。孙二拐子听了这话，也不搭腔，只微微一笑，拐着腿走开去。

有一回，孙二拐子跟陈三一道儿赶集回来。陈三刚粜过米，褡裢里几块碎银子，总怕丢了，不时拿手去摸。孙二拐子就说，青天白日的，银子还能长腿跑了？长翅膀飞了？陈三就有些尴尬，但还是忍不住去摸。

孙二拐子晌午头上在镇西头酒馆里遇上个旧相识。孙二拐子酒量本狭，遇上故人，也就推杯换盏起来，不觉便喝得高了。这会儿酒意上涌，越发看不惯陈三的小心样儿，就说，你看得再紧，我也能给你摸了去，你信不信？陈三是个“杠头”，涨红了脖子说不信。二人便打上了赌。陈三左思右想，拿手巾裹了银子，塞到裤裆里头，心说，这一步三晃悠，我看你怎么偷。

一路无话。到家，摸摸裤裆，银子没了。不知啥时，到孙二拐子褡裢里了。

这事儿，当然是陈三说的。陈三是个大嘴岔子，他的话，也没人全信。便有人去问孙二拐子。孙二拐子还是不搭腔，只微微一笑，拐着腿走开去。乡人猜来猜去，终究猜不出孙二拐子来钱的道道儿，慢慢地，也就习惯了。只是谈起时，翘翘大拇哥儿：这孙二拐子，是个人物！

孙二拐子家也没有聚宝盆。他就是只过冬的熊瞎子，总也得打食不是？

细心人发现，每隔三五个月，孙二拐子就会“消失”上那么一阵子，短了三五天，长了半个月。当孙二拐子再出现在村头的槐树底下的时候，村里的孩子就会拥上去，二爷二爷地叫。孙二拐子就笑着骂，又想吃二爷的糖了吧？孙二拐子就从大褂襟里摸出串铜钱，解了绳子，叮叮当当地撒在碾盘上，下了钱雨似的。孩子们哄抢着。他呢？捧着紫砂壶，小口地啜，一脸自得。

这慢慢就成了惯例了。孙二拐子回村的那天，家家都跟过年差不多。

孙二拐子仁义，从不在乎那仨瓜俩枣。谁家揭不开锅了，掂着米袋子奔孙二拐子家去，进门叫声二爷。孙二拐子把脑袋往米囤子那儿一歪，自己舀吧。谁家有人病了，不等开口，孙二拐子就捧着白铜水烟袋，一拐一拐地进门来，把银子往桌上一码，转身就走。

这一年秋，光州大旱。入冬，啼饥号寒之声不绝于耳。往孙二拐子家去“借”粮的人便多了起来，粮囤很快就舀空了；再有人来时，便看见孙二拐子皱了眉头，把水烟袋吸得咕噜咕噜响。

隔日，孙二拐子家门上多了把铜锁。村人叹气道，连孙二拐子都靠不住了。

半月后的一天，夜半时分，村里每家都听到叩门三声。冬夜寂静，雪落平野，那叩门声便愈发响亮。其时，村人已饿倒多半，挣扎着爬出门来看时，每家门槛上都放着一锭大银。月亮升上来，雪地里，一深一浅两行脚印，早去得远了。

村人齐到孙二拐子家来，拜倒一地。孙二拐子拐着腿，将众人一一扶起。孙二拐子唤过陈三，递过一个青布包袱，说，这些银两，你去换些粮食，在村前支个粥锅，让那来往的都有口米汤喝。陈三应声去了。

孙二拐子便又取出一只锃亮的铜盆。孙二拐子行个罗圈揖，说，我孙二并非良善之辈，承蒙父老乡亲看得起，这里谢过了。我一生行事，不敢多取。这回，却是做得过了。今日，该是我洗手的日子，请父老们做个见证。

孙二拐子打井中取了桶水，缓缓注入铜盆，捋起袖子，把手浸入水中。那双手瘦削、白净，隐有玉色，似妇人之手；只是，十根手指却长得出奇。

铁算子

淮水南岸的十几处小村落里，至今还流传着一首童谣：“铁算子，吸大烟，三间屋子烧两间，还有一间得冒烟。”“得”，是光州话，“正在”的意思。

铁算子真名铁栓子，既不是账房先生，也不是个算卦的。铁算子祖上做过清朝的道台，后来家道中落，用光州话说：“吐噜舌头唤鸭子——一哩不如一哩。”到了铁算子他爹铁来福那辈儿上，家已败得不成样子。铁来福得花柳病死的时候，铁算子还在他娘肚子里。不久，解放了。铁算子多少沾了点祖上的光，一出生就成了个“地主羔子”。“打土豪、分田地”，娘儿俩只分得一间马房和几亩薄田。

铁算子他娘本是个大家小姐，手不扶油瓶的主儿。换了新天，没奈何，只得从头学起。她再要强，毕竟是个女人家，使牛打耙要力气，那地就种得寒碜，日子就过得凄清；可这地主婆还是把儿子当成个少爷供着，从牙缝里抠出点肉丝儿，也要塞到铁算子的嘴里。铁算子也颇有乃父之风，打小儿四野跑着逮蛐蛐儿捉雀子，回家就张着嘴要吃要喝。

慢慢地，大了，铁算子虽然四体不勤，五谷不分，却大小算个劳力了。祖上福荫不再，他娘又上了年纪，这家，只好铁算子撑着。日子穷也要过，铁算子便事事斤斤计较，梦里都掐着指头算计着。

铁算子种地，嫌地块小，没事就拿铁锹削田埂。田埂削得窄了，相邻地块的主人就从自家地里取土补上去。一来二去，铁算子的田就伸到了别人田里去。虽然多长不了几棵麦子，可铁算子却锲而不舍。

铁算子活计不行，农忙时，少不了要请人帮忙。得管饭啊。铁算子打村北泥冈上寻来白土，晒干、碾成粉，和到黑面里，蒸馍。白土也叫观音土，灾年才有人吃，吃多了，腹胀而死；少了没事，蒸出的馍还白，又硬实顶饿。铁算子就用这样的馍待客。煮稀饭时，数着米粒子往锅里搁。

如果是吃鏊子馍，要卷腌蒜苔。铁算子把蒜苔切成半寸长的小截儿，亲自给客人卷好了。卷馍时，蒜苔一截接一截，从不两截并放；有时煮个咸鸭蛋，一定要切成八牙儿。

铁算子家地头上有棵合抱粗的柏木。他娘临死前，指明要那柏木做棺材。铁算子一盘算，柏木值钱啊，给娘用，亏了。铁算子二话不说，掂起斧头，把院子里的泡桐树砍了，说，用这个。木匠傻眼了。活了半辈子，哪见过用泡桐木打棺材的啊？那死人还不得让土狗子给拱吃了？

老娘见儿子如此不孝，一口气上不来，翘了辫子。

埋了他娘，到半夜，铁算子却睡不安生了。怕他那死娘带着驴头马面来找麻烦？你想错了。他挂念的是老娘嘴里那颗金牙！白天忙得疏忽，忘了。铁算子在床上烙饼似的翻来覆去，挨到鸡叫头遍，一骨碌爬起来，扛了铁镐直奔乱葬岗。

天上地下黑麻麻的，手伸出去都不分叉儿。铁算子猫着腰，一座坟一座坟挨个儿摸过去，摸到一堆鲜土，就知道是他那娘睡的地方了。铁算子就弓起虾米腰，呼呼哧哧地刨开坟，露出了白生生的棺材瓤子。敢情连朱漆都没涂呢！铁算子撬开桐木棺，一钳子就把他娘嘴里的金牙给掰了下来。

这一掰不打紧，棺材里“啊”的一声惨叫，白衣白裤的死人直愣愣地坐了起来！

你说，那牙根儿连着心呢，一钳子掰下来，能不疼吗？可你又说，那死人咋还会疼呢?

原来，他娘是急怒攻心，痰堵了嗓子眼儿，厥过去了，并非真的死了。这在中医叫“痰厥”。棺材头高脚低，枕得舒服，痰早就顺下去了。棺盖一开，冷风一吹，不醒才怪!

看到亲儿子刨坟取金牙，他娘登时五脏翻腾，又气死过去了，这一回才是真的死了。

铁算子一直活到七十岁上，一天夜里，躺在被窝里吸烟，点着了铺盖，烧死在祖屋的马房里。那火烧得猛，映红了半边天。火熄了，东墙塌了，打夹墙里哗啦啦淌出一堆银锭子。

姚面子

姚缅直的高祖姚公，据说是个正直清廉的大官。他爹给他取这个名字，便有缅怀先祖之义。到他爹死时，家道已败落了，姚缅直却自恃当过几天少爷，脾性不改，总爱打肿脸充胖子，是个擦胭脂进棺材——死要面子的主儿。因而，人人呼其姚（要）面子。

别看姚面子是个男人，女红活儿却做得精细。

姚面子的箱底下压着一条纺绸长衫，是他爹留下来的。姚面子平时舍不得穿，只有出远门或者出席重要场合时才翻出来穿上。不想，箱子角沤烂了，老鼠钻进去，把长衫给咬了个碗大的窟窿。拿到裁缝那儿去补，工价要两个大子儿。姚面子心下舍不得，嘴上却说，算了，扔了算了。姚面子就把长衫拿回家，取了绣花针，弄些蚕丝，一针针地缝，总算把那窟窿给补齐了。你别说，姚面子花了心思，那窟窿是一针针锁起来的，补得跟新的一样。

长衫糟了，今儿破，明儿破，姚面子便要不停地去补。一来二去，女红竟做得比女人还好。

吃糠咽菜还难以为继，姚面子却逢人就嘭嘭地拍肚皮，饱嗝打得山响。每餐饭罢，姚面子就贼老鼠似的，一溜烟钻到后屋里头，半袋烟工夫，再转出门来，就满嘴油光了。邻居张斜子觉着邪门儿，就打姚面子家后窗户眼儿偷望了一回：房梁上吊着块隔年腊肉皮，粘着黑麻麻的小飞虫，黏糊糊地往下沥油。姚面子跟杂耍班子里的猴子似的，踩着凳子，抖着麻秆腿，正把嘴唇狠命地往那肉皮上膏呢！

张斜子是个歪人，爱耍阴阳邪。没几天，村里有户人家办喜事，请吃席。半下午，席还没开呢，姚面子就早早地过来了。张斜子老远就大声招呼着，姚面子，今晌午又吃肉了吧？姚面子就嗯嗯地应着，拍着肚皮，运足了气儿打饱嗝，连声说，太撑了，太撑了。众人都知道他的底细，就哄笑起来。姚面子脸上红一阵白一阵，却不好说什么，只是一个劲地打嗝。这时，开席了。姚面子坐定，刚伸筷子去夹肉，张斜子一筷子给拦住了，说，姚面子，这肉太腻，你还吃得下啊？姚面子闻言，赶忙放下筷子，连声附和着，是的，太腻了，太腻了，吃不下。

姚面子眼睁睁地看着别人吃席，自己只吃了碗白米饭，口水差点没流到腮帮子上，可面子却是挣足了。

姚面子的媳妇不争气，只养了三个丫头，大了都嫁出门去，姚面子免不了去闺女家走亲戚。

媳妇给纳了新布鞋，姚面子舍不得穿，怕磨破了，走亲戚时还是穿旧鞋，却把新鞋揣在怀里。到闺女家村口，才找个僻静处，把新鞋掏出来换上，图个脸上光。只是那件纺绸长衫毕竟不是铁布衫，总归还是零碎了，大闺女就给缝了件青布长衫，便又成了姚面子“走场”的衣裳。

姚面子买不起棉袍子，又嫌棉袄不排场，大冬天出门，也还是那件青布长衫。别人问他，姚面子，你不冷啊？姚面子说，不，不冷，我火，火力旺，穿多了，出，出汗。别人就问，不冷，你打什么哑巴嗑子啊？姚面子就说，我，结，结巴，犯，犯了呢。

就这样，十里八乡的人都知道，一到冬天，姚面子就会犯结巴的老毛病，天一暖就好了。

有一年腊月，淮水冰冻盈尺，正逢上淮河北的二女儿坐月子，姚面子就穿了青布长衫，拎了篮鸡蛋过淮河去。到女儿家，已经冻得青头紫脸了。女婿赶忙温壶老酒给他灌下去，眼珠子这才活泛起来。

天傍黑，该回去了。二女儿留他，不听。窗外雪下得跟笆斗口似的，女婿就说，爹，你把我这狗皮袍子穿去吧。姚面子连连摆手，说，爹不冷。女婿是个憨直人，说，爹呀，你就别死要面子了。冻死迎风站，饿死打饱嗝，吃亏的是自己。姚面子一听，脸上挂不住了，扭头就走。

姚面子走到淮河的冰面上，一不留神滑趴倒了，就没能爬起来。天晚了，二女婿不放心，追出来，找到姚面子，人倒还有口气，只是那耳朵鼻子，却都给冻掉了。

自此，姚面子再无面子。

张大嘴

张大嘴的嘴并不比别人大多少，之所以得了这个诨名，全是因为好吃。

打小儿，张大嘴就爱串门儿。闻到谁家炜肉了，张大嘴就坐下不走了。人家看他是个孩子，也就不好赶他。肉熟了，夹两块给他，他三两口吞了，眼还往锅里瞅着。

张大嘴家穷，人懒，种出的麦苗还没韭菜叶子宽；又馋，麦穗子还没黄，就忍不住揪下来拿火烧着吃了。这日子就更过得紧巴。

那年月，没得肉吃。不用人教，张大嘴就有法儿。

张大嘴跑到野地里，找地鼠洞。地鼠鬼精，有两个洞口。张大嘴把一个洞口拿网兜罩了，守着另一个洞口，往里头撒尿灌水，点了湿稻草往里头吹烟。地鼠受不了烟熏火燎，仓皇钻出来，就入了张大嘴的套。张大嘴把地鼠拿黄泥巴糊了，往火堆里一扔。火熄了，连泥带皮地撕下来，油汪汪的一疙瘩肉，喷香！张大嘴打了牙祭，肚里有油，心里不慌，就找个背风窝晒暖去了。

夏天草深，地鼠洞不好寻。张大嘴就弄个弹弓，到淮河滩里捡一兜石子儿，往林子里一钻，专拣那个儿大的野鸟，一打一个准儿。张大嘴也不讲究，不管是野鸡还是斑鸠，一概糊上泥，烧了吃。吃完了，找块荫凉地歇上了。

慢慢地，鸟儿们知了张大嘴的厉害，都飞往别处去了。张大嘴就寻根缝衣针，中间系了线绳，串块馍头，往红麻地里一蹲，钓鸡！这一招真是绝了。鸡到红麻地里打食，见了馍头，哪有不啄的道理？一嘴下去，针横过来，就卡了嗓子，叫不出甩不脱，逃不了被张大嘴火烧火燎。

鸡丢了，主人家要寻。一来二去，寻到张大嘴头上，少不了要打骂两句。没用，鸡照样丢。村人就都把鸡关在圈里了。张大嘴再馋，还没到上门偷的份儿上。想吃肉，得另想法儿。

农村红白事情，要办席面待客。再穷的人家，席面上也少不得一个“碗面子”和一道肉丸子。

“碗面子”，也叫“八大块”，说白了就是一碗八块肥膘条子肉，和一碗掺精带肥的小块肉合扣成一碗。这道菜是主人家的“面子”，少不了的。

张大嘴就打上了这“碗面子”的主意。哪家要娶媳妇，哪家老人病重，张大嘴都记在心里。只要有事情，不等炮仗响，张大嘴就奔过去帮忙。农村里，谁家办红白事情，都有乡人不请自来地打个帮手，哪有往门外推的道理？这样一来，干完了活，主人家要设席答谢帮忙的乡人，张大嘴就有肉吃了。

干完了活，张大嘴早早就选个有女客的席坐了。女客食量小，又多有信佛吃斋的，张大嘴盘算着能多吃点儿。

“八大块”端上桌来，张大嘴总是先抢肥肉，再吃瘦肉。那年月，肚里都没油水，傻子才放着大块肥肉不吃呢。到了八十年代，张大嘴改变了策略：先抢瘦肉，再吃肥肉。为啥？生活好了，油水足了，条子肉太油腻，就没多少人吃了。张大嘴抢吃完瘦肉，剩下没人吃的条子肉就都是他的了。

吃肉丸子，张大嘴也有招儿。开席用八仙桌，每席八人，丸子却是十个，讲究的是十全十美。十个丸子八个人，多出的两个，总要有人吃到嘴里。丸子端上桌来，别人都伸勺子去抢，张大嘴却不慌。等别人都塞住嘴了，张大嘴才不慌不忙地端过盛丸子的汤碗来，把事先盛好的米饭扣在碗里，一本正经地说，我口重，这汤咸，正好下饭。

别人心知肚明，可谁能跟他一般见识？再说丸子塞着嘴呢，只好吃个哑巴亏。

就这样，张大嘴穷了一辈子，懒了一辈子，吃肉却吃了一辈子。

张大嘴活到八十岁上，已经是九十年代末了，红白事情已基本不“受”（收礼）了，席自然也不开了。林子里的鸟也打尽了；农田里都撒了农药，地鼠也绝迹了。张大嘴吃了一辈子肉，怎能断了？便拖着颤巍巍的步子，去淮河边上钓鱼。那会儿，淮河污染得厉害，鱼虾稀少。张大嘴的鱼篓便时常空着。

有一天，张大嘴刚撒下钩，就钓住了一尾十来斤重的大鱼。张大嘴喜不自胜，白眉毛都翘到头顶上去了。张大嘴费了老鼻子的劲，终于把一尾大花鲢拉上来，就地拾些茅草，把鱼烧了，狼吞虎咽起来。没吃几口，一根鱼刺卡到了喉咙里。

张大嘴吃了一辈子肉，竟生生给一根鱼刺卡死了。

张剃头

在光州，剃头这行当是祖传的手艺。一个剃头匠管几个村子，约定俗成，互不犯界。剃头也不给钱，只需夏秋两季麦收、秋收后家家兑上点粮食就成。

张集就有个张剃头。张集十几个村子，人一茬一茬地换，张剃头就数不清剃过多少头，大的小的扁的圆的，黑的少年白的老汉，只要是个男人，脑袋都归他管。汉子们头上看不出青皮了，就念叨，张剃头咋还不来呢？话音儿掉在地上还没落稳，张剃头就掮了挑子行过来。那剃头挑子前头一只煤炉子，坐着个黄铜脸盆，盆中有热“汤”；后头一只木箱子，盛着“吃饭的家伙”，合上箱盖子便是个冷板凳。这就是所谓的“剃头挑子一头热”。挑子前头的“将军杆”上挂一串薄铁片儿，名叫“报君知”，拿手一扯，“呛啷呛啷”地响，绕村一圈，在村头的大槐树下扎了挑子，点了烟锅子，坐等人来。

歇上半盏茶的光景，人聚齐了，张剃头便把烟锅子在鞋底上磕了，拨旺了火炉，铜盆里的水就咕嘟嘟地冒起了泡泡。大伙儿你推我让，终于有人在箱盖上坐了，系了围布，张剃头便取了剃刀，探手扯过油黑发亮的趟刀布，噌噌几下趟了刀，在手中挽个花儿，那刀刃就亮亮地晃眼。这时候，看的人心就提到了嗓子眼儿，老想着那雪亮的刀片会不会把耳朵给削下来。张剃头瘦如鸡爪的枯手捏了刀柄，悬了腕子，在毛刺刺的脑袋上就那么舞弄几下，一团寒光就风车似的旋起来。人眼一花，还没看清呢，脑袋就光净闪亮了。张剃头就取了粉扑子，在光脑袋上一扫，一扯围布道声“齐了”，下一个便又坐过来。

收拾完了大脑袋，就轮到小脑袋了。孩子对那剃刀是极怕的，被大人摁在凳上，挣扎不得，只有战战兢兢闭了眼睛，只觉一阵小风从脑袋上刮过去，后脑勺上再“啪”地挨上一巴掌，就“齐了”。对镜一照，只余额前一块茶壶盖儿，打转儿都光光溜溜，便“哇”的一声哭开了。张剃头就眯一眯眼睛，笑了。

干活儿的时候，张剃头是不说话的，那眼神望着眼前的脑袋好似望着个毛葫芦。那把剃刀，在他手里像是活的，像长了嘴巴鼻子眼睛的生灵。

那会儿，剃头也没什么讲究，农村汉子，清一色“光葫芦瓢”，小孩剃茶壶盖儿，宝贝的，顶多在脑后留个“鸭尾儿”。这就决定了张剃头一生只会剃两个发型；但行行出状元，张剃头手下出绝活儿，慢慢地，就有了些名气。

有一年，一个大官到光州来。这官儿是行伍出身，一辈子就爱光头。听说张剃头刀快，就派人来请。张剃头也就诚惶诚恐地去了。头一回坐上软轿子，张剃头像个骑绵羊的老猴子，百般别扭，下了轿，连路都走不稳了。

那官儿在当庭里的太师椅上端坐了，张剃头就把剃刀在趟刀布上仔细地趟，趟出秋水一样的寒芒。完了，在手中挽个花儿，围观的人齐齐叫声好。张剃头就抖擞精神，祭起了雪亮的剃刀。人眼一花，还没看清呢，脑袋就光净闪亮了。张剃头就取了粉扑子，在光脑袋上一扫，一扯围布道声“齐了”，闪在一旁。早有人送来镜子。官儿起身，揽镜一照，脑袋光溜溜的像个葫芦。官儿就赞一声，说，好快的刀！话出口，脑门上忽然起了道红线儿，血丝儿沁出来，红艳艳的格外惹眼。竟给割破了！

张剃头扑通就跪下了。官儿倒没怪罪，照样封了赏钱，可张剃头却难过了好些天。自此，再没了原先的精气神儿，人一下子就老了；再操起剃刀，也挽不出那么大朵的花儿了；再后来，干脆就一病不起。

这天一大早儿，张剃头就挣扎着起了身，烧了热水，干干净净地洗了个头；又寻出块磨刀石，就着铜盆里的乏水，把剃刀磨得锃亮。儿子就问他干啥？张剃头说，剃头。儿子就说，我来帮你剃吧。张剃头摆摆手，说，你爹我一辈子剃了数不清的头，就是没剃过自己的头。今儿个，我给自己也剃一回。

儿子就侍候着张剃头在镜前坐下。张剃头勾手把腕子悬在了自个儿的脑袋上，寒光一闪，又隐于袖中；再看那脑袋，光光溜溜，白发雪一样飞舞在空中，久久不落。

张剃头对着镜子叹口气，说，那天怎么就失手了呢？两行浑浊的老泪就从张剃头的眼角涌出来。儿子张嘴想说什么，张剃头摆摆手，说，去吧，我想睡会儿。

张剃头这一睡，就再没醒来。入殓时，还是一脸遗憾的表情。

朱　五

朱五当过干部。官不大，生产队会计，但朱五挺得意。

朱五在城里读过两年书，讲究，总是穿一身蓝中山装。朱五的中山装跟村上干部们穿的差不多，都是东街张裁缝做的，做工差了点儿，口袋盖布总卷着，像两只忽扇着的猫耳朵；但朱五的中山装跟别人有一点不一样的地方：左上兜的口袋盖布留三个孔，插钢笔用的。别人都留一个孔，最多两个，插一到两支钢笔；朱五是“文化人”，要插三支。这是他专门交代张裁缝的。

朱五插三支钢笔，村街上走着，老远就有人招呼着，朱会计，吃了么？朱五就响亮地应着，十二分地得意。有时出远门，陌生人看见插三支钢笔的朱五，都拿不一样的眼神瞅他。朱五就把头昂得更高些。

只有朱五自己知道，那三支钢笔，有两支是坏的，不下水，是那回去公社，从书记的窗户台上捡来的。

有一回，新来的县长为了弄清楚一亩地到底能产多少麦子，就到各公社视察，要从各大队抽十名农民代表去公社开座谈会。那年月，都是亩产上万斤，浮夸得厉害。万一碰上个实在人，给底儿兜出来，可是不得了。公社选来选去，就选中了几个有点文化的人，会说话，也好提前交代。朱五自然在其中。

那会儿天热，中山装穿不得，焐皮。朱五听说是县长召见，就跟村主任借了件白衬衣穿上。临出门，没忘了把三支钢笔插在口袋门上。

新来的县长爱开玩笑，瞅见朱五口袋门上插着三支钢笔，就讲了个笑话。县长说，口袋上插一支钢笔的，有文化；插两支的，很有文化；插三支，是修钢笔的。

众人哄笑。朱五落个尴尬。

县长也没想着去地里看看，搞个实践出真知什么的，座谈会就开得很顺利；可朱五这心里就不是个滋味了。闹半天，是冒充文化人啊？打那后，朱五响应县长号召，就只插一支钢笔了；可大伙儿都插一支，显不出朱五什么来。朱五就很郁闷。

后来，朱五被抽调到公社里管档案。档案室有几十个柜子，钥匙也就有几十把。朱五的屁股后头就挂了一嘟噜钥匙，走到哪里，响到哪里。朱五再回村时，走在村街上，老远听见钥匙串儿叮当响，村人就知道是朱五来了，就招呼着，朱干部回来了？哟，挂那么多锁扒子（光州话称“钥匙”为“锁扒子”），当大干部了！

村人闹不清干部级别。那年月，钥匙是稀罕物，农村里都是用铜锁，或者拿木橛子往门鼻子上一别了事。在村人看来，屁股蛋子上挂满了钥匙的朱五，肯定是掌了大权的。

朱五听着一声声招呼，就打心眼儿里舒坦。这钥匙可比钢笔带劲儿多了，老远就能听见响动。朱五就爱上了钥匙，当宝贝似的。

没多久，新来个管档案的同志，朱五便“卸甲归田”，那一大串钥匙也上交了。朱五的屁股后头，就只剩下几把钥匙，再也碰撞不出那么欢实的响动了。

离了钥匙的朱五，丢了魂似的，茶饭不香，耳边总有那叮叮当当的清脆声响，再走在村街上，迎面递来的招呼声在朱五听来似乎也不如以前热情了。

朱五就病了。两年间，请了十几个郎中，赤脚医生也来过了，病总不见好。

这天，朱五正虾米似的弓在被窝里，儿子跑进来，手里有什么东西一亮，晃了朱五的眼睛。朱五问儿子，柱子，你手里拿的啥？柱子说，锁扒子。朱五一惊，登时打床上坐起来。朱五问，哪来的？柱子说，拾的。

朱五蹭地跳下床来，一把拉过柱子，掰开小手，把一串钥匙夺过来。柱子哇的一声哭了。朱五不管，把钥匙举在眼前，眯着眼，凑着光看。

朱五赶忙找出钥匙环儿，把那串钥匙别在一起，挂到屁股上，赶忙走到村街上去。

卧床两年的朱五，病就这样好了。

此后，朱五走路总弯着腰，看到钥匙就捡起来，挂到屁股上。到后来，朱五屁股后头挂满了各式各样的钥匙，好事人数了数，竟然有一百多把。

刘十九

刘十九是个篾匠，人生得瘦削、白净，像个教书的或唱戏的，一双手时常笼在袖子里，只有拿出来时，你才会看出，那手丑陋得出奇。

刘十九是个篾匠，却都说刘十九手巧。有多巧？说他编个蛐蛐儿会叫，编个小人儿会跑，编个老鼠能逮猫……没人见过；但光州人都知道，刘十九编的竹篮子能打水。

话要从一桩事儿说起。

这一日，一帮闲汉聚在一品香茶馆里头闲扯，扯到了刘十九。邻桌有个外乡来的茶客，听众人可着劲儿抬举刘十九，就打牙缝里“嗤”了一声。偏巧被浑五听见了，上前一拍桌子，说，你不信咋着？

浑五是绰号，因为够浑。一般人让一让也就过去了，可这外乡人也够浑，一拍桌子也站起来，说，他编的竹篮子能打水？！

嘿，遍天下没听过拿竹篮子打水的。可浑五一拍胸脯，说，能！一帮闲汉也跟着起哄，都说能！其实是想瞧热闹。就齐奔刘记竹器铺来。刘记竹器铺好找，门首没有幌子，经年累月挂着一只竹篮子。

刘十九正坐在蒲团上编席子呢，就见一帮人撞进来，那外乡人冲口就问，你编的篮子能打水？

刘十九还没弄明白咋回事儿呢，就没接茬儿。这外乡人是个急性子，伸手就夺过刘十九的篾刀，说，量你也编不出！那你这刀也别要了，我正好砍柴使。

好家伙，要夺人饭碗呢这是——当官的袍，篾匠的刀，离不了。刘十九可恼了，说，我要是编得出呢？

你要是编得出，我脑袋揪下来给你当夜壶！外乡人毫不含糊，篾刀往脖子上一比画。他活了三十岁年纪，还没听说过能打水的竹篮子呢。

浑五是谁？竟找来笔墨，让两人当场立了字据。这赌就打上了。围观者越聚越多，既想看能打水的竹篮子，又想看人抹脖子。谁知刘十九抬手一指门口，说，那个就成。众人傻了，这屋檐下挂着的风吹日晒雨淋了十几年的破玩意儿，就是传说中的能打水的竹篮子？还别不信，浑五当场摘下篮子拴上绳，往后院的井里一扔，满满一篮子水可就打上来了。滴水不漏！你说那篮子底涂了胶？啥也没有！

难怪刘十九敢拿它来当幌子使。

外乡人傻了。刀是好刀，脖子也是好脖子。真抹？舍不得。不抹？脸没地儿搁。

刘十九坐在蒲团上，纹丝儿不动，问，你可信了？

外乡人鸡啄米似地点头。

刘十九轻笑一声，抬手将字据撕了，说，头你还留着。记着，话不能说得太满喽！

这一场赌局，刘十九声名远播。

与光州隔条淮水，就是淮南城，这一日，城中来了个瘦削、白净的青衫客。他路过一户人家，见门口立着两个持刀拿棒的打手，一打听，原来这淮南城有个恶霸叫坐地虎，看上了这户人家的女儿金巧儿，要逼亲。孤儿寡母无处可逃，只能相拥而泣。

青衫客眉头一皱，转身去街上买了匹绸缎，说是金家的亲戚，碰上了，就送个压箱礼。说也奇怪，青衫客前脚进屋，金婆婆后脚就出门应了婚，约定三天后来娶。

既然是亲戚，青衫客就在金家住下了。这三天内，坐地虎家中张灯结彩，金家也是一派忙活，买办布料、箱笼、鞭炮、蜡烛，还买来一捆青毛竹，说是抬箱笼用。三天后的半晌午，坐地虎骑着高头大马敲锣打鼓地来了。

花轿进门，金家一应礼数周全。不一时，新娘身穿喜服蒙着盖头由金婆婆亲自搀扶着出来了，柳腰款摆，莲步轻摇，姿态婀娜，看得坐地虎喜笑颜开。金婆婆亲自将女儿送上花轿，对迎亲的喜婆子说，闺女蒙着脸走不好路，下轿时，要往左你就扯一下她左衣袖，要往右就扯一她右衣袖，要迈门槛你就扯一下她前襟。咱小户人家没见过世面，别走错了路，丢了丑……

喜婆子满口应承。

唢呐一响，锣鼓开道，迎亲的队伍走了。围观的人都叹气，说，又一朵鲜花插在了牛粪上。

送完亲，亲戚也该走了。青衫客也走，坐骡车走的。

这边，花轿到家，颠了又颠，摇了又摇，新娘子一声不吭。嗬，好脾气嘛！下了轿，喜婆子搀扶着，按花婆婆的吩咐，左右衣袖轮着牵，新娘子扭着细腰一路乖乖地走。进门，按规矩要跨火盆，喜婆子一扯前襟，新娘子抬腿就迈。只听“轰”的一声，一股烈焰从新娘身上蹿出，烧着了喜婆子的眉毛，烧着了坐地虎的山羊胡子……

新娘子着火了！谁见过这么大火性的新娘子？

盖头、喜袍一火焚尽，众人一看，哪里是什么新娘子？分明是个竹篾扎的人儿，手脚都拿线拴着，一肚子的大炮仗，正噼里啪啦地炸得欢实……

这边，骡车到码头，帘子一掀，金家母女也在里头呢。三人换了船，帆一张就走远了。船舱内，金家母女拜倒在地，请问恩公姓名。青衫客急忙伸手相扶，袖子里露出一双丑得出奇的手。

除了刘十九，谁还会有这样的手？除了刘十九，又有谁编个竹人儿就能走呢？

惠默和尚

光州城有个陈员外，年过半百仍无子嗣。忽一日，夫人得了一梦，梦见送子娘娘自院中莲池摘一朵莲花，掷向自己怀中。不几日，陈夫人忽觉身体不适，请郎中诊脉，脉象往来流利、如盘走珠，竟是喜脉。十月怀胎，一朝分娩，果然产下一子，取名继善。

继善生来不食五荤，又爱惜虫蚁，走路要踮着脚儿。家中养有数十笼雀儿，都放飞了。厨上买了鲜兔活鱼，只要被继善看到，都要提了去放生。长到三两岁，已能读《千字经》；再大些儿，四书五经都读遍了，又迷上了佛经，日日躲在佛堂里打坐参禅。

陈员外担心儿子当了和尚，于是早早给他定下一门亲事。

父命难违。到吉日，继善骑大马、戴红花，吹吹打打去了。下马，冲老丈人合十一礼，口中念道，阿弥陀佛……转向丈母娘，又道，色即是空。老丈人抡起扫帚就打。

如是，相继提了三门亲事，都黄了；再托人保媒，无人敢应。

这一日，来个游方僧人。一席长谈之后，继善竟瞒了家人，云游去了。一去十年，再回来时，已剃度过了，法号惠默，往青石山中结庐而居。陈员外老两口痛哭一场，也就认了，便取些银钱，在山上修了座莲华寺。

莲华寺香火极旺，可惠默和尚却是个不会使钱的，既不扩建庙宇，也不添置地产，反倒将香火钱拿来周济穷苦。惠默自己就带着两个徒弟垦荒种田，晚间诵经礼佛、打坐参禅。

淮水东流，昼夜不舍。转眼间，惠默已年过百岁，仍是精神矍铄，三绺长须、两撇寿眉皆白如新雪，肤如温玉之色，眸若晨星之光。慕名前来闻道问禅的僧人云集于莲华寺中，惠默便于寺前空地设坛讲经，闻者如醍醐灌顶。山风过处，松针落地之声可闻。

这一年，光州大旱，禾苗可燃；刚入冬，已难见炊烟。入夜，惠默听闻山下啼饥号寒之声，再无心参禅，只把木鱼敲得更响。天明，唤过火工头陀，嘱寺内改为一日一炊。火工头陀不解。惠默望一眼山下，道，省下几石粮食救人。

果然，开春后，饿殍遍野，狗彘食人，官府却迟迟不肯开仓放粮。惠默在山脚空场设了粥棚，施粥。

寺中存粮无多。

卖了庙产。

粮贵，饥民多，粥棚只维持了十天。

惠默拿个蒲团，盘膝趺坐于衙前，将一卷《盂兰盆经》念了三天三夜。知县老爷不得安生，这才开仓赈灾。只是，差役层层盘剥，稀粥到了饥民手中，已能照见人影。

偌大的光州，几至十户九空。光州城内，以张记为首的各家粮行，存粮数十万石，却借机哄抬粮价，牟取暴利。惠默夜间设道场超度亡灵，日里走遍千家，敲破木鱼，却化不来半粒稻米。

这日，惠默又行至张记粮行。时已初春，掌柜张大福仍身着貂裘，烘着炭火，一手握烟袋，一手打算盘。有乞者上门，便令伙计拿扁担打出门去。

惠默手托钵盂，进门，施礼。

张大福笑问，大师几番来此，均有茶饭相奉，今日又是为何？

惠默答，化缘。

张大福笑笑，令伙计取来残粥一碗。

惠默不接碗，不抬眼。

张大福说，大和尚，这灾荒年月，都不宽裕，有碗粥舍你，是看佛祖金面。

惠默毫无嗔意，说，望施主行善，施粮救我光州饥民。

张大福眉一挑，哼一声，不识抬举！转身道，送客！

惠默挡开扑上来的伙计，问，施主，这粮，舍，还是不舍？

张大福道，半粒也无！

惠默高宣一声：阿弥陀佛！佛号声中，长须一展，趋身上前，竟自袖中探出一柄牛耳尖刀，架上张大福脖颈。惠默朗声道，救人一命，胜造七级浮屠。望施主能心生慈悲。若仍是无粮，老衲拼得下阿鼻地狱，也要得罪施主了。

张大福顿时萎了下来，转转眼珠，又道，大师既心存慈悲，敢以命换粮吗？

惠默肃容，道，老衲自然有个交代。

白刃之下，张大福将十万石稻悉数施于饥民。惠默始终持刀相向，寸步不移。事毕，惠默弃刀于地，冲张大福合十一礼，道，光州万民，皆感施主再生之恩。

张大福脱了束缚，冷笑一声。早有张家伙计，挑来十担劈柴，在空场上架起。惠默高宣佛号，缓步而行，如踏祥云，稳稳端坐柴架之上。

火起。

万民恸哭。

烈焰团团簇簇，竟聚成一朵红莲。烈焰之中，惠默须发如雪，肤如温玉，不改其色。

左老财

淮水南岸，光州城北，是一块丰腴的平原。平原上一多半的田地都姓左。

因了这个，左老财每每倒架着膀子走在田间，那眼神儿就轻飘飘地飞，压根儿就看不见谁。

当年，左老财还不是老财的时候儿，就有大清早儿溜地边的习惯。

有一年，三九天的一个早上，左老财笼着狗皮筒子，在雪地上狗一样快走。走到村东背锅桥头，左老财就走不动了。他看见了一坨狗屎！

庄稼全仗农家肥，一坨狗屎一坨金啊！左老财就急火火地趸身回家取粪箕子。走两步，又折回来，小心地拿脚踢雪，把那坨狗屎埋起来，转着圈儿看了看，才放心地往回走。走不到半里，迎面走来个王三。走来个王三不打紧，王三还背着个粪箕子，屁股后头还跟着一条狗！

狗闻到狗屎就要扒，扒出来，王三不就给拾走了？左老财这么一想，转身就跑回埋狗屎的地方，立着不动了。

王三觉得怪，就问，大清早的，搁雪窝里站着弄啥子？

左老财就尴尬，脸上红红白白的，答不上话来。俗话说：猪急会上树。左老财情急之下，脑袋瓜子转得比碌碡还快，眼珠子一滴溜，计上心来。左老财就脱了裤子蹲到路边，说，我屙屎。

这当儿，那狗跑过来，还真把那坨子狗屎给扒了出来。王三打眼瞅见黄澄澄一坨子狗屎，条件反射，顺手就是一粪叉。叉子还没沾到狗屎的边儿呢，左老财噌地一下扑上来，张开膀子把狗屎拢在怀里，急赤白赖地喊，是我先瞧见的！是我的！

王三吃了一惊，就笑了。王三说，瞧你那熊样儿，蛋都冻紫啦，就为这一泡狗屎？！

王三就唤了狗，扭头走了。

看王三走远了，左老财提了裤子往家跑。想想又怕王三再踅回来，干脆拿一双赤手连雪带泥把那泡狗屎捧到自家田里去。

左老财就是靠着这赤手捧屎的心劲儿，一步步、一年年，从小财变成了老财。

后来，地多得种不完了，左老财就寻思着要雇个不花钱的长工。左老财看中了王三。

王三是个精壮汉子，身上有使不完的力气，偏偏房无一间、地无一垄，就被左老财雇去当了长工。干了整一年，年终结账，左老财说，要钱没有，欠着！

王三只混个瘪肚皮，一个大子儿也没落着，就要跟左老财拼命。左老财吸着水烟，眼角都不瞄王三一下。

王三说，不给钱，我把你房子点喽！

左老财就笑，日你先人的王三，你有种把我点了吧。

王三一气之下，咬咬牙，扭头扎进了淮水边的芦苇荡子，入了水匪帮。

那年月民生凋敝，饿殍遍野，许多穷人就拉起了杆子。为防匪患，左老财雇人打起了圩子；又雇了快枪手护院。土匪攻不进去，便设计绑了左老财的婆娘，要左老财拿三千块大洋来赎。

婆娘落入虎口，左老财却没事人儿一样。到了期限，土匪绑了那婆娘，一干人马浩浩荡荡开到左大圩子外头。

左老财打眼一瞅，那匪首赫然正是王三！左老财就笑，日你先人的王三，你有种就把她撕了吧。

王三到底心性憨厚，娇滴滴的一个婆娘，怎下得了手？可王三不死心，就拿匣子炮顶了婆娘的头，作势要搂火。左老财就笑，摆摆手，说，王三，下手吧，别让我看不起你。

王三是个硬汉，可左老财吃定了他似的，专捏他的软蛋子！王三血气上涌，刷地跳下马来，喊，左老财，你睁大眼瞧着！

王三拔出腰刀，三两下削尖了一棵儿臂粗的小树，一把扒了婆娘的裤子。众匪见要“点天灯”，打了鸡血一般，嗷嗷乱叫。婆娘早吓得尿了一裤子；再看那左老财，面不改色，拈着稀疏的胡须，叼着白铜水烟袋咕咕噜噜地吸。

左老财轻飘飘地打牙缝儿挤出句话来：王三，乡里乡亲的，你下得了手么？

王三登时气结，骂了一句，抬手就是一枪。左老财泥鳅似的，早溜得没影了。圩子厚实，火力又猛，强攻不成。王三咬咬牙，把婆娘往雪地里一推，打马回巢，再不来犯。

龙　五

光州旧时有舞龙传统，一为天旱祈雨请龙，一为元宵夜闹龙灯。每逢此际，万人空巷，与其说是看舞龙，不如说是看龙五。

龙五本不姓龙，只因兄弟排行老五，又善舞龙头，人都唤其龙五。

龙五成名时，年仅十六。

那年初春，光州大旱，各乡都贴了告示派钱，扎制青龙，齐集到淮河边上的龙王庙祈雨。观者如堵。锣声一响，日月旗满场飞舞，一条十丈青龙翻滚腾挪伸缩吞吐，时而沉潜深渊，时而飘若浮云，一条纸龙竟舞成了活龙！众人打眼一望，龙头却是个不知名的少年。

这少年正是龙五。

舞龙极耗体力，龙五却不用人换，一气儿舞完全部套路，这才径直走向神坛，口中念念有词：五帝五龙，降光行风。广布润泽，辅佐雷公……《行雨诀》念完，龙五点燃青龙，向天大喝一声：龙王爷显灵，佑我苍生！

喝声响遏层云，众人惊仆在地，忽觉有清风拂面，日月旗飒飒飘动，不一时，竟打淮水上空飘来一片黑云，豆大的雨珠噼里啪啦砸将下来，激起满地黄尘。

不管是龙王爷真的显灵，还是碰巧赶上了，反正龙五是一举成名。

龙五年轻英俊，十里八乡的女子都芳心暗许，却换不来龙五青眼相加，直到三十，龙五仍是孤身一人。众人都说，龙五是龙子下凡，凡人女子怎配得上他？

这一年，白三爷新任商会会长，大闹龙灯；要请龙头，自然是请龙五。

元宵夜，龙桩齐聚，请龙出水，竟是条三十丈长的彩龙！龙五亲自为彩龙点睛，仰天长啸：起——龙——喽——啸声甫歇，锣鼓齐响，日月旗开道，龙珠前导，沿途派发龙帖，接到龙帖的人家就放鞭炮、鸟铳接龙灯。主家或钻龙门，或摸龙角，或请龙绕身，赏红；龙五散发“龙蛋”，祝福主家人丁兴旺。

彩龙绕城“游洋”一周，再回到夫子庙门前广场上。场边花灯高悬，人头攒动，达官、乡绅携带家眷高坐在看台上。各家的龙队也都到了，息了锣鼓，单等龙五。龙五进场，冲看台上遥遥一拜，四方打个罗圈揖。突然一声锣响，鼓声乍起，宛若雷惊电击，龙珠上下蹿动，龙身翻滚腾跃，广场顿时成了一片波浪滔天、群龙嬉舞的海洋。龙五举着重达百斤的龙头，紧追龙珠，脚下闪转腾挪，跳步穿插，舞出龙出水、龙点头、龙穿云、龙卷浪、龙戏珠、龙盘柱、龙过桥、跃龙门等诸多花样，引得彩声不断。舞到兴处，龙五一声高喝，声震屋瓦。其他龙队顿时斗志全无，竟都偃旗息鼓，悄悄退到场边，当起了观众。

龙珠旋舞翻飞，经过白家看台。突然，打台上跳下个身披红风氅的女子，笑着去夺龙珠。这女子正是白三爷的千金白秀珠，时年十六，天性泼辣，全不顾礼数。龙头要紧跟龙珠，白秀珠抢走龙珠，龙五便舞动龙头吞吐抢食。白秀珠咯咯娇笑，突然一个旋身，龙五躲闪不及，龙头一偏，龙身就绕上了白秀珠。

一时间众人大哗。

这里头有个讲究：一般已婚女子想求子嗣才会请龙绕身，以期求得龙子；白秀珠还是个姑娘，这就犯了大忌。好在锣鼓未歇，龙五脚下不停，彩龙绕身一匝，旋转而去。就在龙身缠绕而过的那一瞬间，白秀珠风鳖翻飞，翩然如蝶。龙五一眼望去，正撞上白秀珠热辣辣的目光，一时间竟是痴了。

闹完龙灯，日子又恢复平静。

这一日，白秀珠突然卧病不起。郎中来看了，嗫嚅半天，说是喜脉。白三爷大惊，未出阁的闺女怎会害喜？白夫人信神，说，会不会是那天龙绕身……白三爷才不信什么龙绕身的鬼话！他忽然记起，元宵夜那晚龙灯会散后白秀珠并没跟着自己回府，说是赏灯去了，莫非……

白三爷猜得没错。那晚龙灯会后，龙五到龙王庙送龙升天，一转身就看到了站在暗影里的白秀珠。人散尽，龙王庙内，一对有情人紧紧相拥，真正上演了一出“龙绕身”。

白三爷不声不响，请郎中开了打胎的方子，赏了十两白银，亲自送出府门。郎中诚惶诚恐地谢了恩回去，当夜不声不响地暴病而亡。这边，白三爷给女儿订了一门亲事，白秀珠誓死不从。白三爷怒极，道，龙五死了，你就别再等了！

白秀珠不信。她要等龙五。

又是一年元宵夜。夫子庙前，满场龙灯飞舞，独不见龙五亮相。一个消息悄然传出：龙五死了，被人绑住手脚扔进了淮河里。消息传到白府，白秀珠一根绳子将自己悬在了梁头上。

三日后，白府出殡。

当夜，光州城外忽然一声长啸：起——龙——喽——有好事者登城而眺，见白秀珠坟前冉冉升起一条丈二长的白龙，浑身灯烛通明，目如闪电、龙须抖动，龙舌吞吐。那白龙通体银白，唯目光如血，凄艳绝伦。火光中，白龙时而环顾，时而翻滚，时而绞缠，时而跳步，龙身飘逸如风，宛若真龙。

除了龙五，没人能舞出这样神采飞扬的活龙。

有人说，龙五没死，他是龙子，怎么会淹死？也有人说，那是龙五精魂转化为龙，来吊白秀珠……众说纷纭。只是，此后光州再无龙五。

炮仗花

有一种紫葳科观赏花卉，因形似炮仗而得名“炮仗花”，但这里说的炮仗花却不是花。

光州有一间炮仗铺，老板名叫花千里。据说他祖上是清宫内务府营造司花炮作的库掌，手段高得没边儿，能造十三层烟火架，演一整套《西游记》。到了花千里这儿，手艺丢了个七七八八。祖上倒是传下了一本烟火秘籍，可花千里愚钝，三成都没学到。

花老板膝下无子，只有个千金名叫花媚娘。这一年，花老板新收了个小徒弟，名叫白果儿，嘴巴甜手脚勤又有眼色儿。花老板内心暗许，就有心收他做女婿。炮仗行里也是手艺不传外姓，但一个女婿半个儿，有了这份心，手上就不藏私，从扯筒、褙筒到配药、碾硝，再到上筒、扦引，全教了，唯独烟火制法儿没教，心想等成了一家人再教不迟。

转眼花媚娘已满 15 岁，出落得标致可人，和白果儿朝夕相处，情感甚笃。花老板和花娘子一合计，打算把心思跟两个孩子挑明了；偏巧这节骨眼儿上，白果儿竟不告而别。

一切不言自明，鸟儿翅膀硬了，远走高飞了。花老板叹一声，心底暗自庆幸，自己还留了一手。

花老板料错了，这白果儿并没远走高飞。三日后，花老板正在铺子里招呼买卖，门前人影一晃，送进来一张大红帖子：

送呈花老板台启：

小店谨定于本月既望日举行开业庆典，届时敬请尊驾光临赐教。

恭请光临

白记炮仗铺掌柜白果儿敬邀

花老板怒极反笑，道，我去，我一定去。

白记炮仗铺开业当日，一挂满堂红炸响了半个光州城。白果儿正在门前迎客，就见花老板走过来，打袖间摸出根镶玉石嘴儿的白铜旱烟锅子，说，白老板，借个火儿！

此语一出，满场鸦雀无声，掉根针儿都听得见。炮仗铺虽是玩火的行当，却忌讳火，有不懂事的要问炮仗铺去借火，人家会笑着回你：抱歉，这里没火。花老板岂是不懂规矩的人？这是有气儿。

白果儿也能耐，竟二话不说，转身找来盒洋火，给花老板把烟锅儿点上了。

花老板抽一口烟，说，白老板，贵店开张，我花某也没啥礼物可送，就送个响儿吧！说着，打怀里摸出个碗口粗的大炮仗，点燃了。“咚”地一响，大炮仗直冲云霄，这一声滚雷似的，整个光州城可都听见了。众人捂着耳朵仰着脖子等那第二声响，没了！

这炮仗名为双响炮，俗名二踢脚，地上一响，天上一响，有始有终，图个吉利。花老板这炮仗却只响一声，就触了霉头，叫有一无二，有头无尾。

一口恶气出了，花老板也就没再当回事儿。白记炮仗铺子就算开业了，不仅造大小炮仗，还造各式烟火。这手段是哪儿学来的？花老板心生疑惑，一查，事儿出在花媚娘身上。她对白果儿芳心暗许，竟从他爹枕头匣子里偷出秘籍给白果儿看了。

花老板一气之下，责打了媚娘，请来四邻街坊，要讨个公道；但师徒毕竟不是父子，骂人打脸花老板可又不会，正赶上春节庙会，花老板是要和白果儿手段上见个高下。

城西关帝庙前有个空场子，能容上万人。腊月十八，庙前就搭起了两只数层高的烟火架，一家姓白，一家姓花。锣鼓一响，花老板首先出场，点燃手中一只花筒，“哧溜”一声，一红一白两团火光飞去，正中烟火架下一个仙姑手捧的花篮。

好一式“金珠银弹戏娇娘”！火花闪动之间，春桃夏荷秋菊冬梅次第开放，天空顿时成了个姹紫嫣红的百花园，令人眼花缭乱，扭歪了脖子望酸了眼。七层烟火架放完，竟有小半个时辰，众人纷纷叫好，平生第一回开了眼。

白果儿冷冷一笑，走到台前，点燃手中的花筒。只见红光一闪，“咚”的一声射上半空，火花绽开，现出一个手执长弓的白衣将军，紧接着又是一声哨响，竟分射出一道银光，直中烟火架底层搭起的门廊。

这一式，叫“吕奉先箭射辕门”，是烟火升空后分射出一道火焰，竟比花老板的“金珠银弹”胜过一筹。烟火一起，字幕、喷花、瀑布、火箭、花篮纷纷升空，紧接着又是八仙过海、嫦娥奔月、后羿射日、哪吒闹海，再是过五关斩六将、三打白骨精，五鼠闹东京……一时间，天空倒成了个花园中的大戏台，各式角色纷纷粉墨登场，比花家的烟火胜过几倍不止。

原来，这白果儿生性聪慧，自得了花家祖传秘籍之后，日夜演习，那些绝技已参透了大半，自然胜得过花千里。

那边，人人击掌叫好；这边，花老板脸色越来越差，到烟火收尾，空中炸出三个大字：炮仗王！花老板咳出口鲜血，一头栽倒在地。

花老板气结攻心，一病不起，不几日就撒手人寰。出殡罢，花媚娘把自己关进了房中，整整三天。

三天后的一个午后，白果儿正在自家作坊里赶制炮仗，一身素衣的花媚娘突然登门造访。白果儿大喜过望，他只料这一场变故之后媚娘会对他恨之入骨呢。

做炮仗的风险极大，为了不殃及四邻，这作坊就设在了城北一处荒地上。作坊禁水、禁火、禁铁器，里头很干燥，角落里堆着十几桶黑火药，地当间是一只石臼，里头正碾着大颗粒的火硝，几个帮工正往细硝中加入硫黄、木炭粉，拿木锨拌药。花媚娘进门，就说，各位都散了吧，我和白老板有话要说。

帮工就都放下了手里的活计出门去了。花媚娘移步上前，盯视着白果儿。四目相望，慢慢就溅起了火花，热烈、焦渴，缠绕不休。恍惚间，白果儿忽然看到了媚娘眼中的泪光，在她手中，突然多出了一支烟袋锅。

花媚娘问，你可认得？

白果儿当然认得，那正是花千里的白铜旱烟袋。

花媚娘泪光盈盈，手高高举起，终于狠狠砸落。铜烟袋锅击打在碾硝的石臼上，火花迸射，照亮白果儿惊恐的表情……

光州人都忘不了那个午后，一声惊天动地的巨响，城北的天空中忽然升起一朵火焰做的花。

时隔多年，花记和白记都已荡然无存，但每逢放炮仗时，总有人念叨炮仗花。这个炮仗花，不是一朵花，也不是会做炮仗的花家，而是伴随着冲天火光凋谢的那朵女儿花。

钱愣子

钱愣子小的时候，跟一般的孩子没什么不同，人们发现他长了力气，是在他十多岁时。那一天，在打谷场上，大伙儿又拿钱愣子当小把戏玩儿，一个人就说，钱愣子，我想跟你娘睡瞌。钱愣子不说话，转身抱起一只石磙就往那人头上扔。

那石磙少说也有三百斤，掉到头上还不得把人砸得矮三分？众人都吓得没了魂，醒过来，更纳闷：两三个壮汉抬起来都吃力的一只大石磙，钱愣子一个比石磙高不了多少的小人儿竟然轻轻一抓就举过了头顶，他的力气是打哪儿来的？

村中有好事者，就开始留心钱愣子的举动，这一留神，还真瞧出点异样来：钱愣子时常往淮河边上一处土岗下头的洼地里跑。几个人一招呼，就偷偷跟到了洼地里，发现钱愣子忽然就不见了。仔细一看，齐腰深的草棵子里扔着块青石大碾盘，足有半间屋那么大，碾盘底下有哗啦哗啦的搅水声。过没多会儿，碾盘忽然往边上挪开了，打碾盘底下钻出个人，两行清鼻涕挂在嘴边上，不是钱愣子是谁？碾盘底下还有一口井，探头往里头一瞅，黑咕隆咚啥也瞧不清。

众人这才明白了，原来钱愣子天天往洼地里跑，是到井里来喝水。可是，这洼地里啥时候多出来一口井？

有人就问钱愣子，这井是你挖的？

钱愣子摇摇头。

这井要不是他挖的，那又是谁挖的呢？人老几辈都清楚，这洼地里压根儿就没有过井。大伙儿霎时间都想到了，钱愣子突然变得力大无比，肯定是因为喝了这口井里的水，于是都吵着要喝一口；可那块大碾盘有两千来斤重，十个八人人想把它挪开根本不可能，何况还有钱愣子守着？他翻来覆去只有一句话：这是俺的井！他愣头愣脑的，敢把石磙往人头上扔，谁敢动他的井？

人人都想喝一口那井里的水，但是没人能挪开那块大碾盘。有人趁着夜黑，约了二十来个人带着撬棒、绳索去偷水，刚到洼地里，就发现钱愣子站在碾盘上，月光照着他的脸，仿佛是天神下凡。事儿就这么蹊跷，只要有人想偷水，钱愣子一准提前就知道了，在那儿等着。

偷水不成，就有人想智取，反正钱愣子是个愣子嘛，要哄他还不容易？这想智取的聪明人里头，就有廖老鹰。

廖老鹰也是个远近闻名的奇人。廖老鹰腿快，走起路来一溜烟，跑起来赛过一阵风，两只胳膊架着，双腿抬得老高，猛一看，活像一只乍着膀子在地上奔跑的鹰。廖老鹰撵兔子，从来不用狗，两条瘦腿一甩开，十条狗加起来都没他快；淮河滩上的兔子们只要遇上廖老鹰，就要累得趴窝拉稀，有出气没进气，那真叫一个上天无路入地无门，叫天不应叫地不灵。就是这个撵死兔子气死狗的廖老鹰，找到了钱愣子。

廖老鹰说，钱愣子，你那井里的水让我喝一口呗。

钱愣子说，那是俺的井！

廖老鹰说，我知道是你的井。俺俩输个公道，我要是赢了，你让我喝一口那井水。

钱愣子想了想，就点点头，伸出只胳膊，要跟廖老鹰扳手腕子。

廖老鹰哪会跟他扳手腕子？他那手腕子就是铁打石头刻的，十个八个人也休想扳倒。廖老鹰说，我不跟你扳手腕子，俺俩比比谁跑得快吧？我要是先跑到井跟前，你就让我喝一口水。

旁边瞧热闹的“嗡”的一声炸开了，都说廖老鹰欺负人，谁不知道他是撵死兔子气死狗？可钱愣子也真是愣，说，比就比！

公道人一声“跑”刚刚喊出口，廖老鹰“嗖”地就蹿出去了，就好似一阵小风贴着地皮刮过去，转眼就到了洼地里，一抬眼，咦？那井口的碾盘上站着个人，不是钱愣子是谁？

钱愣子说，你输了。

廖老鹰眨巴眨巴小眼睛，好半天也没闹明白，钱愣子是啥时跑到他前头来的？这时，后头的人都赶了过来，问谁赢了。廖老鹰回过神来，说，不算不算，钱愣子肯定抄近道了。重比！

就重比。这回是打离井口三十丈远的河边上起跑。廖老鹰想，这么近，我眼一眨就到了。

这一回，没等公道人“跑”字出口，廖老鹰就提前蹿出去了，回头一看，钱愣子还傻呆呆地站在那儿呢。廖老鹰心中暗笑，心想这回是赢定了，可就在这时候，突然觉得身子一轻，双脚就离地了，接着就飞了起来。

廖老鹰这回真成了老鹰。可惜，他比真老鹰还是差了那么一点点，飞了足足有十丈远，忽然感觉身子一重，“扑通”一声就砸进了河里。等廖老鹰打河里爬上来，远远就望见钱愣子站在碾盘上，双手抱着膀子冲他傻笑呐！不用说，是钱愣子撵上他，抓着他的脖领子把他甩到河里头的。

廖老鹰都变成了廖水鸡，谁还敢跟钱愣子比？打那起，再没人敢说想喝钱愣子井里的水。

不知过了多少年，有一天，村里人突然发现钱愣子不见了。有人说，不会是掉到井里淹死了吧？一群人找到洼地里头，见那碾盘好端端地在井口上盖着呐。几十个人又撬又推，好不容易把碾盘给挪开，顿时吃惊得睁大了眼睛：那口井不见了！碾盘底下，变成了一块平地，好似那口井从来就没有出现过。

时隔多年，提起钱愣子和那口井的失踪之谜，人们还是疑惑不解；还是有个老人说得好：有那么一个人，就有那么一口井……

老 烟

三河镇上有一家澡堂子，叫德福池，老板老闫不喝酒不赌博不好色，只有一个嗜好——烟。老闫吸了一辈子烟，熏黄了脸，熏出一双迎风挤尿的蛤蟆眼，连胡子都熏得干黄。因之，人人呼其老烟。

老烟说，烟是金丝草，幸福日子少不了。老烟说，烟是还魂草，提气醒神身体好。老烟说，吸口烟，饿了解饿、渴了生津、累了解乏、困了提神。老烟还说，早起一袋烟，活到一百三；饭后一袋烟，赛过活神仙……总之，老烟说起吸烟的好处来头头是道，让那些有心劝他戒烟的人都死了心。

老烟从不吸纸烟，嫌不够劲儿，吸烟叶子。那会儿的三河镇是个水陆码头，商队船帮都打此过，老烟手里又有些闲钱，就把全国各地的烟叶子都尝遍了。谈起烟来就头头是道，什么兰花烟、黄花烟、白花烟；什么一口香、蒙自刀、莫合烟；什么水烟、旱烟、喇叭烟；什么衡烟、面烟、射洪烟；什么崇德烟、黄县烟、曲沃烟、美原烟……侃侃而谈，唾沫星子像满天雨点。到后来，老烟就只吸福州来的“黑老虎”，或粤东来的“潮烟”。这两种烟有一个共同的特点：性猛烈，吸之如饮醇酒。

那会儿，点烟都用“洋火”，一擦就着，可遇上大风，就不好说了；但再大的风，老烟手一捂，就好似个不透风的罩子。他的烟袋锅子除了吃饭睡觉，从不熄火儿，好似嘴里安了个小锅炉。最绝的是，大夏天里，别人都让蚊子叮得没地儿钻，老烟却显出几分悠闲——他走到哪儿，蚊子都躲着他。

老烟一天到晚烟不离口。起初，人家看他吸得美，都想尝一口。老烟也不吝啬，抬手装一锅子，就递上去。那人美滋滋地接过来，点上火，一口没吸完，就捶胸大咳，涕泗横流。老烟就袖着手，笑。

再后来，就没人敢吸老烟的烟。都说，老烟那烟袋锅子，一般人拿不住。

也有不服气的。镇上有个罗锅，烟瘾大，一天能吸三包滨城烟。罗锅就说，他老烟的烟袋锅子能有多厉害？我就不信这个邪！

镇东有条沙河。这天，老烟正在河岸上蹲着和人闲侃，罗锅就走过来，大大咧咧地说，老烟，把你那烟让我吸一锅。

老烟就摆摆手，说，你吸不得。

罗锅就恼了。罗锅就说，我要是吸得，今年冬天洗澡你别找我要钱！

老烟笑笑，把烟锅往鞋底上磕净了，抬手装一锅子，就递上去。罗锅一把拽过烟杆，点上火，憋足了劲儿，低头猛吸三大口，再抬起头来，眼睛却直了。罗锅就在众人的哄笑声里原地打了三个转儿，一跟头打两丈高的岸上栽下河去。没等到冬天，罗锅就先洗了个免费澡。打那起，再有人提这事，罗锅就讪笑着摆手。

后来，满世界都卖卷烟，起先抽旱烟的就都改抽卷烟了，也气派，只有老烟仍托着一杆烟管，对卷烟瞅都不瞅一眼；再后来，沙河的水位降得厉害，三河镇码头就败落了，客商再不打此过，烟丝儿就更不好买，老烟的烟布袋就常常瘪着。没办法，只好隔三岔五地弄些卷烟来挡饥荒；但卷烟都是滤过焦油的，老烟就觉得不够劲儿，吸着吸着就骂一句！老烟就像个饿极了的人，只吃了个半饱，打不起精神来。

老烟就一天天萎靡下去。

这时候，老烟的澡堂子已经不叫澡堂子了，叫洗浴广场；德福池也不再叫德福池，叫金海岸。洗浴广场归儿子打理，老烟只挂了个名，叫董事长。在三河镇，洗浴广场是新生事物，又有“特色服务”，生意就火。这时候的老烟已经七十多岁了，儿子干些什么，他也不管，只管捧着他的烟袋锅子满街转。

好景不长，在一次娱乐场所整顿中，“金海岸”洗浴广场被“整顿”了。老烟是董事长，又要替儿子顶罪，就给“整顿”到号子里去了。烟袋锅子没带进去，老烟就丢了魂儿似的。

没几日，儿子来看他。儿子说，爹呀，你就安心吧，我都打点好了，仨俩月就能出来。儿子又说，爹呀，我给你带了两条中华。都这年月了，你瞅瞅谁还吸旱烟锅子啊，土!

老烟接了中华，进去就被抢光了。老烟在里头蹲了小半年，就捡了小半年的烟屁股。

从里头出来，老烟一锤子砸了“金海岸”的大牌子，扭身去了乡下，租了两亩好地，专种烟叶子。

烟　狗

烟狗掐烟了！

傍黑时分，村东头大槐树下的饭场里，大炮端着碗，吸溜一口面条，一脸神秘地说，烟狗掐烟了！

大炮话音未落，就招来一片嗤声。张二嫂说，你个大炮筒子，又瞎白乎！烟狗掐烟，除非日头打西出！憨德宝的话更绝：烟狗掐烟？狗都不吃屎了！

可还是没人信他。这时，烟狗端着碗走过来。大炮像得了救星，碗一扔就跑过去，一把拽过烟狗，说，狗叔，你跟他们说，你是不是掐烟了？

烟狗就皱了一脸的橘子皮，点头说，嗯。

憨德宝一听，也撂了碗过来，打屁股后头摸出一包红双喜，食指一扣，噌地弹出一根来。憨德宝说，狗叔，尝尝？俺打上海捎回来的，一颗抵一斤小麦！

烟狗鼻子抽了抽，眼睛一亮，随即，那点光又黯淡下去。烟狗绷了脸，说，掐了。

憨德宝劝道，掐啥烟嘛，来，吸一颗打打气儿！大炮也凑过来，直着嗓子说，就是，狗叔，吸一颗！婶儿人都跑了，又没人管你……

烟狗的脸忽然就沉了下来。烟狗忽然就爆出一声吼：老子说掐了就是掐了!

村人一愣，饭场里一片寂静。烟狗就在这寂静里端着碗，扭身走了。身后，张二嫂说，怪了怪了，羊都不吃麦苗了……

烟狗掐烟的消息，在晚风里沿着村街荡了几个来回。黑灯之后，各家的床上除了粗重的喘息，就是关于烟狗掐烟的议论——烟狗，咋就能把烟掐了呢?

烟狗嗜烟如命。打六岁起，烟狗他爷爷吸烟袋锅子，就搂着烟狗喂他吸两口。八岁，烟狗就扛上了烟袋锅子。可那年月，哪有那么多烟丝给他一个娃娃糟蹋?烟狗就变着法儿找烟吸。别人吸烟，他就凑边儿上闻，逮空儿就涎着脸蹭一锅子;给人家盖屋修猪圈打帮手，不管饭不管酒，管袋烟吸就成。实在不行，干丝瓜秧子、麻秆穰子，点了火都能冒股子烟。

烟狗的小名就叫狗子，烟瘾出了名，别人都管他叫烟狗。

后来，烟狗大了，就学了一门劁猪的手艺。劁猪的成日里跑东家串西家，到谁门上，还不得管袋烟?烟狗图的就是这个。

啥人有啥福。没想到，劁猪的手艺，让烟狗变成了公家人——公社里成立个兽医站，就把烟狗招去了。烟狗月月有了饷，就不再吸旱烟锅子，改吸纸烟，小鹅牌，5分钱一盒。成了公家人的烟狗，还讨上了一个如花似玉的女人。

洞房花烛夜，烟狗送走宾客，坐在门槛上饱饱地吸了两根烟，才进房去，上床。烟狗刚上身，就让女人给推开了。烟狗想，这女人，还怕羞哩，就仗着胆子又扑上去，一通胡亲。没想到，女人一脚就把他踹床底下了。女人一骨碌爬起来，光着脚，一口气跑回娘家。

烟狗去接，不回。媒人去劝，不听。女人说，他那嘴，像茅坑!熏都熏死了!女人又说，要俺跟他，除非他把烟掐了。烟狗死犟，扭着脖子说，不掐!话掉地上砸个窝窝。

俩人就这么算了。自此，烟狗再不提婚娶，烟就是他的女人。

烟狗吸烟早，又凶，逢上冬天就犯喘病，喉咙里像藏着只风箱，可烟狗照吸不误。有一年，烟狗染了大叶性肺炎，医生说，再吸，再吸就别要命了！可医生一扭脸，烟狗又把烟点上了。医生一恼，说，家属呢？拉回去等埋吧，别治了！

就是这么一个嗜烟如命的烟狗，咋能把烟给掐了？

烟狗端着碗，在众人的惊愕中一步步走回家去，身后，远远飘来一缕烟香味儿。烟狗就扭扭嘴角。烟狗回到家，那股子烟味儿还是在他鼻孔里飘忽，惹得他喉咙里痒丝丝的，像有几百条小虫子在爬。烟狗咕噜一声咽下唾沫，就翻箱倒柜地找，终于在床角下找到一只指肚长的烟屁股，忙就着灶间的余火点了，塞进嘴里。

烟狗吸一口，忽然就老泪横流。烟狗就一巴掌抽在自己脸上，恨恨地骂一声：不争气的东西！

自此，烟狗再不吸烟。只是，不再吸烟的烟狗，每月发了工资，都要跑一趟邮局，填汇款单，地址是一个偏远的山村。

六年后的一天，两个胸前别着清华大学校徽的男孩手拿汇款单，一路打听着进了烟狗家。见了烟狗，两个男孩扑通一声跪下来。烟狗急忙一手一个扶住。烟狗说，啥也别说了，你俩娃娃能成气候，就好，就好。

烟狗说着说着，就哭了。那样子，有点高兴，又有点委屈。

老　茵

淮河边上有个王家坝，是个渡头。摆渡的船拐子是个青年，唤做老茵。

老茵本姓陈。船拐子人在水上，是“青龙背上的人”。青龙随时都有可能翻滚或沉入水底，便有了许多禁忌，称为“口风”。如将梦叫“亮”，帆叫“篷”，翻身叫“斜边”，滚水叫“开水”。姓陈便说成“老茵”，由“茵陈”一词而来。

老茵自小风里来浪里去，水性精熟。

有一回，与人打赌。老茵为赚那三斗麦子，腿上绑了块重约百斤的石头，一头栽进水中。老茵像一条滑溜的鱼，入水便没了影踪。众人等了半炷香工夫，不见动静，担忧之际，却见二里外水花一闪，老茵打浪花里翻个跟头，踩水行来，水仅没至肚脐，嘴里倒咬着一尾六七斤重的红鲤鱼。

俗话说:“世上三大苦，撑船、打铁、磨豆腐。”在水上讨生活，饱受风雨之苦，却得不多少钱财。这老茵虽生得浓眉高鼻、白面朱唇，只因一个穷字，也还是娶不上媳妇儿。

船拐子大都憨直粗野，老茵也不例外。逢上过河的姑娘媳妇儿，老茵便说些混话、唱些荤曲儿；有时粗鲁些，蹭上前去，摸捏两把，那姑娘媳妇儿只是红着脸躲闪，却不作声。这里有讲究：在河上，无法无天无地无王，船拐子就是天王老子，命之所系；再者，船拐子风里浪里渡人过河，自己却往往葬身鱼腹，人们也颇感激，容忍其言行也就成了不成文的规矩；但等下得船来，遭了轻薄的姑娘媳妇儿脚落实地，回身便骂：船拐子，早晚淹死河里！老茵却是哈哈大笑，只拿手搭了凉篷去望，眼中多是不舍。

春末的一天，逢上王家坝集市，渡客云集。其中有位姑娘，二八年纪，生得俊俏，穿得周正，一看就是大家闺秀。老茵手底下撑着篙，不时拿眼睛去瞟。那姑娘见老茵精赤着上身，一身的腱子肉小鼠般在皮肤下滚动，心下便有些爱慕，也不时去看老茵。眼光相接，老茵竟生出几分腼腆，全不似那般粗野模样。姑娘被老茵的目光撞得心头鹿跳，腮边就飞起两朵红云，低首弄衣，却又忍不住再次去瞟老茵。

一来二去，二人竟生出些情愫来。

渡船抵岸，姑娘像一朵云彩，去得远了。老茵愣怔着去望，全不闻对岸等船的人呼唤。

黄昏，渡客散尽。老茵坐在船头，忽听人喊，正是那姑娘回转来。老茵急忙搭起跳板，接了姑娘上船。二人都是又羞又喜。老茵便撑了船往对岸去。

船行至河心，天色已是晚了。不一时，打南边来块乌云，竟下起雨来。河上风疾，掀起姑娘的裙角，雨雾如织，薄衣单衫的姑娘忍不住发抖。老茵见状，抛了锚，扶姑娘下到舱里，取了衣衫给姑娘披上。肌肤相触，老茵不由情动，一把将姑娘揽在怀里，低头去寻樱唇。姑娘挣扎一会儿，挡不住老茵的体温和气息，终于软下来。

那姑娘年方十六，名叫滴珠，是南岸一家大户人家的千金，这日瞒了家人出来赶集，不想遇上个老茵，交付了青春，真真是命中注定。

自此，滴珠便时常瞒了家人，来河上与老茵厮会。狭窄潮湿的船舱中，因为有了滴珠，也多了些干净温暖的气息。渡客再看到老茵时，一身补丁摞补丁的粗布衣竟也洁净起来，再不似先前的邋遢模样；撑起篙来，似有使不完的力气，船行如飞，在淮河水面上风一样来去。

不想日久缠绵，珠胎暗结，数月之后，滴珠有了身孕，即使布裹带缠，那肚子也还是日渐隆起来。见瞒不过，滴珠便禀了娘亲，却是不允。滴珠的爹还找人将老茵痛揍一顿，拿一指粗的绳子把老茵捆成个肉粽子，扔进河里。

老茵像一块石头，沉入水中，再没浮起。滴珠心下念着老茵，誓不再嫁。十月怀胎，滴珠产下一个男孩，唇红齿白，面目极似老茵。滴珠看着孩子，那泪就似断了线的珠子，日夜不停。

十年后，王家坝渡头来了一位异乡客人，锦衣华裳，赫然正是老茵。原来，亏得老茵水性精熟，那日在水底拿蚌壳割断绳子，逃出生天，便去了山东，做生意发了财。此时的滴珠已是个富态的妇人，守着个伶俐的儿子过活。一家三口相见，自是情浓。滴珠家便也认了老茵这个女婿。

自老茵走后，无人摆渡，过河客便要绕上几十里地，去赶上游的渡船。老茵跟滴珠商量了，便拿出些钱财，在淮河上修了一座浮桥。

自此，王家坝再无船拐子。

第二辑　浮世新语

二　饼

只要有人问我，你是做什么的？我就困惑。因为我总找不到光亮点的称谓来定义我的角色。

是二饼及时拯救了我。

那天，在拥挤的8路车上，我刚把手伸进一个裤兜，手腕就被抓住了。一张方脸就贴上来，两只酒瓶底样的镜片盖在脸上，活脱脱就是麻将里的“二饼”。

我忙堆起笑脸，说，哟，不好意思，摸错门了。

“二饼”就贼兮兮地笑。“二饼”低声说，没错儿！哪条道上的？

“二饼”真的就叫二饼，在公交线上做营生。二饼瞅瞅我的一身排骨，说，排骨，跟我混吧，保你吃香的喝辣的！我就跟了二饼。在二饼的点拨下，我终于搞清楚了，原来我是个“流通领域”的“金融工作者”！

二饼是从孤儿院跑出来的。

二饼的鼻梁上成天架着副金丝眼镜，这让他看上去真的像个金融工作者。我挺嫉妒的，一把抓过二饼的“二饼”，架在我的鼻梁上。我张嘴就骂开了：二饼，镜片是平光的！

二饼就贼兮兮地笑。

二饼问，排骨，你以前是干啥的？我说，老师。

二饼就脱下了斯文的面具，龇牙咧嘴地笑，哈喇子淌了一下巴。二饼笑岔了气，唉哟着说，你是老师？我还是校长呢！

我火了。我说，老子真是老师！

二饼就瞥个白眼，转身去盯墙上的美女海报。

我翻箱倒柜地扒出个师范大学的校徽给二饼看。二饼抬手就给扔窗外了。二饼说，哪儿捡的？

窗外一声炸雷，雨“哗”地泼了下来，天漏了似的。

二饼脸上的笑还没表现完全，我的拳头就砸到了他脸上。二饼愣了。二饼抹着嘴角的血丝，说，你够狠！

我呼哧呼哧地喘着，鼻子一酸，眼泪就出来了。

二饼傻了。二饼就说，我信我信！你哭啥？你说呀！

二饼信了，我却死活不想说了。

夏天的雨很快就停了。

二饼带着我又上了8路车。二饼眼毒，隔着劣质的镜片，一眼就能看穿裤兜里的内容；二饼手黑，一个钢镚儿都不给人留。二饼嫌我手笨，不让我上手。二饼一般是趁着车厢里上人、下人和急刹车时动手；提了货，悄悄地塞到我兜里，然后用力踩我一脚，我就知道货到了。我就下车，到下一站去寻二饼，然后一起去喝酒。

二饼有规矩。二饼一天只做一次活儿，有了钱就随手花掉。二饼活干得漂亮。我每次都死盯着他的手，可就是看不出门道；他踩我的脚时，货已经躺在我的裤兜里了。二饼从没失过手。我打心眼儿里佩服他，缠着他教我，他死活不允口。他只给我看他的手指。二饼的手指直溜得像根葱，食指跟中指并起来几乎一般长，还有不少的疤瘌，指甲却是秃的。

平日里，我跟二饼像穿了连裆裤子，同进同出。当然，偶尔也有分开的时候。

我有时会去附近的大学转转，跟漂亮女生套套近乎。我在图书馆门口能坐一个下午，留下一堆烟屁股。

二饼有时候会去附近的幼儿园。二饼能在幼儿园门口一直蹲到天黑。放学了，家长都来接孩子，这时我去找二饼，就看见他的眼湿漉漉的。

我跟二饼往回走的路上，总能碰上个卖花的小丫头，或者是捡垃圾的小男孩。二饼总是从口袋里掏出所有的钱，一股脑儿塞到小孩子手里。

有天早上，我的手机突然响了。我迷糊着接了，听筒里竟传来我娘的声音。

娘说，儿啊，你在哪啊？学费给你凑齐了，你回学校接着念吧。

我就问，娘，哪来那么多钱？

娘忽然就抽噎起来。娘说，你爹开石矿炸伤了手，矿里赔的。娘没等我问就紧跟着说，儿啊，你别担心，你爹他没事呢。

我不知道是怎么挂掉电话的。我的泪哗哗地流。二饼就笨手笨脚地给我递纸巾。

二饼一个人出了门。天黑时，二饼回来了，抖开手里的塑料袋，掉出一堆皮夹子。二饼说，拿着，回家！

我没回。我把钱都寄回了家。我在汇款单的附言里跟娘说，我在金融流通领域工作，能挣钱了，不用再回头去念什么书了。

那晚，二饼在窗户外头的花园里踅摸了一夜。天明时，二饼把一只沾满了泥的校徽塞到我手里。

从那天起，二饼破了自己的规矩。二饼没命地提货，也不再把钱随手花掉。二饼的手越来越笨了，我已能看清他的手在别人裤兜里进出。终于有一天，二饼失了手，被人打伤了肋骨；出院后，二饼还是没命地提货。二饼整个儿变了，去幼儿园的时候也越来越多。

我跟了二饼整一年。腊月二十三，是小年。二饼拉我去了城里最好的酒店。喝完酒，二饼扯着我就去了火车站。二饼的手劲儿比什么时候都大，扯得我一路跟头。二饼一直把我扯到火车上。二饼硬生生地说，回家。念书。

二饼刚把手伸进我的裤兜，手腕就被我抓住了。二饼的手上是一张银行卡。我拼死了劲儿挣扎。二饼一拳就砸在我脸上。二饼望着我，说，我相信你是老师！

二饼头也不回地走。车开动了，二饼忽然又跑回来，隔着车窗喊，排骨，你大名叫啥？

我喉咙里咕噜咕噜地响着，死活都说不出一句话。二饼奔跑的身影被列车抛得越来越远。我泪眼模糊，心里一个劲儿地喊，二饼，我叫孔书生，孔子的孔，孔子的孔——

陌路芳邻

1

单衣走在路上，感觉背上有点发痒，一回头，看到身后跟着个男人，手里还掂着把菜刀。

真是林子大了啥鸟儿都有，还有掂着菜刀逛街的，单衣想。再一想不对啊，心里一发毛，拔腿就跑。

单衣一口气冲进电梯，心跳得像敲小鼓。一回身，掂菜刀的男人也冲进来，一扬手里明晃晃的菜刀……

单衣身体往后一缩，“啊”的一声尖叫。

“菜，菜刀——”男人喘着粗气，忙又放下右手，抬起左手，说：“不，钱，钱包——”

单衣一看，男人的手里拿着的赫然正是自己的钱包。单衣定定神，一把抓过钱包，问：“你老跟着我干什么？”

男人摁下楼层键，指指楼上，说：“我，住26楼。”

电梯停下，一梯两户，两人各开各的门。单衣拧着钥匙，转身白男人一眼，说：“没事掂把菜刀干吗，吓死人不偿命啊？”

“刚，刚买的。”男人也笑，说，“认，认识一下，我叫范，范高。”

2

范高是个室内环境设计师，自由职业者。他习惯在夜里工作，自称是昼伏夜出的猫头鹰。

半个月后的傍晚，范高出门吃饭，迎面遇上单衣。单衣扬手招呼道："你好，菜刀！"

范高脸一红，说："我叫范，范高。"

单衣咯咯笑，说："我还，还以为，你叫，菜，菜刀呢。"

范高的脸更红了。他打小就有个毛病，一看见漂亮女孩就口吃。

等到范高不再口吃的时候，他们已经成为朋友了。当然，这得益于初次邂逅的戏剧性，加速了感情的发酵。

"我说菜刀，那天你怎么跑那么两步就喘得跟头牛似的啊？从明儿起早上跟我一起跑步去。"单衣拍拍范高的肩膀，霸道地说。

在单衣的"管教"下，范高的生物钟渐渐回复到正常人的序列。生性腼腆的范高，爱上了单衣的霸道。

这一天，单衣加完班，已经凌晨了。老板保罗坚持要送单衣回家。车到楼下，天空飘起了雪花，保罗追下车来，将自己的西装给单衣披上。单衣谢绝了。单衣抬头，望见26层的阳台上，有个身影正扒着栏杆向下张望。

单衣走出电梯，范高已经捧着砂煲等在门口，说："天真冷。这汤还热着，快喝吧。"

单衣挺感动的，嘴上却问："菜刀，你刚才站在阳台上干什么？想跳楼啊？"

范高笑笑。

单衣喝着汤，忽然站起身来，一把抱住了范高。面对单衣突如其来的温柔，范高有些不知所措，只听见单衣在耳边问："菜刀，你是不是爱上我了？"

范高的脸一红，紧紧抱住单衣，说：“我不是在谁面前都会口吃的。”

3

转眼春天到了。站在阳台上，范高能够看到郊外返青的田野、如带的河流、如眉的远山。

这天，范高接到高玫的电话，说接到个大单子，一个人做不了，请他到深圳去帮忙。高玫是范高的前女友，两人阴差阳错分了手，却还一直保持着朋友关系，她的忙范高肯定得帮。

在深圳的半个月，范高忙得昏天黑地。这天凌晨，范高正在绘图，手机屏幕上跳出一只燃烧着蜡烛的小蛋糕，备忘录提醒：明天，单衣26岁。范高一拍脑门，赶紧出门去机场。

范高捧着玫瑰回到家，已是清晨。单衣的房门打开，一个穿深蓝色睡衣的男人揉着惺忪的睡眼，问：“您找谁？”

范高一怔，听到卧室传来单衣慵懒的声音：“谁呀？”

范高忽然笑了笑，说：“花店的。”

单衣打电话给范高，开玩笑说：“菜刀，我生日你都不回来啊？对了，保罗要回国了，他想让我跟他去美国总部工作。菜刀，你再不回来，我可跟这个英俊的美国华侨走了。”

范高的反应淡淡的，说：“郎才女貌，珠联璧合，挺好啊。你走时我就不送你了，我已经决定留在深圳了。”

单衣有些吃惊，问：“菜刀，你怎么了？”

范高什么也没说，就把电话挂了。

单衣飞到深圳，看到的是一脸胡茬、瘦了一圈的范高。看见单衣，范高笑着拉过身边一个正在画图的女孩，介绍说：“这是单衣。这个是我女朋友，高玫，之前跟你说过的。我已经答应她留在深圳了。”

南国的阳光洒在巨幕玻璃上，晃得人眼晕。单衣听到了自己心碎的声音。

4

电梯指示灯停在26层。

范高怀抱鲜花，走进空空的走廊，一切还是旧模样。10年过去，鬼使神差地，他又回到这里，也许是想凭吊什么？

门忽然开了，一个中年女人拎着包匆匆走出。

“单衣?！”范高失声轻唤。

“你认识我姐？”女人一怔，笑着说：“我是单裳。她去美国了，把房子留给了我。”

这时，身后门一响，一个身穿深蓝色睡衣的男人探出头来：“唉——你的手机忘了。”看到范高，男人也走出来，怔了怔，问：“你，又来送花的？”

窗　口

公司迁址，新办公室有两扇窗，一南一北，正对着。南窗外是高楼，挡了阳光，投下阴影；又有一株老榆，遮了窗口，像巴掌捂住眼睛。北窗正对着街道，车水马龙、人流如织，喧嚣繁杂，昼夜不息。两扇窗都积满了灰尘，无人过问。

五月，冗长而单调的下午，南窗的蝉鸣、北窗的市声，扰闹不休。人心，都是躁的。喝茶、看报、上网、聊天，还是打不起精神，个个像被毒日头晒蔫了的树叶子，耷拉着。

就有人抱怨，说，怎么搬到这么个破地方！说，两扇窗都封了才好！

可是，不几天，有人发现北窗竟是个观景的好所在，视角极佳，过客行人、世相百态，尽收眼底。于是，就有人拂去了北窗的积尘。冗长而单调的下午，就有人趴在北窗边，饶有兴致地观望，办公室就常常响起一声呼唤："快看快看，小偷抢包——"有时，是一声惊呼："呀！撞了撞了！"于是，众人呼啦围到窗边，争着挤着，伸着脑袋去看。窗口窄小，快一步的，抢到好位置；慢一步的，就踮着脚尖，或者干脆搬个椅子踩上去看。

北窗外，事常有，办公室里就常有谈资；冗长的下午，也就不再单调。

这天，北窗下停着的一辆轿车突然起火。起初只是一个小火头，因无人扑救，火越烧越旺，不一时，浓烟滚滚，遮天蔽日，眼见着火舌越舔越高，将路旁的柳树枝叶都烤焦了。

办公室里，兴奋是空前的。第一时间、第一视角，目击事件的发生，并将目睹其发展、变化、高潮及尾声，所有人都亢奋起来。北窗，成了一处绝佳的观察哨，所有人都成了观察员，纷纷询问着、分析着、争论着，问号、叹号满室飞舞：自燃？人为纵火？快打110！笨，应该打119！还是打报社热线，奖金非我们莫属！相机呢？快拍！车主呢？躲边上哭去了吧？能不哭吗？十几万没啦！

观察家们群情激奋，充分发挥着想象力、分析和解决问题的能力以及事故处理、协调能力。如果是自燃，是因为天热，还是油路老化所致？如果是人为纵火，是仇？是债？是情？

火借风势，烈焰翻卷。路人、记者、警察，都只能远观，不敢近前。眼见扑救无望，车报废在所难免。办公室里，兴奋度忽然就降了几个百分点——结局已知，索然无味。只是，仍不肯丢开窗口，聊以堪慰，有胜于无吧。

忽然，身后响起一个胆怯细小的声音：不会爆炸吧？

哗！众人齐齐后退数尺。紧接着，结论出炉：会！电影里不都是这样的？

立时又兴奋起来。便有人关上窗，拿硬物护住头面，仍旧贴到玻璃上，挤扁了鼻子，期待着预料中的爆炸声。

然而，终于未曾等来那声期待中的爆炸。消防车赶到，高压水龙头射出雪亮的水柱，浇灭火头。车，只剩个骨架。人渐散去。办公室里，众人终于离开窗口，一一归座。剩下的事情只有一个，打电话，向所有熟悉的人述说刚刚亲眼看见整个事件进程的兴奋。

次日晨报以头条新闻报道了这次事件，标题为：《气温过高汽车自燃，众人围观难施救援》。报纸送到办公室，看到标题，有人不屑，说，

傻 × 才去救火呢！众人仍在持续兴奋中。那兴奋仿佛是口香糖，必得嚼到没了味儿才肯罢休。

这日，办公室来了个新人。新人初来，勤快，拖地抹桌，将南窗北窗擦得雪亮。众人熟视无睹。

午后，众人昏昏欲睡，忽听窗边一声呼唤。齐围上去，见马路正中躺着位老人，肇事车绝尘而去。众人急唤新人，快来！你小子刚来第一天就赶上了。唤罢，回身不见新人。再看窗外，新人已飞步跑上马路，排开观者，将老人背起，拦车送往医院。

围观者散去，马路恢复了车流喧嚷。办公室里，众人各自回座，议论纷纷，谴责肇事者、担心老人、感叹世风日下，路人围观无人救援；也有人说新人，傻！万一老人醒不来，岂不被讹上了？

忽然，有个声音说，没想到，这小子还挺有良心的。

话出口，所有人突然陷入了沉默。办公室里，气氛陡然多出些尴尬。便有人起身，走到南窗边，低头抽烟；再抬头，忽然一声惊呼。众人闻声过去，见南窗被新人擦得干净透明。南窗下，竟是个小花坛，种了一树玉兰、两株芭蕉和几丛鸢尾。玉兰如雪，芭蕉火红，鸢尾花开蓝中夹紫，如蝶翩跹。

众人齐叹：好风景！以前怎么就没看到呢？

弟弟送我去上学

弟又来看我，带来一袋新采摘的蔬菜。

弟是个菜农。但是，如果不是因为我，他也许会成为官员、医生，或者一位杰出的工程师……总之，要有比现在看起来更美好的人生。

弟比我小三岁。我上学时，他还在家放牛；但等我读初一时，他已经跟我一个班了——他很聪明，像一只小青蛙那样跳着读完了小学，成了我的同桌。

那天放学，瘦小的弟牵着我的手往家走，走着走着就撇下我跑起来。我知道，他是想赶在我前头回家去打猪草；也就是那天晚上，我迷迷糊糊地听到爹和娘在说话。爹说："女孩家识俩字就行了，读那么多书啥用？你这一身的病……"我脑袋"嗡"一声，底下的话就没听清，只隐约听娘叹息说："不管亲生不亲生，一碗水都要端平。"

我咬着被角偷偷地哭。黑暗中，有一双小手伸过来帮我擦眼泪，原来弟也没睡着。弟拱到我的被窝里来，咬着我的耳朵说："姐，你别怕，他们不让你上我也不上了。"

弟说到做到。我退学回家后，弟也把板凳搬回了家，任凭爹怎么打他，他咬死了一句话："姐不上我也不上！"爹无奈地扔了锄把，一屁股坐到地上。

我和弟又重新回到学校，弟开心得像一只小鸟，可娘的病越来越重了，地里的活全靠爹一个人干。有一天上学路上，我就和弟商量：“姐觉得上学没意思，不想上了。弟你要好好读，将来考大学。”弟不说话，折了两根草秆攥到袖筒里，说：“姐，咱俩抓阄吧。谁抓住长的谁上学。你先抓吧。”

我捏住一根草秆，抽出来，是长的。弟做个哭脸，说：“姐，你考上大学别忘了给我买糖吃！”

弟真是鬼精。直到多年后我才知道，那天他在袖筒里藏的两根草秆一般长。

抓完阄，我又反悔了。我说：“弟，咱俩再打个赌好不好？马上要期中考试了，谁考得好谁继续上，考得差就回家，好不好？”弟想了想，说：“好！”

我知道，弟成绩比我好，一直是全校第一名。但为了稳妥，考数学的时候，我还是故意空了几道题没答。可是考试成绩下来，弟考了个全校倒数第十名！

弟把板凳搬回家时，遭到了爹的痛打。爹提着破鞋底，一路把他打回学校去，但弟回学校没多久，就被开除了——他砸了学校的玻璃，还把老师给打了。弟挨了平生最厉害的一次打，爹把他吊在屋梁上，用蘸了水的鞭子抽他，抽得满身血道道。弟发了一场高烧，在床上躺了三天。三天后的早上，弟一声不响，扛起锄头跟爹下地去了。

弟才十三岁，就成了农田里的好帮手，稚嫩的肩膀被扁担磨起了水泡，被拉犁的粗绳割出了血道道。

转眼初中毕业了。我和爹娘商议，想填报师范学校，因为不收学费，有奖学金，还有每月三十块钱的补助，但弟坚决不同意。弟说：“姐，你要读高中，考大学。”

那是温顺的弟与家人发生的最严厉的一次争吵。也许是弟成了家里的劳力，爹没再打他，只是无奈地说：“娃啊，我也想让你姐读大学，可家里供不起啊！”弟说：“没啥供不起的。”

我抬起泪眼望着弟，才发现两年时间，弟变黑了，更瘦了，个头却蹿得老高，都比爹还高了。

弟终于说服了爹娘。我没有读师范，上了县城的重点高中。收完麦子，弟就打好了包裹，跟同村人一起去了平顶山，成了一名煤矿工。

弟去煤矿后，一直没有回家过年，只是每月都会寄钱回家。这些钱，又变成了厚厚的复习资料、课本和饭票。三年后，我考上了一所本科院校。录取通知书下来时，弟突然回来了，给我买了一身连衣裙，说："城里的姑娘都穿这个。"

弟送我去上学，我哭了，抱着弟弟说，"姐对不起你。"弟安慰我很久。临上车，突然小声对我说："姐，你知道吗？我不是俺爹娘亲生的，是他们捡来的。"我愣了愣，依稀记起那天夜里，娘说："不管亲生不亲生，一碗水都要端平。"起初我以为是自己，谁想却是弟弟呢？

我读完大学，分到县城工作，弟也从煤矿回来了，搞起了蔬菜大棚。弟说："爹娘老了，身边没个人不行。"弟再不是从前那个大书包拍打着屁股一路小跑的小男孩，变成了一个胡子拉碴的男人；也许是在矿井里待得太久，他瘦高的身材有些佝偻。我常常想，这个弟，虽然不是爹娘亲生的，却是我一生最亲的人。

结婚三天，我和丈夫一起回门，爹和弟都很高兴，他们三人喝了很多酒。爹喝醉了，抓着我的手，说："妮儿啊，咱家就数你有出息了。你虽然不是我亲生的，可比我亲生的还要亲啊！"娘在一边急忙打爹的背，说："死老头子你说啥呢？！"弟却在旁边嘿嘿地笑。

那一刻，我泪如泉涌。鬼精鬼精的弟，原来他早就知道的！

女先生

女先生杜泠，那时不过十八九岁年纪，刚刚从师范学校毕业，分配到桥镇中学教英语。杜泠来的时候正是秋天。她一身白衣，走在飘飞的桐叶间，那种光芒晃人眼睛。

初一的新生是野马，不好管，但杜泠有一副会变色的眼镜。杜泠在教室门口站着等上课铃响的时间里，总是仰着脸望天空。同学们纷纷猜测她在望什么，有说鸟，有说云，有说是椿树上的花大姐。我猜测，她是想让阳光把眼镜片的颜色变深，这样，学生就看不透她的眼神。

但日子久了，慢慢摸透了杜泠的脾气，学生就不再怕她。虽然杜泠总是板着面孔，但学生就像狡猾的老鼠，知道小猫再吹胡子瞪眼睛，也不会吃掉它。

杜泠就常常抹着眼泪跑出教室。

那时，同学们大多把“泠”字认成“冷”字，杜泠就成了杜冷，我只是在后面别出心裁地加了个“丁”字，杜泠一下子就成了杜冷丁。现在回想起来，当时的我是没有恶意的，但事实证明，我的这个颇具创意的玩笑对杜泠造成了深远的影响，而对我更无疑是一场灾难——父亲听说小杜老师被我气哭了，就用他的包括巴掌、皮鞋、鸡毛掸子、笤帚疙瘩在内的七种武器对我进行了一场彻底的教育。脾气暴躁的父亲不管抓起什么，就冲我砸过来，像一个飞花摘叶皆可伤人的武林高手。

打完了，父亲说，小杜老师教你，就是你的先生，你就要尊敬她！

我第一次明白了，对女人也可以叫“先生”。杜泠也像冰心、杨绛那样，是个“女先生”。

我带着母亲做的一些小吃食去向杜泠赔罪。杜泠正在弹风琴。秋日傍晚，夕阳的光里，杜泠莹白的手指蝴蝶一样翻飞。

杜泠看到在门外躲闪的我，抬起踩踏板的脚，让琴声停下来。

杜泠说，进来吧。

我说，杜老师，我错了，我不该给你起外号。

杜泠笑了，说，你很聪明，但要把聪明用到学习上才对。

我使劲地点头。

看我还是很窘，杜泠忽然冲我眨一下眼睛，凑到我耳边低声说，其实杜泠丁蛮好听的。

杜泠红红的唇就在我耳边。她说话时，温热的气流从齿间溢出来，吹得我的耳根痒痒的。有一种暖暖的香，从她的身上飘过来。我的脸陡然涨得通红，感觉体内的血流像一场傍晚的潮汐，嚣叫着、奔跑着涌上沙滩。

接下来的日子，我的英语成绩很奇怪地好起来；同时，我的生活也发生了一系列的变化。我开始变得沉默和害羞，常常盯着某一个地方出神；我开始打架，常常是在英语课后，我会向某个上课时捣乱的同学无端发动攻击，像一头好斗的小兽，反复冲锋，直至头破血流。

我变成了一个坏孩子。老师为我惋惜，父亲经常动用他的七种武器。只有女先生杜泠，不训我也不骂我。她把我叫到她的宿舍去，帮我把打架时弄破了的鼻子擦干净，帮我整理头发，帮我系扣子。她还弹琴给我听。

有几个夜晚，她弹琴的时候，月亮爬上来，她左腮边的那个小酒窝就盛满了月光。她说，弹琴要用心，心不乱，弹出的曲子才好听。她顿了顿，说，学习也是。她问我，你为什么打架？

我站在黑暗里，不吭声。

杜泠就生气了。杜泠说，你要是再打架，就不要再来听我弹琴了。

我哼一声，扭头跑了。

我的英语成绩一下子滑落到倒数第一名。杜泠在课堂上点名批评了我。我咬着嘴唇，眼泪还是流下来。我跑到河边，用石片儿打水漂。我在心里对自己说，杜泠丁，我恨死你了！我把石片儿狠狠地向水面甩过去，好像那水就是杜泠。

我再也不去听杜泠弹琴。

体态轻盈的杜泠像一只鸽子，在校园的秋天里飞来飞去。她飞过那株开满云一样的红绒花的合欢树时，我透过教室的窗户望着她，内心里涌动着莫名的情绪。那种情绪，直到今天我仍无法准确地形容，但它足以助长一个少年的冲动。

那是一个晚上，我路过杜泠的宿舍，看到杜泠纤细的影子投在糊着白纸的玻璃窗上。我鬼使神差地捡起一个小石头，用力地掷向窗子。小石头砸在铁栏上，在静夜里发出极为尖锐的声响。

我看到那个影子倏地站起来，撞着了吊灯，慌乱地摇晃着。

十分钟后，我带着恶作剧的快意，敲响了杜泠的门。我听到杜泠慌乱的声音：谁？

我说，是我，杜老师。

杜泠打开门。她穿着单衣，手里握着一把用来量布裁衣的竹尺，显然是匆忙间抓起的“武器”。慌乱还未从她的脸上褪去。

杜泠的慌乱，一瞬间瓦解了我，恶作剧似的快意如潮水一样迅速退去，取而代之的是一种难言的内疚和疼痛。我甚至想要去抱一抱她，告诉她不要害怕。

在今天回忆起来，当年的女先生杜泠也只是个比我大不了几岁的孩子，但面对她的柔弱和慌乱，我瞬间成长为一个男人。

棋局之外

方原只身来到大名镇。一路油菜花黄柳色新，方原的心情却并不明媚。

此时的大名镇像一口喧腾滚沸的大锅，煮来煮去，都是关于红星机械厂与美方合资重组的话题。双方就股权分配、职工安置等问题经过多轮谈判，一直未能达成协议。作为中方代表，方原清楚，明天的谈判将是一场终局对擂。

当地群众都不认识新任县长。方原像一滴雨水融进湖里，耳闻街谈巷议，不露声色，心中却扬起一面猎猎战旗。

半下午时分，阳光给石板街铺上一层闪光的金子。方原就是在此时看到那个棋摊的。

少年时，方原就拿过市业余象棋赛冠军，只是后来从政，少有闲暇。此时，听到胜者大声叫阵，不觉兴起，就凑过去，说，我跟你学一盘。

对手是江湖路数，棋风剽悍。方原沉稳应对，兵戈不举。到中局，抓住对手一个“勺子”，全力进击，一举奠定胜局。众人又推举高手来战，方原意兴勃发，行棋已渐入佳境，纵横捭阖，当者披靡。至暮色四阖，方原已连胜七人。

战局之外，鸦雀无声。忽听到有人喊，八叔来了！只见众人纷纷闪开，将一个精瘦的老者让进来。便有人说，八叔，您老来得正好，也让俺们开开眼！

方原心知，众人是想让自己开开眼——老者必是大名镇棋界执牛耳者。可此时方原斗志已起，就像一个登山者，怎肯在最后一座险峰前转身？便微笑着开口邀战：老先生，可肯赐教？

八叔笑答：勉为其难。

天光已暗，早有人架起100瓦的白炽灯。八叔请方原执红先行，方原推拒。围观者有人说，您就别客气了，八叔下棋从来都是“让三先”！

八叔笑叱道，多嘴！我这点小手艺怎敢卖弄？就猜先吧。

方原猜得先手，起着兵三进一。此着名为“仙人指路”，深长淡远，可守可攻，凡遇劲敌，则以此投石问路。应着多为中炮，又有飞象，其意在马，进卒争先；可八叔却应以马2进3，起手诡异。方原不敢轻敌，沉稳布阵。八叔亦是步步为营，层层推进。双方对阵二十回合，少有交锋，多是一触即退。棋局扑朔迷离，如刀盾交杂、矛戟林立、陷阱遍布、雾霭重重，虽不见烽火狼烟，却是十面埋伏。

方原陷入长考。

手机忽然响了，赵书记问，老方你在哪呢？方原说，在大名，下棋呢。赵书记说，这都火烧眉毛了，你还真沉得住气。方原说，赵书记你放心，我心里有数。

挂掉电话，方原急起兵马，一路狂飙突进，以图乘乱入局。双方互换子力后，局势看上去月朗星稀，实则如胶凝蚕丝，千丝万缕，暗藏杀机。

时值初春，夜风寒凉，方原却内衣尽湿。

八叔燃起一支烟斗，忽然问，小兄弟贵姓？

方原随口应道，免贵，姓方。

方？八叔一怔，道，好姓氏啊！内方为地，外圆为天。圆融变通，始有乾坤。世事如棋，无不须方圆相济！

方原闻言，觉八叔似乎话里有话，却也无暇细思。当下奋起攻杀，竟得一大子，以马炮双兵对黑方马双卒进入残局。红棋乘胜追击，积极邀兑。黑棋大势已去，投子认负。

围观者神情沮丧，八叔却笑道，攻防兼备，进退有节，气势如虹，后生可畏啊！方原笑道，侥幸而已。

一路上，方原心情激荡。方圆相济？不就是一局棋么？方原唇角隐现一丝微笑，将车开得如一条飞鱼。

次日，谈判桌上的方原，攻则披坚执锐，退则绵里藏针，既做出适当妥协，在国资控股、职工安置等原则问题上又毫不让步。双方最终达成协议。

这是一局完胜之棋。

一月之后，红星机械厂更名为中美合资大名机械制造厂。揭牌仪式后返城，车过棋摊，方原吩咐司机停车。远远地，八叔抬手招呼道：方县长，再来两盘？

您早就认识我？方原笑问，今日可否让我三先？

八叔欣然应允。

方原执红先行一个“大路三先”，占尽先机，迅猛进击。黑棋却坚如铁壁。至中局，八叔棋风一变，大开大合，双车长途奔袭，双炮隔空齐发，双马出入用奇，一时间牵一发而动全身，战场烽烟四起。乱阵之下，方原攻无可攻，守无可守，只得告负。

“让三先”果然名下无虚！

方原心知不敌，第二局开始，道一声“得罪”，起手炮二进七、炮二平四、炮四平一，连斩黑棋马、士、车三子，叫将。众人大哗。八叔却哈哈一笑，不以为意。方原也笑，心底却暗道惭愧——棋界“让三先”有不成文之规：子不越界。方原此招谓之“强盗三先”。

先得三子，红棋顿时长驱直入，如临空城。黑棋左支右绌，屡陷险境。然而方原使尽手段，始终难以克城。到中局，再看黑棋，颓势渐转，棋如行云流水，天马行空；势如星垂平野，月涌大江。

方原起身，冲八叔一拜，道，世事如棋，须方圆相济。感谢八叔教诲!

八叔哈哈笑道，方县长过谦了。

司机小李没看明白，回城路上，问，这一局到底谁赢了?

方原笑笑，说，当年韩信领兵出征，路遇一棋馆，牌匾上书“走遍天下让双马”。韩信笑他狂妄，与之对局，大胜之后，将牌匾磺得稀烂。三日后得胜班师，又过棋馆，馆主再邀其对局，让双马，韩信连输十盘。

方原耸耸肩，自言自语道，这棋局之外，又岂是输赢可以论之?

人是一把锁

1. 麦苋

我叫麦苋。

他们都说这是个很洋气的名字。他们还说，这孩子，要是穿得干净些，头发别那么脏，别老骂人，别随地吐痰，别老冲人瞪眼睛，别……跟这名字就般配了。

全都放屁！麦子长在土里，跟洋气有什么关系？老子就是脏，就是骂人，就是吐痰擤鼻涕，就是瞪眼睛，管得着么？

说实话，我不喜欢这个鬼名字。叫个阿猫阿狗的，也比叫麦苋强。麦苋是啥？一苋草、一苋白菜、一苋麦苗，土不拉叽的，一听就是个贱名字！你们这些有钱人，怎么想的？越是土的你们越说洋，放着好好的红烧肉不吃，非得要吃糠！

你别笑！娘的，你个大肥佬，吃得跟猪一样。老子都一天没吃饭了，舔舔你的盘底算什么？

唉，你都知道了？是的，我叫麦苋，十二岁了。我是个流浪儿，是个小要饭的。他们有时叫我麦苋，有时叫我“小杂种”、“小兔崽子”。

你叫我什么？你随便好了。我不恨你。我只恨那个死爹，把我种在了麦蔸子里；恨我那个烂娘，嫁了男人把我赶出了家。

2. 刘锁匠

你问我？我是刘锁匠，又叫刘老实。他们都说我是三棍子问不出个屁来的老实人。你说麦蔸啊？唉，那可是棵苦瓜秧子啊。没吃没喝的，能不偷能不抢么？

我就是看不得他学坏，才把他招到这修锁铺子里当个小学徒。瓜秧子长歪了，总得有人扶。好歹有我口稀的，就有他一口干的。再说了，学个手艺，也能拴住他的心。谁叫我是老好人呢？

唉，可这孩子……不争气啊。刚学会了开锁，就跑得没影子了。该不会去学坏吧？

3. 麦蔸

老子有钱了！娘的，让你们这些有钱人再笑我。我一个人就要一桌子菜，猪蹄、烧鸡、红烧肉、大白馍……鬼日的，肉真香！

爹？我没爹！你说刘老实？他不是我爹。我知道我对不起他。他教会我开锁，我报答他不行么？我昨晚不还往他门缝里塞了一百块钱？

你问钱哪来的？管得着吗？

小偷怎么了？反正你们这些有钱人有钱花不完。

怎么偷？我会开锁啊，弄根细铁丝，左一捅右一捅，咔嗒一声，就开了。我喜欢开锁，门不开，你永远不知道里头是什么。进了门，我先拉开冰箱找吃的；吃完了，看看电视，有时还睡一小会儿。我喜欢拿菜刀剁他们的沙发、桌子，把电视机泡到水池里，把冰箱扳倒放，把酱油芝麻油色拉油花生油不管什么油统统倒到衣柜里。有一回，我高兴，还把尿撒到杯子里，端到他们的餐桌上。

你问我为什么要这样？我高兴！谁让你们这些有钱人打我骂我笑话我。

4. 刘锁匠

这几天，听说几个小区都在闹小偷，钱倒没丢多少，就是祸害得不轻。昨天早上一开铺子，门缝里掉下一百块钱，我就知道，肯定是他干的。告诉警察？不行，这孩子命够苦的了。可也不能任他这样下去啊？还不得给毁了。我得想个法子。

5. 麦苋

那天，我正在桥洞下睡觉，刘老实找来了。

我知道，他什么都知道了。他是不是想把我交给警察？警察怎么了？老子才不怕！

我对他说，你别想劝我，我就是要偷！偷！偷！让那些有钱人笑话我。

刘老实不劝我，他说要跟我比一比，看谁开锁开得快开得多。这不哄我嘛，谁都知道，我开锁是他教的。我才不傻。刘老实见我摇头，又说，麦苋，你不是开了很多锁吗？我这有一把锁，你要是打开了，我就不管你。

我想想，就同意了。锁嘛，还不都差不多，看你能难倒我。

刘老实从口袋里摸出一把小铜锁，不说话，只拿眼盯着我。我第一次留心看他的眼，里头有两道光，嗖嗖的，像小刀子。鬼日的，不知怎么的，我就低下了头。我心想，我开了锁看你还能说什么。

我接过那把小铜锁，一看，锁眼竟然是空的！我抬手就把锁给扔地上了。我说，你骗我，这是把废锁，还开什么？

刘老实眼里的小刀子更亮了。刘老实说，锁眼空了，就是废物了，就不是锁了。对吗麦莞？

我愣了愣，不知道他想说什么。

刘老实说，麦莞，你想当一把废锁，还是想当一把好锁？

我望着地上那把锁眼空了的铜锁，张张嘴，却不知道说什么。

刘老实收起了眼里的小刀子，从怀里摸出一瓶酒。他对着瓶嘴干一口，又递给我。我学着他的样子，干一口，呛得鼻涕眼泪一起流。

刘老实说，麦莞，你连酒都不会喝。你还是个小瓜秧子，不能长歪了。

刘老实说，麦莞，你跟我回修锁铺子去，好好学，有我口稀的，就有你一口干的。

刘老实说，麦莞，能开锁不算本事，能修锁才是本事。

刘老实又说，麦莞，人就是一把锁，心就是锁眼。人要是把心丢了，就成了废锁了……

三里庄

十五年前，二狗去过三里庄。

二狗的爷爷是从三里庄走出来的。二狗爷是市里一个无关紧要的部门里一个无关紧要的小职员，没什么地位和影响，可三里庄的亲戚们不这样看。亲戚们一提到二狗爷，就啧啧嘴，说，人家二狗爷，城里人呢！

也不能怪三里庄的亲戚们眼皮浅。那会儿，城市是个什么概念？坐了马车换汽车，下了汽车换轮船，走上两黑天，啃完一兜子干馍馍，才到。

二狗爷恋故乡，就带着二狗回了三里庄。

二狗爷和二狗刚下车，小村就沸腾了。二狗爷牵着二狗，走了东家串西家，两条腿不拾闲。家家户户都来请吃饭，人多轮不上，就在二满爷那儿拈阄。拈不上阄的，也要端上一碗红糖荷包蛋，看着吃完，才算勉强尽了心。

二狗的小脸蛋儿差点被捏肿。七姑八婶都啧啧着嘴，说，瞧人家城里娃，就是水嫩！二狗就觉得特受宠，连狗都跟在他屁股后头摇尾巴。

临走时，家家户户都来送，都拿着礼物。其实那礼物也没什么。穷啊，没啥拿得出手，只好煮上十个八个熟鸡蛋。

二狗爷坚辞不收。二狗就扭着小屁股，躲开那些手。亲戚们就生气了。亲戚们就说，俺没啥好东好西，你们城里人别瞧不起。亲戚们死活拉扯着不松手，二狗就装着满满一书包外带两篮子的熟鸡蛋回家了。

马车驶离三里庄，亲戚们红着眼圈，远远地招手。二狗就哭成了泪人儿。二狗就想，三里庄的都是亲人。

回到城里的二狗，一直被三里庄的亲情感动着。二狗结了婚，生了子，发了财。看惯了人情冷暖、世态炎凉，二狗就想，抽空再回趟三里庄。二狗计划了好几年，才挪出了两天的空闲。

临行前晚，二狗跟媳妇儿说，你给我找个大旅行包。

媳妇儿说，要那么大包干啥？又不带衣服。

二狗说，你不懂。叫你找你就找。

媳妇儿没去过三里庄。媳妇当然不知道，二狗是怕熟鸡蛋没地儿装。

二狗爷老得走不动了。二狗就带上了儿子。二狗想到不能招摇，就没带车。

二狗一路想，给三里庄的亲戚们做点什么？二狗忆起了马车，就想，给修条路吧；二狗忆起了破学堂，就想，给建个小学校吧；二狗忆起了煮鸡蛋，就想，给办个养鸡场吧。二狗就掏出手机给媳妇打电话。

儿子一路滴滴地玩着游戏机，二狗就心疼地想，儿子的小脸蛋儿，肯定又要被捏肿了。

下了船，汽车一溜烟儿开到三里庄。没能坐上马车，二狗心里像少了点什么。三里庄已大变样，立起了许多新楼房。二狗牵着儿子进了庄，却没见到人，家家都关着门。二狗走了一阵儿，迎面遇上了二满爷。二狗就喊，二满爷，您老还好啊？

二满爷老得不成样儿了，拄着根拐杖，对着日头发呆。二满爷眯着眼，吐出一口老痰，说，你是谁啊？

二狗说，我是二狗啊——

二满爷歪着脑袋想了半晌，说，哦，你是二狗啊。二狗爷还好？

二狗说，还好，老惦着您呢！

二满爷说，这是你儿子？二满爷就捏捏儿子的小脸蛋儿，说，城里娃儿，就是水嫩……

二满爷就领着二狗和儿子，挨门挨户地串。

见了亲戚们，二狗就挨个儿叫，爷叔伯婶哥姐。亲戚们就迟疑着，终于认出二狗来。亲戚们就开门见山地问二狗，在弄啥子哩？二狗就谦虚地说，没弄啥，一般工作人员。亲戚们就“哦”一声，招呼着泡茶。喝了茶，聊会儿闲话，二狗就起身。亲戚们就说，吃了走？二狗就说，不了，再转转。亲戚们就不再留，送出门来。

转了半晌午，喝了一肚子的茶。儿子吵着饿，二满爷就领着二狗和儿子回自己家，烧了红糖荷包蛋，给二狗和儿子吃。

二狗吃着红糖荷包蛋，心里就酸酸的。二狗想不明白，三里庄还是三里庄，可哪儿就不对劲了呢？

手机响了。媳妇儿在电话里说，荷包蛋不好消化，你跟儿子都少吃点。媳妇儿又说，你交代的那些事儿，我都安排好了，明天就能把钱提出来。

二狗怔了怔，说，回去再说吧。

儿子噘着小嘴，说荷包蛋不好吃，要吃皮萨。二狗就把儿子碗里的荷包蛋夹过来，自己全吃了。

二狗放了碗，就跟二满爷道别。二满爷留不住，就拄着拐杖一直送到村口。等了半天，没车。二满爷说，要不，我套马车送你吧。

二狗说，不用了，您老回吧，我们走两步。二狗就牵着儿子，沿着路向码头走。二狗走出老远，回头望望三里庄，二满爷还在招手。

二狗上船前，在码头看见一个卖柴鸡蛋的。二狗就掏钱，说，我全买了，你帮我把它都煮熟。

二狗取出空空的大旅行包，装满了熟鸡蛋。

儿子问，爸，要这么多熟鸡蛋干啥？又不好吃。

二狗捏捏儿子的小脸蛋儿，说，爸爸爱吃。

老葛姓什么

张帆是一家大型食用油厂的采购科长，最近接到个差使，去东北收购大豆。临行，父亲拿出一个信封，叮嘱说："你这次去，一定要帮我找到一个人。这人叫刘保柱，当年是牡丹江一个轴承厂的业务员，你把这封信交给他……"

张帆带着新来的采购员小何，去了黑河市。黑河是大豆主产区，小何说在当地有几个熟识的收购商，张帆这次来就是想从中挑一个可靠的签下代购协议，以后由他们直接收购、发货，这样就不用租仓库了，省钱又省心。在这几个收购商里头，张帆最看好老马和老葛，可到底选哪个呢？

张帆先去拜访了老葛。老葛家可真够寒碜的，两间破平房，一屋子老家电、旧家具，也就房顶上那只灯泡是新的。老葛还用着一只老掉牙的山寨机，漆都磨掉了。见张帆一直盯着看，老葛就笑笑，说："用着习惯了，舍不得扔。手机就像老婆，好看不重要，好使才是关键。"张帆也笑，心里就有点看不上这个老葛。

正是饭点儿，老葛带着二人去了一家小饭馆，点了一盆酸菜炖白肉，一碟花生米，一瓶老村长。张帆心想，这人可真够抠的，起码弄个小鸡炖蘑菇吧？就那五块钱一瓶的老村主任，他闻都懒得闻。老葛倒吃得挺香，桌缝里掉进个花生米，还硬是给抠起来吃了。张帆眼珠子差点没掉地上。

饭后，老葛抢着会账，一掏口袋，带出一大把零碎：餐巾纸、便签、烟盒、钥匙……等他摸出钱包，张帆已经把钞票递给了服务员。老葛尴尬地搓着手，说：“这不好吧？你们是客。”张帆笑笑，说：“走吧，都一样。”老葛还不依不饶，说：“下回我请你。”张帆心说，没下回了，跟这样的人做买卖，能放心吗？保不准就会往大豆里掺土坷垃。

一顿饭，张帆把老葛淘汰了，晚上就去找老马。老马这人热情，拉着张帆和小何直奔当地最豪华的大富豪酒楼。菜是野味，酒是茅台，把人往死里整；临走，又硬塞给张帆两条中华烟。

张帆搂着马桶吐了半宿，觉得这老马人实在，靠得住，第二天就跟老马签了合同，预付了货款 10 万元。看着老马把收来的 500 吨优质大豆装了车，让小何押车回油厂，张帆放心地去了牡丹江。

说起刘保柱，其实跟张帆的父亲也只有一面之缘。10 年前，老张去哈尔滨收账，住在一家小旅馆，跟刘保柱睡一屋，俩人聊得挺投缘。那天，好不容易把十万块欠款拿到手，老张一高兴，就跟老刘喝开了。半夜里，旅馆失火了。当时老刘醉得像死猪，老张只好把他背下楼，出了火窟才想起装着十万现金的提包落在了里头……老刘醒了酒，哭着给老张跪下了，说：“要不是为救我，你的钱也烧不了。我老刘欠你十万块，我会还你的。”那年头，十万块可不是小数目，老张也没指望他能还，就随手把农行的账号写到纸条上给他，回去了。谁想没过多久，哈市公安局竟然把那十万块钱送回来了，原来那包钱塞在铁皮柜子里，没烧着，被消防队给翻出来了，里面有厂里的介绍信，人家按地址送回来了……

一晃就是多年。前不久，老张偶然从箱底翻出那个农行的老存折，到银行去一查，吓了一跳：自打十年前起，每年底都有人往这个账号上汇钱，数目越来越大，从没间断，数目早超过十万块了。老张这才回想起刘保柱的承诺，眼圈就湿了，说：“这个老刘，真是信义人啊，连利息都给还上了！”

张帆到了牡丹江，到轴承厂一打听，刘保柱早些年就搬走了，没人知道他搬哪儿去了。张帆本打算多待几天好好访一访，却突然接到电话，厂长劈头盖脸就是一顿骂。原来，小何根本没把大豆押回油厂，厂里断了原料，马上要停产！

打小何手机，关机。打老马手机，也是关机。张帆急忙回黑河，老马的收购点已是人去屋空！张帆的脑袋嗡一声就炸开了！被骗 10 万元还是小事，厂子停产一天，可就是上百万的损失。眼下最紧急的是采购 500 吨优质大豆，可时间太紧了！

张帆走投无路，忽然想到了老葛。老葛一听挺犯愁，可还是答应了。张帆本以为老葛会借机抬价，没想到他开出的仍然是市价，让张帆挺意外。预付给老葛 10 万元货款，张帆这回小心了，跟着老葛同吃同住，连上厕所都跟着。

两天后，500 吨大豆收齐发回油厂，张帆悬着的心总算放下了，就请老葛去喝酒。还是上次那家小饭馆，老葛还是点了两个菜，要了一瓶老村长，说："老弟，我说过要请你，这次我买单。"

张帆心情爽，老村长喝起来也顺口了。酒多了口无遮拦，就问老葛："我说你做这生意不是挺赚的么，咋还那么抠呢？"

老葛酒杯一顿，说："不是我想抠，孙子才想抠呐！我爹十年前欠了人家的债，临死扔给我一张破纸条，要我连本带利还人家 15 万！人死债不烂，父债子来还，我不抠能行吗？"说到这，老葛眼圈一红，打钱包的夹层里摸出张破纸条，说："这不，等我把最后两万块给还上，就无债一身轻啦，到时我请兄弟你喝茅台！"

那纸条已经泛黄了，张帆拿过来一看，上面有一串数字，还有个签名："张建设。"

张帆一下子跳起来，问："你认不认识刘保柱？"

老葛眼一瞪，说："我太认识了。那是我爹。你咋知道他？"

张帆指着纸条上的名字说："这个人就是我爹啊……"

张帆把事情经过一讲，老葛已经哭得稀里哗啦了。张帆眼泪也下来了，掏出那封信和银行卡递给老葛，说，"钱都在这了，我爹让还你的。"

俩人哭了老半天，又端起杯子喝酒。张帆就问："老葛，你咋不跟你爹一个姓呢？你妈姓葛？"

老葛脸一红，说："你妈才姓葛呢！老子从来都姓刘，是那帮孙子笑我抠，给我起的外号，说是有个外国抠门儿也姓葛？"

暖　夜

黄昏，天空像一面巨大的湖，倒映着这座城市。麦秋漫无目的地走在人群中，倒映在他眼睛里的全是陌生。这是八月的最后一个黄昏，麦秋摸摸口袋，只剩下一个钢镚儿了。它像一只在土里憋了一冬的小虫子，急不可耐地想要钻出来。麦秋的手紧一紧，摁住它。

麦秋临来时，除了车票钱，只带了三十个钢镚儿。他认真地计划着：每天花一块钱，吃五个馍，一个月还能找不到工作么？可眼下钢镚儿蚂蚱似的一个个蹦走了，麦秋还没找到工作——人家不是嫌他文化低，就是嫌他长得黑。麦秋跑到建筑工地上去，工头拿眼白瞅瞅他干柴棒子似的身体，不屑地说，瞧你那干巴样儿，给你袋水泥你扛得起么？

麦秋说，别看俺瘦，俺有的是劲儿！

工头说，就你？一张草纸样，上了架子，还不被风刮了去！

麦秋还想说什么，工头摆摆手，转身虎着脸吼，都歇个屁啊！上工上工！

麦秋讪讪地走开去，想，也不能怪人家，谁让你麦秋瘦得跟个猴似的哟？

口袋里的钢镚儿又蚂蚱似的蹦起来。麦秋用力摁住它。饿得头晕眼花的麦秋，很想用它去换回五个雪白的馒头，像领回五个白胖的孩子。可麦秋想，不到最后一刻，不能动它。再挺一挺吧，也许明天，就找到工作了。

麦秋看到，那枚鸭蛋黄似的夕阳像被咬了钩的鱼浮子，一点点坠落到湖水里去。麦秋的心就抽紧了——眼见着秋一天比一天深，麦秋就忍不住想家，想褥子下铺满了苇花的暖床。早稻就要熟了吧？再不回去，就赶不上秋收了。麦秋这样想着，眼前的长街忽然消失了，那些高楼、灯柱、电线杆都变成了粗壮、高大的稻子，行人也都变成了会走动的水稻，摇晃着黄灿灿、沉甸甸的穗子。麦秋的眼睛里就腾起一丝喜悦的光，虎口里仿佛已经攥紧了一把镰刀。镰头雪亮。麦秋就扬起手里的镰刀……

麦秋是被一个巴掌扇醒的。麦秋看到自己的左手正抓着一个少妇的腰，右手正做出挥镰的姿势。麦秋的脑袋嗡的一声，眼前跳起无数的星星。麦秋想，不是正割稻子么？怎么跑到这城里来了？麦秋一时间恍惚起来。

臭流氓，光天化日就敢占老娘便宜！

看那样子就不是好人！

哈哈，瞧他那熊样！小农民跑城里开洋荤来了……

操！揍他！

恍惚中的麦秋，像一棵细嫩的稻子，被一阵狂风刮倒。

麦秋从派出所出来的时候，天下起了雨，在冷风里雾一样斜织着。麦秋木胀的脑袋和散了架似的骨头经冷雨一激，更加胀痛。麦秋沿着霓虹闪烁的长街一直走下去，肚子里像窝着一头饥饿的小兽，用千百只尖锐的爪子，在抓、在挠、在拼力撕扯着。

麦秋不知道要往哪里去。麦秋一次次停在沿街店铺的廊檐下，一次次被狗一样地轰走。麦秋终于在街角一个雨棚下蜷起身来，把一块捡来的塑料布撑在身上，两手抱紧膀子，两眼无神地瞪着街道。路面上也有霓虹闪亮，水洼里的灯光，被飞驰的车轮一再辗碎。

麦秋终于抵挡不住，向肚子里那头穷凶极恶的小兽投降了。麦秋悄悄走到垃圾筒前，做贼似的翻拣着。麦秋刚刚将一只腐烂了半边的苹果塞到嘴边，就听到哭声。麦秋在黑暗中转身，看到檐下还蜷着一个小身影。麦秋走过去，看到一个六七岁的小男孩，夜色中，他湿透的身子抖成了秋风中的树叶子，他湿透了的眼睛像一口井。

麦秋蹲下来，问，你怎么不回家？

小男孩摇头。

麦秋问，你叫什么？你的爸爸妈妈呢？

小男孩摇头。

麦秋问，饿了吧？麦秋将手中的苹果在袖口上擦一下，递过去。小男孩胆怯地望着他，忽然伸手抓过苹果，大口啃起来。

麦秋笑眯眯地望着，感觉心底有一丝暖意爬上来，他注意到小男孩的脖子上有一个钥匙牌，上面写着一串电话号码。

麦秋毫不犹豫地用最后一个钢镚儿打了个电话。不大会儿，一辆黑色奥迪停在路边。一个男人冲过来，一把将小男孩从麦秋的怀里抢过来，像是夺回了一件宝贝。男人用狐疑的眼光打量了麦秋好一会儿，才抱起小男孩往车里去。麦秋怔怔地望着。

车门关上。

车门又忽然拉开。小男孩跳下车跑过来，将一个面包塞到麦秋手里，笑一笑，转身跑开。

奥迪车像一道黑色的闪电，倏忽消失在长街尽头。麦秋重又回到雨棚下。麦秋揭开塑料布准备往身上盖的时候，发现里面有一个肉滚滚的小东西。那是一只脏乎乎的卷毛小狗，一拱一拱地往麦秋身上贴，像是怕冷。麦秋笑了，把小狗抱在怀里，想了想，把手中的面包掰一半，塞进小狗的嘴里。

麦秋就这样抱着小狗，数着檐前的雨滴，慢慢睡去。麦秋梦到了铺满苇花的床，很暖。

春天来了

教授从美院退休后，去乡下买了座小院，画画、种花。

可是，这几天，教授的清静日子却被搅乱了——隔邻新搬来一户人家，是姐妹三个，大的十六七，小的八九岁。大的文静，总是穿一条洁白长裙，裙裾笼着脚跟，坐在门帘后头，看书。两个小的却很活泼，跳皮筋、踢毽子、笑闹不休。到了晚上，笑闹声平息之后，隔邻总会浮起一抹箫声，呜呜咽咽，如泣如诉，似有说不完的忧愁。

教授听着这箫声，就睡不着，白天就精神不好。有时正调着色，听到隔邻的笑闹，突然就很烦躁，把笔掷到宣纸上去。

教授就想，看来还是自己修炼不够，心浮。教授就有些自责。

隔日清晨，教授浇完花，沾了满衣花香，就走到隔邻的小院去。妹妹上学去了，姐姐一个人坐在帘后，看书。阳光穿过葡萄藤，穿过帘子的缝隙，给洁白的裙裾镶上金边。教授轻轻叩响院子的木门，问，我能进来吗?

帘后沉默着，显然是对这个不速之客的到来有些吃惊；紧接着，一朵细小的声音花蕾般轻轻绽开：请进吧。

教授走进来，蹑着脚，唯恐惊醒了花儿的清梦一般，连他自己都没觉察到这下意识的动作。教授走到帘前三步远，停下来。

教授说，你好啊，小姑娘。我就住在隔壁。

帘后的声音说，你好，爷爷。

教授说，我叫李然。你叫什么呀？

帘后的声音说，苗苗。

苗苗？这名字好。教授说，夜里是你在吹箫吗？

苗苗垂下了头，羞涩地说，吹得不好。紧跟着又说，吵您睡觉了吧？

教授赶忙摆手，说，不吵，不吵。很好听。

教授一摆手，衣襟上沾着的花香就随风飘散开来，飘进了帘子。苗苗嗅到花香，就问，爷爷，是您种的花吗？好香。

你喜欢吗？教授问，不等回答，就慌忙跑回自己的小院去；再回来时，手里多了一大捧洁白的百合花，露珠滚动，颗颗晶莹。教授把花递进帘子，苗苗惊喜地叫一声，把脸埋进花瓣里。教授站在帘外，孩子似的笑了。

那一天，俩人聊了一个上午。苗苗一直坐在帘子后头。

从那天起，教授每天都送花过去，两个小姐妹也经常过来看花。只是，苗苗始终笼着一袭白裙，坐在帘子后头，从不迈出一步。教授再画画时，邻院还是有笑闹声，但教授却发现，自己的心反而更静了，用色也多了灵动和天真。只是，夜夜听着那箫声，教授的心就会疼。

这一天，小姐妹又来看花。教授就问，你姐姐怎么老待在屋里啊？

小妹妹说，姐姐不喜欢出门。姐姐说她丑，怕人看见。

教授一怔。教授问，那你们的爸爸妈妈呢？

小妹妹说，在北京打工。舅舅每月送粮食来。

教授没再问什么。隔日再送花过去，教授就说，今天太阳真好。苗苗，出来晒晒太阳吧。

苗苗垂下头。

教授想了想，说，苗苗，这花儿好看吗？

苗苗说，好看。

教授说，我知道有个地方，种着大片的百合花，雪一样铺着。你想不想去看看？

苗苗点头，犹豫一下，又摇摇头。

教授笑了，说，你能不能把帘子掀起来呀？我们都是朋友了，我还没见过你呢。

苗苗不说话，教授也不说话。秋日黄昏，风中浮动着醉人的花香，只有风吹过葡萄藤的沙沙声。教授走出小院的时候，一抹斜阳投下来，教授的脸上就浮着几许失落。

转眼，冬天来了。小院中的花凋谢尽了。无花可送，教授起初有点张皇失措。但教授很快就拿起画笔，画了大朵的百合。教授再去邻院，帘后就传来苗苗惊喜的叫声。苗苗说，爷爷，你是个画家啊？我能跟你学画吗？

教授笑了。教授就每天去教苗苗画画，从透视教起。但苗苗还是从不走出帘子一步，都是教授带着纸墨笔砚过去，但教授很高兴——他终于可以走进帘子了。

大雪一次次飘落。苗苗学得很快，已经能画出很像样的百合花了。一老一少相对而坐、挥笔泼墨，漫长的冬天，就在两人身边缓缓走过。

这天清早，教授正在院中篱边散步，忽然有一朵细小的声音花蕾般轻轻绽开：爷爷——

教授转身，目光越过篱笆：帘子掀开了一角，苗苗睫毛低垂，站在帘后，仿佛一弯新月探出云朵。在教授惊喜的目光里，帘子终于完全打开，苗苗拄着双拐，迈出帘外。

教授感觉有泪水溢出眼角。泪光中，教授忽然发现，院外，远山上的雪已经化开，露出星星点点的青绿和鹅黄，而篱间的迎春花，不知何时已悄悄开了。

春天来了。

放屁的自由

从认识成福那天，他就一直红光满面的，像是总憋着股劲儿；可他那神情，分明又不是兴奋。

我就觉着，成福心里藏着事儿。我就问成福。成福张张嘴，话到嘴边，又咽了回去。我就更好奇了。我就请成福喝酒。成福顶不住劝，很快就喝高了。成福就讲出了内心的秘密。

成福说，我想放屁。

我愣了一下。我说，你说什么？

成福加重了语气，说，我想放屁！

成福的这个愿望是"高八"那年诞生的。

成福是个"老革命"。那时候，都管高考失败后回炉重塑的复习生叫老革命。革命到第五年，"高八生"成福就不拿课本了。课堂上，老师一时翻不到出处，就喊，成福！成福就说，某页某段某行。有时候，对于某些差生的提问老师懒得解答，就说，去问成福！

可成福一进七月就犯蒙，连中专线都沾不上边。成福就很自卑。

有天午休时间，教室里密密麻麻睡倒了一片，成福却在埋头对付一道方程。突然，成福感觉腹间一股气流开始蹿动。成福急忙屏气、收腹，想要抑制气流的形成。可一个响屁还是无组织无纪律，公然违背了成福的意志，夺门而出！

寂静中突起的巨大响声，把成福自己也吓了一跳。熟睡的同学们都惊醒过来，其中一个连声问，谁？谁？谁敲门？

笑声轰然一片。那个同学因为把屁声听成了敲门声，恼羞成怒，一把抓住成福的领子，说，瞧你那熊样！八年抗战，连个中专都考不上，放屁还敢这么大声？

成福恨不得把头扎到裤裆里。打那以后，成福再不敢在人前放屁。只要稍微感觉有放屁的冲动，成福就用力地夹腿，在凳子上扭屁股。自从加强了对屁们的组织监管力度，这种冲动一直被成福很好地控制着。

可成福控制得越成功，放屁的愿望就越强烈。就像哪里有压迫，哪里就有反抗，这个愿望像冬日荒原的野火一样越燃越旺，让成福坐卧不宁。只要一走到人群里，成福的裆里就好像藏着颗随时会爆炸的手雷。

成福后来终于没能抗战成功，黯然退学，做了一名保险业务员。可成福的业绩总是上不去。成福就更自卑，在人前话就更少，业务就更做不好。

成福就坐在我对面。每天，只要他一坐下来，就不停地扭屁股，扭得椅子咯吱吱响。成福走路总夹着腿，像裆里夹了条尾巴似的，同事们就很不喜欢成福。成福成天赔着笑脸，小心说话，小心走路，小心地敲击键盘，连喝茶都是小口小口地，唯恐发出大点的声音来。

清冷的小酒馆里，日光灯管嗡嗡地响着。电压不稳，光线忽暗忽明。已经喝高了的成福，不用我劝，已经喝得很主动了。

又一批食客进了小酒馆，在邻桌坐下来。暗影里的成福又开始不停地扭屁股，脸憋得通红。我吃惊地看到，成福的脸逐渐由红变紫，扭曲变形，最终，纠结成满脸的亟待释放的渴望。

一瞬间，在我的眼里，成福成了一头关在笼子里的猛兽。成福的眼神里流露出复杂的神情，有愤怒、有不安，有渴望、有乞怜。在成福的目光里，我变得手足无措，坐立不安。

此时，邻桌忽然爆出一声炒豆般的脆响，紧接而来的尾音曲折、尖锐、悠长。所有的人都张大了耳朵，四处搜寻声源，同时屏气敛神，作正襟危坐状。

成福突然像踩了地雷似的，一下子跳了起来！成福撞翻了桌子，踢开了椅子，一头闯进门外的夜色。

成福像一头受惊的驴子，顶着夜风，在马路上旁若无人地奔跑。我骑着摩托一路紧随。终于，在第三个街口，成福一头撞上了安全岛，瘫软在双黄线上。

我扶起泪流满面的成福。他抖得像一片深秋的叶子。我的泪涌上来。我在成福耳边说，成福，我给你讲一个故事，想听吗？

成福不语，泪眼婆娑地望着我。

我说，从前，有个人新盖了一所院子。院子盖好的那天，成福，你知道他做的第一件事是什么吗？

成福迷茫地摇摇头。

他在院子里屙了一泡屎！我说，他屙了一泡屎！

成福突然停止了抽噎，瞪大了眼睛。我感觉到了成福的变化。我说，成福，想放屁你就放吧，管谁看着呢！管有多少人在呢！

成福似乎听懂了我的意思。成福愣了愣，一个箭步蹿上了安全岛。夜晚的街道，车流如潮。成福一点点站直了身体，小心地一点点叉开双腿。成福的脸憋得通红。成福侧过脸来望望我，我给了他一个鼓励的眼神。成福得到了肯定，慢慢张开双臂，深呼吸，鼓胀起胸脯，用力——一股微细的气流小心地撕破空气，荡开清晰的波纹。

我忽然就有了大哭的冲动。泪光中，我忽然想起，许多年来，我都没有自由地、毫无顾忌地哭过了。晚风轻轻吹过。我想，我不就是另一个成福么？

分　鱼

二老包一着不慎，在村主任换届选举中输给了金狗子。

二老包当了一辈子“干部”，在这块土地上，说句话砸个坑，就像个真的包公，只差没有蟒袍加身。这一退下来，成了平头百姓，还真有些不适应。二老包就觉着胸闷，就跟自己怄气，可没人在乎。只有女人心疼他，哄着他。

好歹挺了过来。可二老包不能看到金狗子。一看到金狗子得意的样儿，二老包就气不打一处来，呸一口，转身走开。

金狗子也不尿他那一壶，嗤一声，说，不识抬举！

村里有十几亩水塘，泥厚水肥，年年春天放养鱼苗，隔年，就长成七八斤的大胖头鱼。到年根儿，开塘放水，破冰起鱼。男女老少齐上阵，丝网抄网旋网都下了水。孩子捧个脸盆拾蚌；水鬼拿着鱼叉来回蹚，瞅准了，一叉过去，卧泥的黑鱼、王八就遭了殃；浅水处，有人干脆浑水摸鱼，拣大个儿的一把抱在怀里，又降不住，骑着来回蹿。塘里岸上，笑声不断。

往年这时候，二老包就站在塘岸上，高声大嗓地指挥。今年，二老包却蹲在边上，远远地望着。金狗子在岸边指手画脚、得意扬扬，二老包就冷哼一声，心说，我看这鱼你怎么分！

天傍黑，起完了鱼，都堆到打谷场上。金狗子拿着花名册，会计捧着算盘，两个壮小伙抬着一杆大抬秤，分鱼。可鱼不像稻麦粮食，个头大小不一，称来称去，总是分不均。这家少了，那家多了，就吵闹起来，弄得金狗子下不来台，大腊月的，蹦出一头汗豆子。金狗子这才明白，村主任不是好当的。就想，往年，二老包他是咋分的？

吵闹升级，有人开始下手从公堆里拾鱼了。金狗子一声虎吼，跳到石磙子上。金狗子说，都是吃公家，有个差不多就行了，别眼里灰星子下不去，狗吃狼刨的。

底下就马蜂炸了窝，轰的一声吵开了。就有人骂，连个鱼都分不均，你村主任咋当的！又有人说，下去，下去！让二老包来分！

眼看就要影响威信了，金狗子当机立断，就喊，二老包，二老包呢？金狗子撒眼四望，二老包在草垛边儿上蹲着呢。

金狗子拨开人群往草垛走。到跟前，说，二老包，这鱼我分不下去了，还是你来吧。

二老包哼一声，打鼻窟窿里喷出一股子烟，不理。

金狗子就说，不识抬举！

二老包腾地站起来，又蹲回去，袖着手，阴阳怪气地说，你是村主任嘛，你来分。

金狗子愣了愣，换上一副笑脸，蹲下身，说，老包叔，往上论三辈儿，咱还是一个门里的。再说了，你是老干部了，有觉悟的人，这群众闹事，你总不能看着不管吧？

二老包犹豫一下，呸的一声吐出烟屁股。金狗子慌忙递上烟，划了火柴，给他点上。二老包喷出一口烟雾，说，你金狗子眼长在脑门上，也求人？

金狗子讪讪地赔着笑脸，不接茬儿。

二老包看跩得差不多了，就起身往打谷场来。场上霎时静下来，都拿眼盯着二老包。

二老包推开会计递过来的算盘和抬秤，说，把鱼都给我收回来，拢成一个大堆！

说这话的时候，二老包黑着脸，像个真正的包公，就有人照办了。二老包望一眼小山似的鱼堆，再望一眼各家户主，心里一揣摩，就有了八九分，就说，一家先分三粪筐。

大堆就又变成了小堆。

二老包绕着各家的鱼堆转一圈，再走回来，从大堆里抄起鱼尾巴，东一条西一条地甩，嘴里喊着，德子，这是你家的！老黑，你家的！得财，你家的……

分完了，各家相互比对着，都满意。都说，还是二老包，不用秤也分得均！二老包就板着脸，很响地咂着烟屁股。边上，金狗子赔着一脸笑。

分完鱼回家，二老包才发现把自家那份儿弄忘了。女人骂，二老包也不恼，一脸快活地笑。

二老包快活了好些天。

鱼吃完了，年慢慢远了。金狗子就又回到先前的样子，再遇上二老包，态度就不再恭谨。二老包就眼一斜，呸一口，转身走开。

金狗子也不尿他那一壶，嗤一声，说，不识抬举！

二老包就郁郁地回家去，心里想，咋还不过年呢？

猎鸭记

管青调到野鸭湖乡当乡长，新官上任三把火，围绕着千亩湖面大做文章，提出了可持续发展的生态经济方案：大力发展水产养殖业，开发水上旅游度假景区。

这一天，县招商办的张主任带来一个港商联合考察团。晚宴上，酒过三巡，张主任悄声对管青说：“他们想打野鸭子玩玩，老兄安排一下？”管青面露难色，说：“那可是国家二级保护动物，您又不是不知道！”张主任打个哈哈，说：“老管啊，就你是遵纪守法好公民！天高皇帝远，这又是你的地盘，怕啥？你让他们玩舒坦了，投资的事就好说了……”

第二天，管青亲自陪着考察团在湖里转悠了一上午，连个野鸭毛都没瞧见。众人都觉得扫兴，上了岸，饭也不吃就要回城。这都是财神爷，哪能轻易放走了？管青好说歹说把他们请到湖边一座鱼鲜餐馆。一碗鲜鱼汤下肚，港商们的脸色才好看了点儿，问：“你们这不是野鸭湖吗？怎么一只野鸭都没有？”

管青还没开口，鱼鲜馆老板插话说：“野鸭子让打怕了，都躲到野鸭塘去了。老辈人说，那是野鸭王藏身的宝地，大涝不涨，大旱不干，三伏天透心凉，三九天还冒热气呢！只是这野鸭塘藏得深，那芦苇荡像迷宫，除了老鱼精，谁也找不着！”

“老鱼精是谁？”张主任来了劲头。

管青说：“这老鱼精我倒认识，是个老渔民。可是他人老了，要替儿孙修德积福，还加入了野生鸟类保护组织，你们要打野鸭子，他怎么肯带路呢？”

“你想想办法嘛！大伙儿来一趟不容易。”张主任煽风点火，港商也都随声附和。管青一瞧这架势，看来是不打到野鸭不罢休啊，略一沉思，说：“要想去也成，你们得听我的……”

午后，管青领着众人来到湖边一处农家小院，开门的正是老渔精。管青说：“大爷，这是省里来的记者，想拍点野鸭子照片做宣传，我想请您老带他们去野鸭塘看看。”老鱼精打量着眼前这帮人，身穿马甲，手拿相机，身上都背着装摄影器材的黑盒子。老鱼精就点点头，走到湖边下了船。

野鸭湖水面宽广，芦苇荡一望无际，水道纵横相连。一行人乘着三条小船，在老鱼精的带领下钻进了芦苇荡，也不知绕了多少个弯儿，眼前突然一亮，出现了一个半亩大的小水塘，塘水清澈见底，几十只羽毛华丽的野鸭在水中浮游着，自在嬉戏。

这传说中的野鸭湖果然十分隐秘，风景秀丽！

见有的人已蠢蠢欲动，管青急忙咳嗽一声，对老鱼精说：“要不您老先回去忙，同志们想多拍点照片，恐怕要多待一会儿。”老鱼精点点头，长篙一撑，小船嗖地驶进芦苇荡中。

估摸着老鱼精的船驶远了，管青这才一摆手，早就按捺不住的港商们纷纷掏枪，一齐扣动扳机，顿时枪声轰响，惨叫连连，短短几分钟，清澈的小水塘变成了一片血泊。大家纷纷拍照留影，管青也急忙带人打扫战场，将野鸭就地拔毛，装袋。

一切处理完毕，两只船沿着老鱼精留下的路标原途返回。当晚，就在乡政府食堂把野鸭肉煎炒烹炸炖，大快朵颐。

次日一早，签了投资意向书，考察团一行打道回城。管青急忙召开会议，布置项目投产的事儿。孰料第二天，上头下了个文件，把他给停职了，说是他带人打野鸭被举报了。管青憋了一肚子火，一气之下，回到野鸭湖边的老家小村里，闭门思过。

这天，管青正在湖边钓鱼，水上驶来一只小船，撑船的正是老鱼精。管青急忙站起来，喊："三舅，您咋来了？"

老鱼精拄着篙，板着脸："咋，你还认得我这个舅？连亲舅你都敢哄！可惜了那些鸭子啊……"

"您老都知道了？我那也是实在没办法。"管青赔着笑，把招商引资的事说了，又奇怪道，"我把鸭子拔光毛才出的湖，谁知道那是野鸭？可还是被人给告了。"

"摘乌纱帽你不冤枉！招商引资是好事，可野鸭是根高压线，碰不得！现在后悔了？"老鱼精说，"你上船来。"

等管青上了船，老鱼精一撑篙，小船箭一般驶进了芦苇荡，七拐八绕老半天，眼前忽然出现一片十几亩大的苇塘，成百上千只野鸭，还有白鹭、灰鹭、鸬鹚、水鸡等各种水鸟在水中嬉游……

"瞧见了么？这才是真正的野鸭塘！除了你我，没有第三个人来过。"望着管青吃惊的表情，老鱼精哈哈一笑，压低嗓音神秘地说，"我带你们去的根本不是野鸭塘，他们打的那些也不是野鸭子。"

管青一听可就迷糊了，问："那是什么鸭？"

老鱼精一笑，说："好小子，实话跟你说吧。自打你提出大力发展养殖业，三舅我就琢磨着带个头，搞一个养殖场。城里人不都爱吃野味吗？我就寻思把野鸭跟家鸭杂交，孵出来的这杂交鸭毛色跟野鸭一样好看，肉质又跟家鸭一样肥嫩，放养在湖里头还飞不了。可是老子刚孵化了几十只想养着试试，让你们一阵枪炮给我打了个精光！"

"三舅，你咋不早说呢？看来我能官复原职啦。我成天琢磨着怎么发展特色养殖业，你这办法好，值得推广！"管青愁眉顿扫。突然又想起来，问："舅，你咋就猜到我带人是去打野鸭的呢？"

“你进门就喊大爷，我还不知你肚里憋着坏？再说了，那帮人眼里放贼光，我还看不出来？”老鱼精捋着胡子笑，“要不是你亲舅，老子也舍不得把那些宝贝鸭子给你们打枪玩儿。”

爱情永远闪着光

1

山城。

初秋。雨夜。长街空空无行人。苏萝撑着伞走在雨中，听雨点敲打在街边的帆布篷上，像一个蹩脚鼓手的练习曲。转过街角，苏萝看到屋檐下蜷伏着一只雪白的小猫，冻得瑟瑟发抖，喉咙里发出“唔唔”的声音。

“小猫，你叫什么啊？看你这么白，是不是叫小白啊？”苏萝蹲下身摸摸小猫的脑袋。谁知小猫并不领情，冷不防一爪子挠在苏萝手腕上，趁机逃脱，一头扎进雨中。

韩冬开车行驶在雨中，突然一条白影横穿马路。韩冬一个急刹车停住，看到街边屋檐下站着个女孩，手腕上流着鲜血。车窗玻璃阻挡了女孩的尖叫声，使整个突发事件像一场无声电影。

韩冬推开车门走过去，扯下领带将苏萝流血的手腕裹紧。去医院的路上，苏萝眼中还噙着泪水，说：“小猫真可怜，没人收留它，它会死的。”

“放心吧，它会没事的。”韩冬笑着说。在晦暗的雨夜，这突然绽放的笑容，仿佛阳光从乌云间透过来。

第二天傍晚，苏萝正在看书，窗外传来猫叫声。苏萝推开窗，惊喜地叫一声："小白！"

韩冬站在楼下，灿烂地笑着，像一棵伫立在阳光下的向日葵。在他手里提着个笼子，里头有一只毛色雪白的小猫。

韩冬做了个鬼脸，说："我不叫小白，我叫小韩。"

小白是在一个垃圾站找到的。韩冬把小白带回宠物医院，洗澡、看病，喂食，这才来找苏萝。

气温慢慢下降，苏萝的心里却有一丝温度在悄悄爬升。韩冬离过婚，但苏萝觉得没什么。

2

苏萝要赴欧洲工作半年。但她坚信，分别只是为了更好的聚首。

转眼三个月过去。这天半夜，苏萝醒来，忍不住又拨通了韩冬的手机。无人接听。发微信也没有回复。苏萝想，此时国内正是白天，他可能在开会吧。可是，第二天韩冬的手机就停机了，再没能打通。

一周后，苏萝匆匆告假回国。一出机场，苏萝就直接去了韩冬家。开门的却是个女人。

女人大方地招呼她进去坐，说："您就是苏萝吧？我是林芳，韩冬的妻子。"

"你们不是离婚了吗？"苏萝有些奇怪。

"刚复婚。"林芳摸摸手上的戒指，笑笑："分开才知道原来的好。"

"韩冬呢？我想见他。"

"他去了美国。我们准备移民，他先过去了。你有什么事情告诉我就行。"

苏萝浑身的每一滴细胞液都在汹涌，想要夺眶而出。一切都很明了，纠缠毫无意义，她也做不出。

每一个童话都有尾声，该合上的书本就要合上。苏萝买了一张火车票，她要告别这座伤心的城市。买票的时候，售票员问："去哪？"苏萝递上钞票，说："最早的一班火车，能买多远买多远。"

火车开动，望着身后飞速退去的山城，苏萝忍了许久的泪水才夺眶而出。

3

苏萝去山城出差。

车窗外，落雪的田野一片银白，一条冰河在大地上蜿蜒穿行。时隔三年，却又要重返山城，苏萝既不觉得惊喜，也不感到伤怀。

安顿好住处，苏萝上街吃饭。从餐馆出来，迎面遇到了林芳，臂间还挽着一个男人。猝然相逢，两人都有些吃惊。

"你不是去美国了吗？"苏萝淡淡地问。

"没有。"林芳自失地笑笑，说："有些话我一直想告诉你，韩冬不让我说。"

三年前的秋天，苏萝去欧洲之后，韩冬接待了一个南方客商。这客商为了在与韩冬公司的谈判中占据主动，暗地里往香烟里掺入高纯度的海洛因，一步步诱使韩冬吸毒成瘾，再要挟他就范。韩冬进了一家戒毒所，但治疗效果并不明显。

"他真傻。他知道自己沉陷火坑难以自拔，为了怕你伤心，宁可舍弃这份感情。"林芳流着泪说："请原谅我欺骗了你。其实刚才跟我一起的才是我老公。"

4

韩冬的毒瘾一直没有根除，时好时犯，已经回到了家乡杭州。苏萝推开院门时，惊讶地看到，满院都是大猫小猫，一个面色苍白的男人坐在猫们中间，微笑着，摸摸这个的耳朵，拍拍那个的脑袋。

韩冬已经瘦得不成样子。苏萝泪如泉涌，却笑着说："你这里成动物园了。"

晚风轻拂。

许久之后，韩冬说："苏萝，我如今已经是废人了。你忘了我吧。"

"我已经托朋友联系了昆明一家最好的戒毒所，你要有信心。"苏萝摇摇头，坚定地说："韩冬，我再也不要失去你了。"

韩冬迟疑着，终于伸出手去，紧紧握住苏萝的手。

办公室里的一把椅子

张三新来某局，任科长。上任之初，遇一尴尬事：单位房间紧张，未给张三安排单独的办公室。张三便与科室其他三人同处一室，四套一模一样的桌椅，各据一方。张三迟来，所居位置便不甚理想，迎门，众人来往皆打张三桌旁经过，让张三颇觉不爽。

从房间格局看，临窗的位子最佳，人进人出、风吹草动，尽收眼底。张三寻思，这位子该是我坐的。无奈初来乍到，不好明说，连暗示也不好有。

那位子上坐着的，是老科员李四。李四自恃年长、资历又深，时时处处，一副“老人”派头。更让张三不快的是，每有外人来科室办事，进门就直奔窗下，冲李四点头哈腰、递烟握手，将李四当成最高领导；而路过张三身旁，目不斜视，全然一副拿科长不当干部的样儿。李四所作所为更让张三窝火，不管来者何人，也不管大事小事，一概哼哼哈哈，既不向来人介绍张三，也不主动说明自己身份，一切全权做主，越俎代庖。

张三心知，如此下去，不利于树立权威、开展工作，但苦无良策。

这日，同学聚会，讲些旧时趣事、花边新闻，猜枚行令，插科打诨，场面分外热闹。酒过三巡，话题忽然扯到仕途，众人皆道张三荣升，要张三埋单。这真是哪壶不开提哪壶。张三强作欢颜，指着座中一位姓李的同学，笑说，该李处埋单。

李处是座中级别最高的，手中有权，春风得意。旁边也有人说，李处不买谁买？谁让他坐了那把椅子？

这话一语双关，本意指李处位高权重。张三闻言一看，包间里独李处屁股下的椅子是高背雕花的——但凡酒店包间，都留有主位，也即埋单人坐的位子，以昭示不同。

张三脑中突然灵光一闪，椅子？

次日，张三趁办公室无人，便将椅子腿上的螺丝卸下，然后去找后勤，说椅子坏了。张三本意，是要换一把高背软皮的老板椅。他在单位仓库见过那把老板椅，扔在角落里。后勤上哪明白张三的心思？派个小工过来，三下五去二，把螺丝拧上了。

张三一计未逞，又生一计。张三本就体胖，自此便用力往椅子上坐，还不时崴上几下。椅子本就脆弱，哪经得起张三折腾？没几日，就散了架。后勤上又搬来一把新椅，却跟先前的一模一样！

张三生气，就留心看仓库里还有三把这样的椅子，此外就是那张老板椅。张三就想，我就不信了！

张三用上了心劲，自此，便加大坐的力度。正所谓“苦心人，天不负”，不出一月，张三接连坐坏了四把椅子。众人背地里都说，领导就是领导，屁股都这么沉！

后勤上再无新椅可换，就说，张科长，您看这事整的。我再给您买把新的去。张三急忙摆手，说，不用，有旧的，找一张凑合凑合就行，能省就省。

仓库里只剩下那张老板椅了。翻开来一看，却是个旧的，椅背皮面撒裂，露出海绵，像被谁给开膛破肚了；弹簧锈了，一坐上去就吱呀乱叫，受了多大委屈似的。后勤上颇为难地说，这是局长原来坐的椅子，破得不成样子了。您看？

张三和悦一笑，说，就它吧，还能用，扔着也可惜。

老板椅宽大，倒合张三体形。虽然旧点，往办公室一放，特显眼。再有生人来，进门就打个愣怔，之后直奔张三桌前，点头哈腰、递烟握手……

张三眼前的天空忽然就亮了起来。

这日，局长闲转到办公室，一看那椅子，有些眼熟。一问之下，知道了事情始末，就冲张三重重地点了点头。

不久，局班子调整。局长说，张三有勤俭节约、艰苦奋斗之风，从小事看品行，是个值得信任的同志。

张三被提为副局长，换了办公室，有了一张新的老板椅。

劫

刘火是在喝下一瓶火一样烈的老白干后做出这个决定的：就弄这一把，回家去!

刘火把拳头狠命地扔出去，像扔出一块充满力量的石头。三合板钉成的小桌被砸出一个龇牙咧嘴的孔洞，像是菜汤里映出的刘火的表情。

黑暗中，刘火回头望一眼工地。阴雨连绵，盖了一半的楼泡在水里，该死的老板却卷款逃了，通缉令发出半月了，还不见消息。工友们都卷起铺盖回家了，可刘火没法回去。老母亲瘫在床上，吃药要钱；媳妇儿一个人侍弄十多亩田，买化肥、农药、种子要钱；小儿子银宝读高中要钱；大儿子金宝赌钱把牛给输了，赎牛也要钱……

狗急了不还要跳墙吗？就弄这一把，回家去。

酒壮熊人胆。刘火借着酒劲，一步三晃地走上了街头，漫无目的地走。天阴着，月亮躲在云层里。刘火怀里揣着一把电工刀。刘火不清楚除了用来剥电线皮外，它还能用来干什么。但刘火想，万一碰上坏人呢?

可刘火转念又想，我不就是坏人么？刘火觉得自己真糊涂，生气地嘟囔了一声。

刘火走进一条巷子，听到身后响起脚步声，急忙闪身到墙角的暗影里。一个男人摇摇晃晃地走过，一身酒气。男人提着个鼓鼓囊囊的皮包，手指上几枚硕大的戒指晃疼了刘火的眼睛。刘火肚子里刚刚喝下去的酒轰的一声燃烧起来，脑子里瞬间跳出了几个画面：老母亲在床上辗转呻吟，媳妇儿枯黄的面皮，辍学的银宝细嫩的肩被扁担打出了水泡，没了牛，耽搁了春耕，打不下粮，一家大小饿得皮包骨头……

刘火不敢再想下去。

刘火像一只兔子，从墙角的阴影里跳出来时，不远处的暗影里，女警林敏刷地抬起枪口。一只粗壮的手将她的枪按下去，刑警队长张平低声说，再等等。

刘火不清楚是不是自己带起的风刮倒了那个男人，他像一捆蜀黍，笨拙地倒下去，发出沉闷的扑通声。刘火愣了一下，很快又鼓起勇气，蹑着脚走过去。男人脸朝下趴着。刘火推了推他肥胖的身子，毫无动静。刘火的心里像揣了十七八只小老鼠，扑腾扑腾地跳个不停。刘火稳了稳心神，把男人的脸扳过来。路灯投下昏黄的光线。刘火吃惊地看到，那是一张熟悉得不能再熟悉的脸，刘火连做梦都忘不了的脸。

刘火把牙咬得咯咯响。怀里的电工刀不安分地跳起来，硌得胸脯生疼。刘火吸一口冰凉的空气，把肚子里翻腾的火压下去，伸手拿过那只鼓鼓囊囊的皮包，拉开拉链——满满一包钱，粉红色的光灼疼了刘火的眼睛。

刘火感觉酒意涌上来，晕晕乎乎的。

刘火愣了足有一支烟工夫，才回过神来，看到地上有一摊水迹；拿手指蘸了点，举在眼前一看，血！刘火伸手一摸，黏黏糊糊的，男人的额头上破了个窟窿！

刘火被火烫着了似的，跳起来，一头扎进黑影里。刘火想，他肯定死了。刘火想逃。可刘火逃了没几步远，又走回来，四下望望：夜黑黢黢的，连个人影都没有。刘火定了定神，走过去，伸手探了探男人的鼻息，还热乎乎的喘着气。

刘火伸手从怀里摸出电工刀。雪亮的刀刃在月光下闪着惊心动魄的光。

暗影里，队长张平瞪大眼睛，小臂平举，食指勾紧了扳机。女警林敏却一把抓住了张平的胳膊，悄声说，等等！

张平说，不能等了。再举枪，却看见刘火正割下一长条衣襟，费力地在男人头上缠了几圈，又打个结。

刘火做完这一切，叹口气，收起电工刀，弯腰把男人扛在肩上，提起皮包。

身后，张平抹去额头上的汗珠，冲对讲机说：继续蹲守。随即，冲林敏点点头，起身尾随刘火，一直看着刘火扛着男人进了一家诊所，才长舒了一口气。

诊所里，一台小电视正播放着晚间新闻：近日我市发生连环抢劫杀人案……目前，警方正在全力搜捕中。警方提醒市民，夜间外出注意安全。

张平和林敏走进诊所时，刘火正蹲在地上抽烟，见到警察，惊慌地站起来。那个男人已经醒了，脑门上缠了绷带，黑皮包就在他的手边。张平惊呼一声，原来是你小子！一个虎扑过去，将男人铐上。

男人苦笑一声，说，刘火，工钱，我会还给你的……

刘火咬咬牙，转身走开。

站住！林敏伸出手，说，把刀给我。

林敏的眼睛射出雪亮的光，直刺到刘火的心里去。刘火的脸腾地红了，从怀中摸出电工刀，递过去。林敏接过刀，意味深长地说，这东西容易伤人，也容易害己——你走吧。

刘火走出门，看到天上的云散开了，月光光地亮着。

秘　密

妻有一个秘密。这个秘密，就藏在她的梳妆台抽屉里。

抽屉是从来不上锁的。我只要动一动指头，妻的秘密就不再是秘密，但我没有那样去做。我在等待一个机会，让那秘密像一个藏猫猫藏得太隐秘的孩子，大家都找不到他，憋不住了，只好自己走出来。

我和妻是一个院里长大的。妻很美。小时候不觉得，大了，却应了“女大十八变，越变越好看”的丑小鸭逻辑。妻越美，越让我感到压力。花越艳，引来的蜜蜂就越多，这个道理我懂。谁知道哪个冷不丁一口，就咬到花心上了呢?

当然，这些想法，我是从来不说的。打小我就是个没嘴儿壶，只进不出。妻不知道我想什么，还是快乐得像只小羊羔，蹦蹦跳跳，坐在马桶上也不耽误她唱两嗓子黄梅戏。只是，妻只要拉开梳妆台的抽屉，就变了。妻在抽屉里翻拣着，表情就像天空的云，一忽儿庄重，一忽儿柔美；一忽儿喜眉笑眼，一忽儿珠泪欲垂。

妻守着她的秘密，能坐一个下午，一直坐进黄昏里去。有几次我回家早，看见了。

结婚十年，妻的秘密像一块石头，压在我的心上；那只抽屉像一个魔鬼，时时引诱着我，挑拨着我，让我的体内燃烧着黑色的火焰。有时，我也想偷偷打开抽屉，看看里面到底是什么东西。我甚至想把它一把摔碎了！有几回，我都要把抽屉拉开了，却又放弃了。

我知道，每个人都应该有自己的秘密。我像一个戒毒的人艰难地约束自己不靠近毒品一样，不去碰她的抽屉。

这很难，也很累。

我变了。我不再软言细语地和妻亲昵，不再陪妻逛街看午夜场，不再下班就回家，而是去酒吧狂饮。回家时烂醉如泥，倒头就睡。以前，我总是抱着妻睡，现在，总把背对着她。我不再和妻亲热。每当妻像一条火热的小蛇咝咝地吐着芯子缠上来，我就若无其事地转过身去。

深夜，妻辗转叹息，像一块烙铁，灼烧着我，我就恨不得拿耳光抽自己，我就想把妻紧紧抱在怀里，爱她，再不管那劳什子的秘密，可我还是忍住了。

妻察觉到我的情绪，问过我几次，我不说，妻就不再问了。

情人节那天晚上，我在酒吧里认识了一个女孩。她叫雪，单身，很美。我们聊得很投机，似乎找到了那么点感觉。送她回家，她邀我上去坐会儿。我犹豫了一下，还是摇摇头。那一瞬间，我想到了妻。雪在我脸上吻了一下，把一个冰凉的小东西塞进我手里，指指三楼的某个窗口。

雪转身上楼。我摊开掌心，看到一枚闪亮的钥匙。想起雪说过，什么时候想好了就过来，我头晕乎乎的。

回到家里，妻已经睡了。桌上有张纸条，上面画了两颗红心。灯光下，两颗心交叠在一起，我的手一抖，那心便鼓荡着，像是要跳动起来。

妻的字很娟秀。妻说爱我。我知道，这不过是开场白罢了，接下来就该是质问了。果然，妻笔锋一转，说以前的情人节我都送她玫瑰；后来，记不起日子了，下班也还会买捆大葱、青菜的捎回家。妻说我变了，还问我是不是有什么秘密？

秘密？看到这个词，我冷笑两声，把纸条撕碎了。忽然，我脑海里灵光一闪，想，秘密？秘密！

我起身出门。

雪惊喜的眸子闪着光。雪很高兴我这么快就想好了。雪一高兴，屋子里就春风骀荡，鸟鸣啁啾。

那晚之后，我再没去过雪的家。我把雪的钥匙放在书房的抽屉里。我也把抽屉开着，不上锁。我也会像妻一样，对着雪的钥匙，一直坐到黄昏深处去。可钥匙毕竟是钥匙，看久了，也会烦。但我坚持着。

我很轻易就回复到先前的快乐和轻松，妻的秘密，再也影响不到我的情绪。

一天，我下班回家，发现屋里狼藉一片，失盗了！妻的首饰被洗劫一空，那只抽屉躺在地上，里面的物件散落一地。我怔住了。那都是些什么啊？一摞捆扎整齐的信件，全是我当年写给妻的。想是翻看久了，封皮被磨成了毛边；还有几只玻璃弹珠，是 10 岁那年我玩腻了随手丢弃的；贝壳项链是大二那年去青岛时买给妻的礼物；还有别针、手绢儿、小挂件……

我的泪哗地涌出来。妻的秘密，终于像一个藏猫猫藏得太隐秘的孩子，大家都找不到他，憋不住了，只好自己走出来了。可是，雪的钥匙还在。我该用怎样的方式，把我的秘密告诉妻？

郝长生的发型

郝长生的发型，是随着年龄和时代的变化而变化的，用一句时髦话说，叫与时俱进。

童年时的郝长生，头顶着一个“茶壶盖儿”；再大点，郝长生长了一脑门子的大疮，闹得剃头匠也没办法，就给剃了个大秃瓢，大姑娘小媳妇，谁看了谁笑。为了遮羞，郝长生就从大形势里去找理论依据，说，我这是“红太阳光辉照全球”。

郝长生话一出口，立马让人肃然起敬，仿佛连他那光头也熠熠生辉起来。

这话不久就传开了，人人都知道，郝长生根正苗红，思想积极向上，能够紧跟时代潮流。青年时代的郝长生，因此便有幸被推荐上了大学。郝长生的发型也随之变成了中分头。郝长生说，这叫“大海航行靠舵手”。

一路从农村走到城市，又一路走到局长的宝座上，在外人眼里，郝长生的人生一帆风顺。只有郝长生自己清楚，这仕途看似平坦，实则处处陷阱。不琢磨怎么行？

也许是用脑太多，郝长生有了歇顶的毛病，眼看着头顶像严重沙漠化了的盐碱地，一天天光起来。作为领导干部，郝长生心知这有损形象，就精心呵护那一亩三分地，日日侍弄着，各种生发秘方都用尽了，并且再不理发，美其名曰“退耕还林”。你别说，这招还真行，从四周生出的蓬松的毛发，一点点向那块沙漠蔓延开去。郝长生心里那个高兴啊，对老婆说，这叫“农村包围城市”！老婆也笑了，说，争取来个“野火春风斗古城”！

郝长生官至局长，就再也上不去了。逆水行舟，不进则退啊！郝长生心急如焚。郝长生就日日琢磨，这个桥得搭，那个路得铺，可面对蛛网般错综复杂的人际关系，郝长生也忍不住挠头。到郝长生五十岁生日这天，回顾一生，郝长生百感交集，情不自禁就多喝了几杯。次日，一觉醒来，只听得老婆惊叫一声，那神情，像见了鬼。郝长生一惊，忙伸手去摸头顶，顿时心凉了半截——那块辛辛苦苦绿化起来的土地，沙漠扩大化了，一撮撮毛发掉落在枕头上，像是新伐的树木。

郝长生一声长叹，看来，这“农村包围城市”的战略方针只顶得一时，顶不得一世啊！老婆就建议说，咱去弄个头套戴戴？啥时候看上去都年轻。

郝长生顿时火了，说，我郝长生一辈子实事求是，到头来，你要给我整成个假冒伪劣？

火过了，郝长生就对着镜子，把头发这样梳，那样理，费尽心思，用了不知多少摩丝和发胶，总算将右侧的长头发给梳到左边来，盖住头顶那块不毛之地。郝长生揽镜自照，见那块自留地葱茏起来，这才松了口气，自嘲道，农村包围不了城市，咱就来个“地方支援中央”！

俗话说，怕啥来啥。不久，班子调整，郝长生去了残联，任主席。局长之职由原副局长小王接任。这是釜底抽薪啊！郝长生一气之下，卧床半月。出院后，组织上就安排由郝主席带领一班老干部，去各地考察旅游经济。

这日，考察团来到某旅游风景区。该风景区有一群照相猴，通人性，能陪游客照相。考察团一行就分别跟照相猴合影留念。郝长生虽然心情郁郁，也还是被照相猴给逗乐了。随行众人就鼓动着，郝主席也照一张!

郝长生说，那我也照一张？就走上前去，冲着照相机镜头站定。奇怪的是，那些刚刚还十分踊跃的猴子却你推我搡，不敢上前。这时，一只看起来稍为年长些的猴子跳出来，绕着郝长生转了几圈，上下左右看了看，嗖的一声跳到郝长生肩膀上，伸出前爪，先是帮郝长生整整衣领，又把褂襟拉拉平，这才在郝长生的肩膀上蹲下来，摆正身体。

这边，拍照的老李喊一声，好，就这样。一、二——

老李正要摁下快门，那猴子忽然抬手将郝长生那一绺“地方支援中央”的头发拨拉下来。郝长生将头发再拂回去，猴子又将头发给拉下来，还使劲儿抻一抻。郝长生再抬手拂头发，猴子忽然发怒了，龇牙咧嘴，一爪子打在郝长生的手背上，又将那绺头发拨拉回右侧。

众人哄笑起来。郝长生十分尴尬，自嘲道，这猴东西，还知道“拨乱反正”呢！怕把猴弄恼了，照脸上来那么一爪子，郝长生不敢再动，任那绺长发耷拉着，冲老李说，拍吧拍吧!

回去不久，照片冲洗出来。郝长生捧着那张跟照相猴的合影，看着看着，不由得笑了，紧跟着大笑不止，直到笑出了泪花。

郝长生琢磨着，这一生的路，都跟这发型有关。回想起少年时的“一岁一枯荣”，到如今的“百花凋零”，到底是发型决定人生，还是人生决定发型?

郝长生抬脚出门，去街边的剃头摊儿上，理了个光头。

苹　果

每次路过超市的水果摊，她都会停下来，用贪婪的目光摩挲着那一颗颗诱人的苹果。她曾经想，也许这世界上再没有人像她那样热爱苹果了，但是她从来不吃苹果。新婚时，有一回丈夫硬是将苹果塞到她的嘴里，当舌尖刚一接触到那甘甜的汁液，她条件反射地跳起来，冲向马桶，将黄疸都呕了出来。自此之后，丈夫就知道了她对苹果过敏。

她当然不是真的对苹果过敏，那只是一块隐秘的伤疤。

20 年前，她 8 岁，和母亲住在月牙街。父亲在建筑工地开吊车，有一回喝多了酒，失脚掉下来摔死了。母亲没工作，靠给别人缝补浆洗度日，挣的钱勉强够生活，还要供她读书。

月牙巷有一家水果店，卖得最多的就是苹果。她每天都要路过水果店，闻到苹果的香气就站下来咽口水，可她口袋里没有一分钱。水果店老板是个 50 多岁的瘸子，人都叫他李拐子，一个老光棍，暴脾气，爱喝酒，心却挺善的。见她站着，李拐子就拿起一个苹果，问："想吃吗？"她说："想。"李拐子就说："那你叫我一声爹。"她咬着嘴唇愣了许久，终于喊了一声："爹。"抓起苹果撒腿就跑。李拐子在背后哈哈大笑。

有了第一次，就有第二次。打那以后，她只要想吃苹果了，就跑到水果店里去叫"爹"。有一天，恰巧被母亲撞见了，母亲劈手给了她一巴掌，夺过苹果扔在地上，拉着她就往回走。回到家，母亲拿起笤帚把她劈头盖脸一顿揍，揍完了，扔了笤帚又抱着她哭。后来，母亲问她："苹果真那么好吃吗？"她点点头。母亲叹口气，说："你要记住娘的话，做人要有骨气，才会有很多的苹果吃。"

有天晚上，她突然醒了，透过门缝看见李拐子坐在堂屋里，桌上放着一大袋苹果。母亲坐在旁边，正抱着父亲的遗像低声抽泣。母亲说："现在不行啊，等孩子大点再说吧。"李拐子叹息一声："大妹子，你一个人哪撑得住啊。"母亲说："那你就不用管了……"那时她年纪还小，迷迷糊糊又睡了过去。

打那天起，日子仿佛突然间有了变化，隔三岔五放学回到家，就会看见桌上摆着几个苹果。她想，母亲原来肯定是骗她，说买菜的钱都没有，还有钱买苹果？

时间过得很快，转眼她就十五岁了。有一天下午，她忘带了数学书，跑回家去取。当她一把推开门，却看到李拐子把母亲抱在怀里，母亲正轻轻地抽泣着。她脑袋"嗡"一声，似乎突然间明白了苹果的来历，抄起一只板凳冲李拐子砸过去。李拐子夺门而逃，只留下一脸惊慌的母亲。她恶狠狠地指着墙上父亲的遗像喊："你对得起我爹吗？你个烂货！"

自那天以后，她再也没和母亲说一句话，也再没吃过苹果。她不能原谅她。她从此成了她生活上的保姆，经济上的来源，却唯独不再是她的母亲。

18岁，她考上大学，离开了月牙街。去学校那天，母亲替她打好了行李包裹，坚持将她送上了火车。火车启动的那一刻，透过车窗望着站台上挥手的母亲，刚过40岁已经老得不成样子，腰也弯了，头发也白了。她的泪不由自主涌出了眼眶。尽管她恨她，但不得不承认，心里仍然爱着她。但是，倔强的她仍旧不能原谅她。一直到毕业，留在城里工作，嫁了人，她再也没有回过月牙街。

再后来，她有了自己的孩子。孩子满月那天，她收到月牙街寄来的一个包裹，打开来，是一兜又大又红的苹果，还有一封信。娘不识字，信是李拐子代写的，上头说："孩子，你娘说，这苹果给她的小孙儿吃。你娘还说，让你放心，从来也没让你吃过不干净的苹果。有件事，你娘一直不让我告诉你，当年买苹果的钱，都是她卖血换来的。她不愿意我帮她。我跟你娘之间也没什么。我是想和她搭伙过日子，可她怕你不高兴，不答应。有空回来看看你娘吧！孩子，她老了，这些年过得也太苦了。"

那一刻，她突然明白，自己对母亲的误会多么可笑，自己的倔强又是多么残忍。母亲不解释，也许只是为了不让她难过，不让她过早地感受到生活的艰辛罢了。她有什么资格指责母亲，剥夺她的幸福呢?

流着泪，她拿起一颗苹果，深深地咬了一口。啊，那久违的甜中带酸的味道，顿时贯穿了她的口腔、喉咙和心头。

穿西装的猴

资料链接

猕猴，古称沐猴。适应性强，容易驯养。生理上与人类较接近，会游泳和模仿人的动作，有喜怒哀乐的表现，因此是多种学科研究工作中比较理想的试验动物。

老侯去趟山里亲戚家，就弄了只猴回来，当宠物养着。猴是幼猴，奶娃子似的，老侯就欢喜得不行，整日里捧在掌心。

老侯在乌有市子虚区城建局工作，年过四十仍是个科员，大事不问，小事不管。这日，闲得无聊，就想查查小猴的来历。一查，猴是猕猴，又名恒河猴，学名叫 Macaca mulatta。老猴不识英文，就按汉语拼音去读，叫“马嚓嚓·木拉塔”。同事小刘不屑地说，那个“c”在英文里发“k”音！老侯挺虚心，照此法一拼，就成了“马卡卡·木拉塔”。老侯觉得怪有趣，心想，还是个洋名。

再往下看，一行字吸引了老侯:“生理上与人类较接近。”老侯一想，那心理上应该也差不多吧？不都说人是猴变的吗？老侯就突发奇想：要是能把它培养成个人……

老侯被自己的想法吓了一跳。

接下来，老侯就开始全面改造马卡卡，喂它吃米面肉蛋，教它喊爸爸妈妈。要改变一个猴，首先要改变它的胃——老侯坚信这一点；再一个，教育对成长很重要。可老婆不乐意，说好好的一个人，跟猴扯什么亲戚啊？

说也奇怪，这一天，老侯跟人下棋，正催马挺炮叫将，身畔忽然响起一个细细的声音：爸——

老侯一愣。环顾四周，阒无人迹。再一看，马卡卡正瞪着水汪汪的眼睛看着自己。等弄明白是小猴开口说话了，老侯激动得热泪盈眶。

老侯养的猴子会说话！这消息不胫而走，乌有市人人称奇。马卡卡还会直立行走，猴模人样的。老侯看着乐，就专门请裁缝给马卡卡做了套西装穿上。老侯个矮，又瘦，一副猴相，跟西装革履的马卡卡站一起，倒真像是父子俩。

老侯因猴出名，连市长也给惊动了。市长日理万机，累，烦，一见到马卡卡，却开心地笑了。市长就很放松，再工作起来，就更有劲头。为了支持市长工作，老侯就常带着马卡卡去市长家陪市长玩儿。

由于老侯的特殊贡献，老侯就被提拔为城建局长。老侯新官上任，大刀阔斧，对子虚区城建工作进行改革，扩街修路架桥。老侯就忙起来，四处奔走。只要见到一只穿西装的猴掂着个公文包出现，人们就知道，侯局长来了。

人说猴精猴精，怕就是说的马卡卡。见的世面多了，马卡卡不仅能说会道，还能读书看报。更绝的是，它能模仿老侯说话，连咳嗽的声腔都一般无二；它还会写字，仿老侯的体，一笔一画，全无二样。

老侯觉得好玩，就让马卡卡替他接电话、签文件。反正声音一样，笔迹一样，谁也分不清是侯还是猴。看着那些人被一只猴牵着鼻子耍来耍去，老侯那个得意。当然，老侯从不跟外人说。

这日，电话又响。老侯一看来电显示是市长，就没敢让马卡卡接。

市长说，老侯啊，市中心立交桥工程包出去了吗？

老侯说，还没有。很多应标单位都不合格，我不放心。

市长说，我推荐一个吧，斗福扎建筑公司各方面指标都不错。

老侯一听，心里一咯噔。他知道这家公司，“名气”极响，近年来全市危桥基本都出自其手。他想说不太好吧？可没等他开口，市长一句“就这么定了，你签个字”，就把电话挂了。

这个字，签，还是不签？老侯犯了愁。

斗福扎桥梁建筑公司总经理贾大空很快找上门来。老侯隔着窗户看见贾大空，急忙躲进了里间。贾大空大咧咧地进来，不见老侯，只见小猴。

马卡卡往老板椅里一坐，叼着根中华，说，我爸不在。

贾大空把要签字的文件往桌上一甩，说，给你爸说，把这个签了，我明天来。说完转身出门。马卡卡条件反射，一把抓过文件，提笔就签了。

贾大空出门，想想不对——那猴子万一把文件撕了怎么办？就拐回来取文件。一看签过了，贾大空就笑，望望里间紧闭的门，说，这老侯，还跟我玩捉迷藏。

老侯知道这事儿的时候，立交桥已动工了。老侯就挺委屈，心想，倒让一个猴替我做主了？想责骂马卡卡，又想木已成舟，也就算了，反觉得有点侥幸，是马卡卡帮自己做了难做的决定。

半年后的一个雨夜，立交桥訇然倒塌，造成九人死亡，直接经济损失两千余万元。追查责任，斗福扎公司首当其冲，贾大空被捕。黑幕揭开，市长因受贿、渎职罪被检察机关起诉。老侯也被摘了乌纱帽，免职回家。老侯说，那字不是我签的，是猴签的。可谁信呢？老侯倒成了个“替罪猴”。

回到一介布衣身份的老侯，走路说话都不习惯了，一气之下，将马卡卡痛打一顿，剥去西装，扫地出门。

要说也怪。剥了西装的马卡卡，很快就回归到一只猴的样子，既不会说话，也不会写字了，甚至连直立行走都忘了。不久，动物园将马卡卡捉去——猕猴是国家二级保护动物，怎能流落街头？

天降姻缘全靠贼

马红旗是红星橡胶厂的一名青工，人长得精神，就是太木讷，见了姑娘就脸红，前前后后相了十几门亲，人家都看不上他，眼看着一晃就过了二十八。

这天，马红旗歇了夜班正睡觉，二姐风风火火跑过来，说给他介绍了个对象，约好星期天去相亲。

二姐走后，马红旗兴奋得再也睡不着，翻来覆去烙大饼。

转眼到了星期天，马红旗一早起来洗澡、梳头，抹了小半盒发蜡，穿上跟工友蒋军借来的白色的确良衬衣，骑上飞鸽自行车，直奔市立公园西门。

那年代，的确良衬衣是稀罕物，马红旗这一打扮，就有点儿鹤立鸡群，引来不少羡慕的眼光。二姐直咂嘴，说："人要衣装马要鞍，瞧瞧俺家红旗，骑洋车戴手表，身穿的确良，就是不一样！"

相亲对象叫张琴，长得漂亮，一脸傲气。马红旗心里直打小鼓，怕人家瞧不上他。俩人接上了头，二姐就识相地先撤了，临走时悄悄塞给马红旗两张电影票。谁知二姐前脚刚走，张琴后脚就匆匆告辞，连个联系方式也没留。马红旗紧张得出了一身汗，无奈地看着张琴飘然远去，气得一把将电影票撕成两半，心里暗想："这的确良也不凉了！"干脆把衬衣脱了搭在长椅上，坐下来抽闷烟。还没抽两口，一转眼，发现衬衣不见了！四处一望，有个瘦猴样的男人正往树林深处钻，手里拿着的正是他那件的确良衬衣。

马红旗拔腿就撵，俩人一追一逃就到了湖边儿上。有个姑娘正在水边看荷花，被慌不择路的瘦猴撞上了，“扑通”一声栽下水去。

马红旗愣了愣，不知该撵小偷还是该下水救人；但是他只愣了几秒钟，一头扎进湖里，三两下绕到姑娘身后，用右臂环住她的腰，然后侧着身子单臂游回岸边。这时马红旗再想去找那个偷衣贼，早跑没影了。

落水的姑娘叫李芳，长得还真漂亮。可马红旗哪有心思管这些，蒋军那小子是出了名的翻脸不认人，曾经因为抢一顶军帽就掂着板砖把他哥撵了七条街。马红旗要是不还他白衬衣，说不定他就敢动刀。

次日一早，马红旗硬着头皮去上班，刚到厂门口就碰到蒋军，身上竟然穿着件白色的确良衬衣。见到马红旗，蒋军嬉皮笑脸地问：“咋样，那妞盘儿亮不？这回要是成了，可得请哥们儿喝酒，多亏了咱这件的确良啊！”嘴里说着，还夸张地掸掸衣襟，好像那上头沾着看不见的灰尘。

听蒋军的话音，好像马红旗已经把衬衣还给他了？马红旗一头雾水，只听蒋军说：“兄弟你讲信义，还给我洗得干干净净的。不过你也是急性子，咋还湿的就搭我们家门口晒绳上了？隔壁赖猴子还愣说是他的，让我扇了两巴掌。他哪里知道，哥们儿我就怕有人偷，在衣襟里头缝了根红线头……”

真是无巧不成书！那个偷衣贼就是蒋军的邻居赖猴子。他顺手牵羊偷了白衬衣，却是绕着弯儿还给了主人，做贼心虚，哪还敢跟蒋军分辩呢？

马红旗顿时如释重负，倒有点幸灾乐祸起来，心想，这赖猴子偷鸡不成蚀把米，挨两巴掌也不亏。

这时，广播喇叭响了，原来是表扬信寄到厂里来了。不到一支烟工夫，全厂就都知道马红旗“舍身勇救落水女”的英勇事迹。马红旗心里乐开了花，整整一天都哼着小曲儿。

晚上下班，马红旗刚走出厂门，就看见李芳等在路边上。见到马红旗，李芳迎上来，说声“谢谢你”，把一个报纸包塞到马红旗手里。马红旗问是啥，李芳不回答，羞涩地说了声“回家再看”，一扭身跑了，黑油油的大辫子一甩一甩的，甩得马红旗眼晕。

回家路上，马红旗的心扑腾扑腾跳个不停，终于忍不住停下来，打开纸包一看，里头竟然是一件崭新的白色的确良衬衣，衬衣口袋里还别着一张电影票！那年月，姑娘能主动请小伙子看电影，意思再明白不过了，是要和他处对象呢。马红旗乐得直想翻跟斗。

就在这时，一个人晃晃悠悠哼着小调走过来。马红旗一瞥，这人猴头猴脑的，不是赖猴子是谁？马红旗一个箭步冲上去，一把抓住赖猴子。赖猴子吃了一惊，抬眼认出是马红旗，一把甩开马红旗，转身就跑。马红旗在身后撵：“哎，你别跑，别跑呀……”赖猴子跑得更快了，一溜烟就没影了。

马红旗傻呵呵地站在街口，自言自语说：“这家伙，跑什么呀，我还说请你喝酒呢。”

连升三级

老庙山上有座庙，半山腰有两间石板屋，住着何小虫和他娘白寡妇。娘儿俩在山道边支了个香烛摊，顺带卖开水和方便面。

这一天清早，白寡妇捡柴去了，何小虫坐着个滑板车到屋外看摊子。三年前，何小虫发高烧要打针，半吊子郎中一针扎到他的坐骨神经上，硬是把他给扎瘫了。他娘就找人在一块木板上安了四个轴承，做了个滑板车。

何小虫捧着一本《剑桥国际英语教程》和一只小随身听，清脆的英语朗读声回响在山林间。一盘磁带没听完，山下传来一阵悠扬的竹笛声，就像这盘山道，曲里拐弯怪好听。

爬山吹笛子，就这股子浪劲儿，除了马大萝卜没别人。老庙山上不通车，马大萝卜每隔三天来一趟，给庙里送蔬菜、油盐、香烛和日用品。马大萝卜每回上山来，路过时都要歇歇脚，喝碗茶，再往庙里去。何小虫倒好茶，伸手在胳肢窝里搓了搓，把灰条子搁进茶碗里，转身回屋去。隔着窗缝看马大萝卜一口气喝完茶，又从背篓里取出一块肉放到摊上，何小虫无声地咬咬牙。

那年何小虫才两岁，他爹跟马大萝卜一起去打猎，回来时摔成了烂柿子，说是让野猪给拱下山崖摔死了。马大萝卜的一只左耳朵也让野猪给咬掉了。可有人说，他那伤口齐刷刷的，倒像是刀砍的……白翠萍本来是跟马大萝卜相好，她爹却把她嫁给了家境富裕的何石柱，这恩恩怨怨的，风言风语的，何小虫都知道。

晌午，白翠萍端着一碗红烧肉出来，喊何小虫吃饭。何小虫瞟一眼，又把脸埋在书里，说，“我不吃马大萝卜的肉！”

“没大没小！大萝卜也是你叫的？”白翠萍脸一沉，随即又叹口气，“快吃吧。书又学完了？回头娘托人去给你买。”

冬日里天黑得早，日头刚翻过山顶，“刷”的一下就掉下去了。何小虫早早吹灯上床，眼睛却睁得老大。不大会儿，外头传来一阵山雀儿叫。雀儿叫了三声，门“吱呀”一声开了。

“好冷，我进去暖会儿。”

“不要，小虫现在恨你恨得牙痒痒……”

说话声渐渐低不可闻。何小虫只听清最后一句话：“这不能耽误。那我走了，后天一准上来。”

黑暗中，何小虫牙咬得嘎嘣响。

第二天半夜里，何小虫突然醒了，听听隔壁没动静，悄悄翻下床，撑着滑轮车出门来。风裹着雪花，地上已经铺了薄薄的一层雪粒子。何小虫爬下滑轮车，趴在冰凉的台阶上，一寸一寸地往下爬。足足花了半个多小时，何小虫才爬到了青龙脊。青龙脊是一段挂在陡峭崖壁上的天梯，几乎与山体垂直。何小虫在黑暗中摸索了一阵，这才又回身往家爬。

早上，林子里的鸟刚刚叫了两声，娘就进屋来，把两个热馍馍塞到何小虫的被窝里，说：“下雪了，今天就别起来了。我去趟庙里打个电话。”

何小虫支棱着耳朵，听着外面的动静。半晌午，风中传来一阵悠扬的竹笛声，就像这盘山道，曲里拐弯怪好听。笛声越来越近，突然就断了，像是谁一下子把收音机的电源给关了。过没多大会儿，山道上响起杂乱的人声，还夹杂着女人的哭声。何小虫没有动。突然门一响，娘冲进来，拿着个笤帚疙瘩劈头盖脸就打。何小虫不躲也不哼，任由血顺着脸往下淌。

“马大萝卜死了？”何小虫冷冷地问。

“你就这么巴望着他死?！冰上泼油，小小年纪，没想到你心肠比蛇还毒！”白寡妇披头散发，打怀里摸出一个油布包，劈头扔过来：“畜生！要不是赶着给你送书，这大雪天他疯了上山来？”

油布包被树枝挂烂了，露出一套《GRE 英语教材》，书页被血浸得通红。何小虫一把将书扔了，狂吼道：“他杀了我爹！我就要看着他死！”

“你个小畜生啊！”白寡妇泪流满面。

那年，何石柱跟马奎去打猎，追一头白毛老野猪进了老林子，野猪突然不见了。就在精神高度紧张的时候，何石柱看到马奎忽然冲自己举起了枪，手指也抠到了扳机上。何石柱以为马奎起了杀心，抢先一刀砍过去，马奎脸一偏，左耳朵就给削掉了，子弹也打飞了。何石柱还没愣过神，背后“嗷”的一声，白毛老野猪从草棵子里冲出来，一头将他撞到了山崖下……

白寡妇抹了把泪，说：“你爹回来时人还没断气，这是他亲口对我讲的。你马叔当时是要开枪打野猪，是你爹他心思跑偏了啊！”

这段惨烈的往事，让何小虫十分震惊，好半天才回过神，问：“那马大萝卜怎么说是他害了我爹？别以为你们做的事我不知道！”

白寡妇一巴掌扇到何小虫脸上，斥责道，“跟你娘就这样说话?！我就是怕人说闲话，才没搬到山下住。你马叔说，要是他的枪不打偏，你爹就不会让野猪给拱死，一说起这事他就怨自己，说是他害了你爹。为了保全你爹的脸面，他愣是把真相烂在肚子里，背着个骂名半辈子！你以为他想当背山工？他是不想让我们娘儿俩在山上受苦！自打你的腿残了，脾气也变坏了，他怕你人废了，就买了英语书让你自学，这都是他的主意。”

“什么？！”何小虫如遭雷击，一声哭喊从喉咙里爆发出来：“马叔啊……”

马奎没有死。幸亏身上的背篓勾住了崖上的一棵苦楝树，才没有葬身山谷，一个月后就伤愈出院了。

接马奎出院回来的路上，白翠萍咬着耳朵对马奎说：“马大萝卜，打今儿起，你就连升三级啦！”

“啥连升三级？”马奎一头雾水。

“从马大萝卜，到马叔，再到爹，你可不是连升三级吗？”白翠萍红着脸说，“小虫答应喊你爹啦！”

我为什么选择你

郝新和方向是省城某大学生物化工专业的学生，俩人是铁哥们儿。又到一年毕业时，俩人接连跑了十几场人才招聘会，简历投了一大摞，都是泥牛入海无消息。

这天晚上，兄弟俩来到小饭馆，叫了两碟凉菜、一瓶老白干，一边喝一边感叹怀才不遇。这时，金融系的谭芳芳风风火火闯进来，说："好哇，我到处找你们，喝酒怎么也不叫上我？"说着，拿起郝新的酒杯一仰脖干了，辣得直吐舌头。

谭芳芳是个女汉子，跟郝新、方向一直哥们儿相称。二人暗地里都喜欢谭芳芳，却摸不清她的心思，就都憋在心里不敢开口。

见二人愁眉不展，谭芳芳嘴一撇，说："瞧你们这点出息，犯得着这么愁眉苦脸的？海鑫药业要招一名技术研发人员，你们赶紧去报名吧。"

兄弟俩一听就乐了，可人家只招一个啊。郝新说："方向，你去吧，你比我更需要这份工作。"方向说："还是你去吧，留在省城一直是你最大的愿望。"谭芳芳一听就笑了，说："你们俩还孔融让梨呢是不？应聘的人多了去了！都去呗，说不定你们俩都没戏呢！"

兄弟俩一听这话，次日就结伴去了海鑫药业。接下来，郝新和方向一路过关斩将，到最后一轮老总面试，就只剩下了他们两个。

面试前夜，郝新辗转难以入睡。他知道，方向今晚在家肯定也睡不好，这份工作对他来说太重要了。方向家就是C城的，父亲早逝，母亲长年卧病在床，他必须在C城找到工作，以方便照顾母亲。

郝新这么一折腾，睡过了头，醒来时已经九点半了。他草草洗了把脸，骑上车就往海鑫药业赶。越是着急越是有事，上台阶时，走在他前头的一位老人脚下突然一滑，一跤摔倒在地，捂着脚疼得直吸气。郝新看看表，皱皱眉头，还是背起老人，拦了辆出租车，把老人送去了医院，又帮着办手续。这么一耽搁，就快中午了。

郝新没再去海鑫药业，直接回了宿舍。一进门，方向就是一串连珠炮："你怎么一直关机？到底怎么搞的？你是不是故意不去面试，要把机会让给我？"

郝新急忙解释，说早上睡过头，手机忘带了，路上又遇到点事儿。当下，就把事情一说，方向嘴巴顿时张成了O型——他早上在海鑫药业门前也遇到一个老头摔跤，当时急着面试，他只是帮忙打了120，之后就离开了。世上哪有这么巧的事？

两人正一头雾水，谭芳芳推门进来，说，"恭喜方向同学应聘成功！郝新同学也不要气馁，走，喝酒去！"

这一晚，兄弟俩喝得烂醉如泥，还是谭芳芳找人把他们给弄回了宿舍。

第二天早上方向醒来，发现郝新的床铺已经空了，桌上有张纸条："方向，我去深圳了，那里机会多，说不定哪天我就混成大老板了呢。再会了，你要好好干出点名堂来！"

方向赶到火车站，买了张站台票冲进站，还没发车，郝新正在站台上抽烟。方向用力捶了郝新一拳，说："你小子就这样一走了之啊？太不够哥们了。"郝新笑着还了一拳，说："怎么，还要来个十八相送啊？我那是怕你流猫尿，才没打招呼就开溜的。"

俩人正打闹着，一个姑娘沿着站台飞奔过来，不是谭芳芳是谁？在她身后，还跟着一个中年男人，拖着一只大行李箱。

谭芳芳气喘吁吁地站定，说："真巧啊，难不成你们知道我要去深圳，特地来送我？"

"你要去深圳？！"郝新和方向都吃了一惊。

"是啊，就这趟车。我这个学金融的，省城这小池子哪养得了我这条大鱼？"谭芳芳做个鬼脸，晃晃手中的车票。

这时，那个中年男人走近了。方向顿时惊呼出声："张总！"

这位中年男人正是海鑫药业的老总张海鑫，方向的最后面试就是他主持的。

见二人发愣，谭芳芳笑着说："这是我爸。忘了告诉你们，我是随我妈的姓。怎么，没想到我这个灰姑娘原来还是个富二代吧？做人要低调嘛。"

张海鑫亲切地和二人握了手，说："你们同样优秀。可我是商人，我的企业目前只能提供一个职位。你们可能不知道，那个摔跤的老人，是我雇来的群众演员，他的作用就是帮我判定你们的个性和处事原则。"

他转向方向，说："知道我为什么选择你吗？你人如其名，做事有方向，目的性强，不会轻易改变。这是一个科研人员成功的关键。"

又转向郝新，说："你很好心，这是优点，但也可能阻碍你的成功，因为你容易被外界因素困扰。这算是我给你的忠告吧。不过，虽然我没有选择你，却有人选择了你。"张海鑫伸手用力拍拍郝新的肩膀，脸上浮现出意味深长的笑容。

这时，谭芳芳已经先上了火车，从车窗探出头来冲郝新招手说："石头，快点上来，车要开啦！"

谁让咱是老同学

洛阳人马六，下岗时年纪不到五十，按理说只能是退而不休，可马六有他的难处："拿了半辈子焊枪，这拦腰给了俺一闷棍，胡子一大把，谁家想聘请个爹啊？"

老婆王翠萍劝了又劝，马六听了好比没听，成天在家侍弄花草，养了满院子的花儿朵儿的。要说马六不急，是假的，这满院的姹紫嫣红不能当饭吃啊，他做梦都想发财呐！

这天，马六在晚报上看到一则消息：天子驾六博物馆边上一家单位翻盖旧楼，在地基内挖出一座古墓，陪葬的有不少古董。马六脑子里灵光一闪：俺家的院子底下……说不定也有呢？

马六这样想是有底气的——他家的小院离天子驾六车马坑不过五百米。

王翠萍下班回到家，一推院门，看见院子里多出个半人深的大坑，马六撅着屁股正刨得带劲呢。王翠萍大惊，说："恁鳖孙弄啥哩？是不是活够了，自己挖坑自己埋啊？"等明白过来咋回事儿，王翠萍白了马六一眼，说："恁是想钱想疯了吧？"

一连半月，马六眼瞧着就走火入魔了，那劲头，不挖口井出来决不罢休。王翠萍急得直拍腿。

马六还真不是白忙活——这天一大早，马六下坑刨了没多久，竟刨出一只陶罐来。那陶罐形式拙朴，器型完整，罐身上绘着斜网纹，一看就是个古器。马六欣喜若狂，急忙跑进屋晃醒王翠萍。王翠萍也是一脸兴奋，说："马六，这说不着真是个宝贝哩，咱找人给瞧瞧？"

马六说："那可不中。人家知道了还不得让咱上交？"

王翠萍想了想，说："你还记得张大军吧？咱同班同学。听说他在做古玩生意，要不找他给瞧瞧？"

张大军一瞧见陶罐，眼睛就亮了，掏出放大镜细看了半晌，说："哪来的？这是西周的硬纹陶罐，保存完整，纹饰精美，好东西。"

张大军话锋一转，对马六说，"怎么着，让给我？我给你六万。"

六万也是白捡的，卖给谁不是卖呢？马六留下陶罐，揣着钱就回家了。

中午，马六一高兴就喝了几盅。趁着他高兴，王翠萍说："马六啊，咱有钱了，可也得想着往后不是？恁不是爱养花吗？我捉摸着啊，咱去郊区包一块地，就种花。张大军说了，他可以帮咱联系销路。"

王翠萍连说带哄，马六果然去南郊承包了 10 亩地，很快，一座苗圃就建成了。张大军说话算话，帮着联系销路，苗圃的生意越来越好；可这样一来，王翠萍和张大军的接触就多了。马六有点酸酸的，想，这俩人不会又搞到一堆儿去了吧？马六的怀疑是有根由的。当年，张大军是追王翠萍最猛的一个，眼见功成，愣被他马六半路杀出给搅散了。

心里有了疙瘩，再见到张大军，马六就不阴不阳地，脸跟气象台似的；但张大军和王翠萍照样是常来常往，透着股亲热劲儿。

转眼间，马六的苗圃已经扩大为花木基地了。有了钱，马六心里就常常惦记当初那个陶罐，那可是他马六的财神爷啊！马六带着十万块钱就奔张大军家去，开口就说："大军，原来那个罐子，恁卖出去没？"

张大军指了指书房，说："没卖，还搁那儿呢。"

马六说："我想拿回去，价随行市，恁看现在要多少钱吧。"

张大军笑笑，说："恁要是真想拿，就还原来那个价吧。谁让咱是老同学呢？我不能挣恁的钱！”

两人推搡半天，最后马六还是花了六万块，把那陶罐捧回家了。临走，马六正色说：“大军，我得谢谢恁，要不是恁，我现在说不定还穷得叮当响呢。不过，我是直肠子，有句话得跟恁说清楚：王翠萍是我媳妇儿，恁就别有啥想法了。”

张大军听得一愣，好半天没回过神来。

马六拿回陶罐，就供在了办公室的博古架上。

转天，几个老伙计来喝茶。马六就显摆那陶罐，说是自己亲手挖出来的老东西，西周的硬纹陶罐。大家都围着夸。这其中有一位，是博物馆的刘专家。刘专家只瞧了一眼，犹豫了半天，忍不住说：“兄弟，说句不该讲的话，恁别生气。恁这陶罐绝不是西周的。”

“那是东周的？”

“上周的。”

众人一听都笑了。这是个关于古玩的梗儿，大伙儿都听过，那意思再明白不过，是说这罐子是新仿！

见马六不信，刘专家就说：“我说了恁别生气。是伙计，我才直言不讳——恁瞧瞧这胎质，这造型，这纹饰，哪一样都不对，孟津出的工艺品，连高仿都算不上。”

人走了，马六还在疑惑呢，这明明是自个儿挖出来的啊。王翠萍见马六发傻，忍不住偷笑起来。马六哪里知道，那罐子是她偷偷给埋到坑里的呢？张大军不过是个托儿，他买罐子那六万块钱，是私下答应借给王翠萍开苗圃用的。

马六终于还是弄明白了事情的原委，再见到张大军就不大好意思，说：“大军，我真是白长了一对眼珠子啊……”

张大军就笑了，说：“马六，啥也别说了，谁让咱是老同学呢？”

屋顶上的孩子

最近几天，燕飞总能听到一个神秘的声音。

只要她在课堂上领读课文，就会有个怪腔怪调的声音跟着朗读。燕飞一停下，那个声音马上就消失了，好像在跟她捉迷藏。

是谁在捣乱呢？那几个平素爱捣蛋的男生都一脸坦然。难道是出现了幻听？前不久，因为在婚前检查中查出先天不孕，相爱多年的男友白大勇提出了分手，燕飞的心情一直很糟糕，睡眠也不好。

这天上课，燕飞一边领读，一边在教室里转着圈寻找，终于发现那个声音是从墙角的通风管道传来的。教室在顶层，通风管道直通楼顶。燕飞让同学们继续朗读，自己悄悄沿着铁梯爬上楼顶，惊讶地瞪大了眼睛：通风管道开口处趴着一个脏兮兮的小男孩，大约八九岁年纪，在他面前的地上摊着一本小学三年级语文课本。从通风管道传来清脆的读书声，小男孩正操着一口浓重的山东方言认真地跟读。

发现了燕飞，男孩像一只受惊的猴子，敏捷地跑到楼后，跳到一棵大树上，"哧溜"一声滑下去，消失在对面的城中村。

这个屋顶上的孩子勾起了燕飞强烈的好奇心。下课后，燕飞就去了学校后面的城中村，一路打听有没有一个七八岁的山东男孩。一个摆水果摊的大姐说："你说的是老张的娃吧？你是他亲戚？那孩子可怜啊！妈死了，他爹白天贩菜，晚上烤红薯，根本顾不上他……"

这是一排塑钢和泡沫搭建的简易板房，老张家就在其中的一间。隔着门，燕飞就听到了读书声，正是头一天燕飞教的课文《做一片美丽的叶子》：大树站在太阳和土地之间。每一棵大树都很美，每一片叶子都很美……

男孩叫张一鸣，老家在山东高密。妈妈出车祸死了，爸爸把他带来了东莞石碣镇，因为户籍的关系，就成了失学儿童。有一天，他爬到学校大楼的楼顶上玩，从通风管听到学生们读的课文正好是他那个年级段的，就每天跑来听。

张一鸣的课本上密密麻麻地标注着小字和拼音，记录的都是燕飞在课堂讲到的学习重点。这不就是现代版的凿壁偷光吗？燕飞的眼睛湿润了。

燕飞找到校长，校长却为难地摇摇头。校长说，按规定，学校只接收当地学生，外来农民工的子女太多，这个先例不能开。

燕飞十分丧气。她决定，每天晚上去张一鸣家帮他复习功课。

这天晚上下大雨，燕飞在去张一鸣家的路上摔倒了，崴了脚。张一鸣很愧疚，说："刘老师，我还是到屋顶上去听吧。"燕飞说："那不行，太危险了！"

那天晚上，燕飞翻来覆去睡不着觉，随手翻着一本杂志，突然被一则广告吸引了。次日一早，燕飞就去了电子通讯大世界，买了一对儿童玩具对讲机。广告上说，这种对讲机在无障碍的情况下可以实现有效距离 100 米的通讯效果。有了它，张一鸣不就能在家里听课了吗？

燕飞的"远程教学"开始了。老师们听说了这件事，都很感动，同一班级的老师纷纷仿效，上课时都不忘记打开那只对讲机。

为了考察张一鸣"上课"是否用心，有天上课时间，燕飞悄悄地来到张一鸣的家，却看到一幅令她热泪盈眶的情景：十几平方米的狭小房间内，十来个孩子围着对讲机，手里都捧着书本。张一鸣家竟然成了一个小型的"教室"。

石碣镇是工业重镇，外来务工人员很多。他们的子女年龄参差不齐，但同样面临着无书可读的窘境。眼前这个场景对燕飞的刺激太大了。这样简陋的“远程教学”对这样一个庞大的失学人群来说只能是杯水车薪，更何况对讲机只能传递声音，板书教学的效果为零，给他们安装网络视频更是不现实的。

经过思索，燕飞毅然自己出资在城中村租了场地，开办了一所夜校，利用晚上 8 点到 11 点的时间，和几位热心的同事一起为民工子弟免费讲课。为了降低成本，夜校开办在一座居民房的楼顶，搭了一座简陋的塑钢雨棚，挂上白炽灯，桌椅是从旧货市场买来的。

夜校开张的第一天晚上，就迎来了包括张一鸣在内的 16 个孩子。很快，周边城中村的外来务工人员也将孩子送了来。一到晚上，楼顶就传出琅琅书声，成为夜空下一道亮丽的风景。

消息越传越广，引来了记者。不久，一篇题为《屋顶上的孩子》的图片新闻报道在当地媒体刊发，画面上，燕飞手执教鞭，站在一群年龄参差不齐的孩子中间，笑得一脸灿烂。

报道刊发的当晚，夜校里来了一位不速之客。自分手后，燕飞还是第一次见到白大勇。

白大勇笑着说：“燕校长，你们学校还招不招老师啊？我是来应聘的。”

“真的？你这个中央美院的高才生可真是及时雨，我们正缺个美术老师呢！”燕飞开心地跟白大勇握手，说：“不过，我这个校长可是不给你发工资的哟。”

转眼就是“六一”儿童节。这天晚上，夜校举办了一场热闹的晚会。白大勇表演的是魔术，他那顶黑色礼帽好像个百宝箱，一会儿变出水彩笔，一会儿又变出文具盒，引得孩子们一片欢呼，到最后，突然变出一支火红的玫瑰来。白大勇手捧玫瑰，转身冲燕飞单膝下跪，说：“燕飞，你还愿意收留我这个迷路的流浪者吗？”

燕飞泪眼朦胧，嗫嚅着说：“可是我……”

白大勇一把揽过燕飞，用温暖的目光扫视着这群屋顶上的孩子，在她耳边轻声说：“燕飞，你看，他们都是我们的好孩子……”

桐花如雪

远山里，夜鸟咕咕叫了几声。夜愈发静得深邃，像一口井。秀禾翻了个身，脸朝向窗子。月光透过梧桐树密密匝匝的枝叶照进来，像一捧水洒在秀禾的脸上。

桐花闹嚷嚷地开着了，攥着粉白的小拳头，一拳一拳砸在秀禾的心坎儿上。秀禾忍不住想，要是能怀上个桐花一样粉嘟嘟的小孩子，该多好！一想到这儿，秀禾的脸就会发烧，一个人偷偷地笑一会儿，又哭一会儿。可是，大林那死鬼，自打去城里开了公司，都一年没回来了。她秀禾一个人，又没有喝上子母河的水，怎么能怀上呢？

隔壁，婆婆像一只漏了气的风箱，大口地喘着。秀禾打了个寒噤，忙把茭白似的胳膊塞进被子，想，明天说什么也要去趟城里了。可秀禾还是睡不着，眼前一会儿是大林抱着自己，一会儿是大林抱着东村那个叫荷香的丫头，一会儿又变成了指指点点的村人，那窃窃私语反复在耳边响着：大林他在城里有女人了！

秀禾的眼前又浮现出二娃火辣辣的眼神。要说二娃，倒真是个好人，这两年，家里田里，二娃可没少帮自己。他那火辣辣的眼神总围着秀禾转。秀禾怎么能不知他的心思？

秀禾抬手捂住了脸，大滴的泪从指缝里溢出来，在月色里，亮晶晶的。

天一亮，秀禾服侍婆婆吃了早饭，又喂了猪、鸡，就收拾了出门。婆婆在身后有气无力地说，秀，这回他再不回来，你就跟他狗东西打离婚，娘再给你找一个好人家！秀禾笑笑，说，娘，你就别瞎操心了。

秀禾想，他大林不顾家也好，在外找女人也好，我都能忍。可这回，娘眼看就断药了……秀禾这样想着，就暗暗地咬了咬牙，坚定了决心。

春来得早，桐花满山闹着，秀禾就踩着一路桐花进了城。

秀禾拨了大林的手机，响一声就断了；再打，关机。赶早儿走了几十里山路的秀禾，又累又饿，在人潮拥挤的街头漫无目的地走着。她不知在哪里能找到大林，但她坚定地想，这一回，无论如何也要找到他！

城里也种满了梧桐树。只是，城里的春天似乎比山里来得早，桐花都凋谢了，落在地上，雪一样白。秀禾就踩着雪一样的桐花走，一直走到黄昏，才碰见了一个熟人。

荷香打市人民医院出来，冷不丁看到秀禾，打了个愣怔，很快又迎上来，忸怩地叫了声：秀禾嫂子。

秀禾没应声。荷香的脸腾地红了。荷香就更局促，说，秀禾嫂子，你来找大林吧？他，他出差了。

秀禾说，你别拿我当孩子哄呢。我知道他在城里。

荷香想了想，说，秀禾嫂子，你等等，我看看能打通他的电话不。

荷香就用路边的IC卡机给大林打电话。秀禾远远地看到荷香对着话筒急促地说话，似乎争吵着。半晌，荷香走过来，说，秀禾嫂子，大林说过两天就把给婶儿治病的钱汇回去，叫你先回。

秀禾不语，也不动。

荷香犹豫着，又说，大林说，上次他寄回去的协议书，你还是摁个手印吧。早点分了，你还能找个好人家。

秀禾沉默着，半晌，说，你告诉大林，我跟他离。从今后，娘是我一个人的娘，债是我一个人的债，跟他没半点瓜葛！

秀禾转身就走。风吹来，一朵桐花禁不住风的摇晃，落下来，砸在秀禾的额头上。秀禾盈在眼眶里的泪终于也禁不住风的摇晃，落下来。

秀禾推开院门，见娘坐在堂屋的门前纳鞋底，二娃正精赤着上身，抄着把铁杈子垛麦秸。秀禾走到娘跟前，跪下，说，娘，我跟他离。

娘叹息一声，抚着秀禾的头发，幽幽地说，离了好……

秀禾又说，娘，我想再走一家。

娘说，走吧，你看上的，娘没有二话。

秀禾重重地磕了三个头，起身，走到二娃身前，问，二娃，你嫌弃我吗？

二娃木怔着，搓着手，厚厚的嘴唇翕动着。

秀禾又问，二娃，你要是不嫌我，赶明儿就把铺盖搬过来吧。

二娃醒过神来，咚地跪下，说，娘，打今儿起您就是我亲娘。我那破屋明儿拆了檩条卖了，给您买药。

市人民医院的病房里，大林躺在雪白的床单里，像一块融化了的糖裹在糖纸里。大林硬撑起脑袋，问立在床边的荷香，安排好了吗？荷香说，安排好了。捐赠协议一签，先给十万。等手术做完，再给三十万丧葬费。

大林放心地平躺下去，说，等拿到钱，你帮我先把拖欠你们这些工人的工资结了，剩下的钱交给秀禾，让她给我娘治病。

荷香答应着，泪水哗哗地流。

大林虚弱地笑笑，说，看你，哭什么？我反正是要死的了。眼一闭，肚子里少点啥零件也没打紧。只是对不住我娘和秀禾，拖着这病，一年都没敢回去；也苦了你，没拿到工资不说，还费心费力地侍候我，又蒙冤受屈的，还没处说去……

荷香一把捂住大林的嘴，闪着泪光说，别说了大林哥，你太累了，睡吧。

窗外，桐花雪一样飘着。

破碎蝴蝶梦

于娜精通英语、法语和日语，是一名私人导游。

这天，有个日本老人藤原找到于娜，说要去武夷山旅游，而他又不懂汉语，想请于娜做他的私人陪同，并开出了一天600元的高价。

两天后，二人抵达福建西部清流县，藤原就让于娜给一个姓王的老板打电话。王老板如约到来，随身带着一只行李箱，打开后，取出十几只带玻璃盖的盒子，每只盒子里都镶着一大一小两只色彩斑斓、栩栩如生的蝴蝶，几乎有巴掌大小，通体翠绿如翡翠。个头大的那只前翅有黑色斜纹，后翅边缘像锯齿，有翠绿色的月牙形斑纹，还有两个金黄色的斑点，十分美丽。于娜注意到，藤原用放大镜仔细观察盒子的时候，手一直在微微发抖。之后，藤原取出一个皮箱递给王老板，打开后，满满的都是现金。

于娜挺吃惊，什么东西值这么多钱？等王老板离开后，于娜还没开口，藤原就主动说："这些都是蝴蝶工艺品，是用很昂贵的特殊材料做成的，很逼真吧？我在东京开了一家工艺品店。这次来中国旅游，想顺便捎一点中国工艺品回去卖。"

于娜也不懂这些，回到房间，见天色还早，就给当地的大学同学李明打电话。二人在一家茶馆见了面，闲聊时，于娜随口把藤原花十多万买蝴蝶工艺品的事说了。李明问："你还记得那蝴蝶长什么样吗？"于娜把蝴蝶的形状、颜色描述了一下。李明打开手机，指着一张图片问："是这个吗？"

图片上正是一只尾部有着金黄色斑点的蝴蝶，和藤原买的工艺品一模一样。见于娜点头，李明的神色突然凝重起来。

次日清早，藤原就敲开了于娜的房门，说："于小姐，有个电话，请您帮我接一下。"

于娜走进藤原的房间，接起电话说了几句，转身对藤原说："还是那位王老板。他说还有一件珍品，问您是否有兴趣。"

藤原一听来了精神，说："马上请他过来！"

二十分钟后，一个年轻男子来到宾馆。于娜和年轻男子简单交谈几句，介绍说："藤原先生，这位是王老板的表弟李老板。王老板临时有事过不来，委托他来交易。"

藤原用狐疑的眼光对着李老板打量了半天，才点点头。李老板取出几只玻璃盒放在茶几上。藤原接过来翻看着，当看到其中一只盒子时，眼睛立马瞪圆了。那盒子里的蝴蝶外形和昨天买的一样，只是左右两只翅膀的花纹区别很大，就像是两只不同的翅膀长在了同一只蝴蝶身上。

藤原用贪婪的眼神看了半天，才对于娜说："你问问他多少钱？"

于娜还没翻译，李老板已经用流利的日语说："三十万。"

藤原笑笑，示意于娜出去。等门关上后，藤原说："想不到李老板日语讲得这么好？这样吧，我只要这一只，两万，怎么样？"

李老板也笑了，说："藤原先生，真人面前不说假话。这只可是阴阳蝶。您是内行，这种雌雄嵌体的蝴蝶，一百万只蝴蝶中也很难出现一只，又是金斑喙凤蝶的品种，该有多珍贵？您拿到欧美市场上，恐怕三十万美金都有人抢着要。"

藤原的神色变得郑重起来，拿过放大镜，对着灯光仔细看那只阴阳蝶，足足看了五分钟，这才抬起头来："好，我要了！"

藤原当即打开笔记本电脑，通过网上银行将三十万元人民币汇入李老板指定的账户。李老板走后，藤原突然狂笑起来，捧着那只蝴蝶标本在房间内手舞足蹈。

藤原为什么这么激动？他根本就不是什么工艺品店的老板，而是一个“蝶商”，从事的是蝴蝶标本走私生意。他买的这些蝴蝶也根本不是什么工艺品，而是金斑喙凤蝶的实体标本。金斑喙凤蝶是中国独有的稀有蝶种，有“梦幻中的蝴蝶”和“世界动物活化石”的美誉，被国际濒危动物保护委员会定为最稀有的R级，是《濒危野生动植物种国际贸易公约》一级保护物种，也是中国唯一的蝶类国家一级保护动物。在国际市场上，一枚金斑喙凤蝶标本能卖到好几万美金！藤原这次来到武夷山，目的就是收购金斑喙凤蝶标本，没想到意外地得到了一枚更珍贵的阴阳蝶！他能不激动吗？

藤原手舞足蹈了半天，这才小心翼翼地把蝴蝶标本装进旅行箱，悄悄离开了宾馆，坐上出租车直奔火车站。车走了不大会儿，藤原忽然感到睡意袭来，头一歪就睡着了。

藤原醒来时，发现自己正坐在审讯室的椅子上，面前坐着个中年男子，正是刚刚那个出租车司机。只是，他身上的便装已经换成了警服。

“我是在哪里？你是什么人？”藤原用日语喊道。

中年警察面无表情，挥了挥手。门一响，进来两个人，正是于娜和李老板。藤原顿时神色慌乱，大声地用日语表示抗议，手却暗暗地伸向口袋。中年警察讪讪一笑，从桌上拿起一支钢笔晃了晃，说：“是找这个吗？”藤原一愣，随即一屁股瘫坐在椅子上。

经审讯，藤原交代了一切犯罪事实，很快，王老板也被抓捕归案。走出审讯室，于娜笑着说：“李老板，你发了财，是不是该请我吃饭啊？”李老板做了个鬼脸，说：“那是当然。”

这位李老板，自然就是于娜的同学李明。他是个蝴蝶研究爱好者，当于娜在茶馆提到“蝴蝶工艺品”时，他就明白了真相。他曾经在网上看到一则消息：2006年，有一个日本蝶商在广西大瑶山偷捕了200

多只金斑喙凤蝶，警察赶到时，他引爆了藏在包裹里的一种特制燃烧剂，不到半分钟就把蝴蝶标本销毁了。后来因为没有证据，不得不把他释放。这个藤原既然是日本蝶商，肯定也会有这种手段。为了“人赃俱获”，李明就联系了在公安局工作的朋友，定下了这么一个计谋。那只“阴阳蝶”，其实是他用两只金斑喙凤蝶的雌雄残蝶拼凑出来的；藤原之所以在出租车上睡着了，是因为于娜偷偷在他的茶杯内加入了高效安眠药；警察趁机搜走的那只钢笔，也就是特殊燃烧剂的遥控引爆器……

走鬼街

广东话里头，把街头的流动小贩叫“走鬼”。

黑子就是个走鬼，在“走鬼街”推着三轮卖水果。因为黑子人缘好，主意多，就成了走鬼们拥戴的“领袖”。

这天黑子刚出摊，就遇上一桩大买卖，有位老先生要买两箱美国红提，有80块的赚头呢。可刚帮老先生把红提搬上车，城管执法车就开进了走鬼街。这一下，走鬼们可炸了窝，黑子也条件反射地蹬上车就往小巷里钻，跑出老远才想起来，刚才那两箱红提的钱还没收呢！

黑子等了一会儿，估计城管走了，就又回到走鬼街。刚露头，旁边小店里就蹿出几个打埋伏的城管，其中一个胖子凶神恶煞地走过来，一脚蹬翻了三轮车，苹果橘子满地乱滚。这时，为首的瘦子急忙呵止，训斥道：“跟你们说过多少次了？要文明执法。我们是城管，不是土匪！”

瘦子姓黄，是新调来的执法队长，外号“黄瓜条”。他帮黑子把三轮车扶起来，翻出个小本本，说：“你无证、占道经营，按规定要罚款二百，没收三轮车和全部货物。”黑子一听，赶紧赔着笑脸递烟、诉苦、说好话。黄瓜条似乎心软了，说：“你跟我来。”

走到旁边小巷里，黄瓜条说：“听说你是这儿的头？你们老跟我打游击，也不是办法儿。这么着，你跟大伙说，每人每月交三百块，我保你们平安。”

这家伙心真黑，是想收“保护费”啊！黑子也只能先答应了，躲过一劫是一劫吧！

黑子可不是能吃哑巴亏的人，当下就叫来几个走鬼伙计，如此这般的安排了一番，然后就打电话约黄瓜条吃饭。第二天晚上，黄瓜条如约来到酒店，包间里，黑子就代表走鬼们摊牌了，说大伙儿情愿花钱买平安。双方讨价还价，最终谈妥了价码：四十个摊位，每家每月二百块。黑子当场拿出八千块钱，给了黄瓜条。

送完黄瓜条回来，黑子迎面撞上个人，正是买了他两箱红提没付钱的老先生。老先生就掏出钱包来，说：“咦，是你啊老弟？昨天你咋没收钱就跑了？”黑子接过钱，叹口气，说：“还不是城管给闹的？”当下就把走鬼跟城管的游击战说了，又得意地笑笑，说：“他们是秋后的蚂蚱，蹦跶不了几天啦！老先生，来，我给你看样东西。”

老先生一脸疑惑跟着黑子走进包间。黑子哈哈一笑，打墙角的一盆假花里取出个隐藏着的针孔摄像头，还连着个手机。打开手机视频，黄瓜条与走鬼们讨价还价的画面赫然出现。

“我要让他把吃进去的钱吐出来！”黑子咬牙切齿，走鬼们兴高采烈，老先生却默不出声，把黑子拉到一边，俯耳说了一番话，黑子连连点头。

次日傍晚，黑子出摊没多久，就接到黄瓜条的短信，说要来检查。黑子一招呼，走鬼们一哄而散。黑子却没走，大模大样地坐在三轮车上抽烟。城管执法车开进来，看到黑子的水果摊，黄瓜条脸色一变，黑着脸对身边的执法队员说：“扣起来。”

黑子笑笑，说：“这车不是我的，卖给别人了。你要罚要扣，得问它的新老板。”

黄瓜条脸一沉，问：“谁是老板？”

“我！”一个苍老而威严的声音响起，打旁边小店里走出个老先生，微笑着说：“黄队长，这水果摊是我的，我认罚，你跟我来拿钱。”说罢，转身就走。

黄瓜条大吃一惊，急忙推上水果车，毕恭毕敬地跟着老先生，七拐八绕地走进一座小院。黑子也一起跟过来。

进了屋，老先生回过身，一脸威严地说："黄太平，你好大的胆，假公济私！当年我就是这么教你的吗？"说着，打开手机视频递给黄太平。黄太平一看，脸顿时绿了。老先生说："你碰上了能人，还自作聪明！恶鹰扑兔，反丧命荆丛！这视频要是送到有关部门，你想想会是什么结果？"

黄太平双膝一软，"咚"的一声就跪下了，说："老师，我——我——"

"我知道，你收入低，老婆没工作，上有重病的老娘，儿子又得了白血病……"老先生口气软下来，"你也有你的难处，但这不是正道，你明白吗？"

黄太平眼泪"刷"地流出来，说："老师，我错了。"

老先生叹息一声，转身拿出一包钱，说："你爱面子不好意思说，可同学们没忘了你。这是他们凑的钱，你拿去救救急；但你拿他们的钱必须还上！"老先生指了指黑子，又说："小兄弟，你们要吃饭，要养家，都有难处。不过当走鬼不是办法，咱们虽是小老百姓，对市容市貌也负有责任啊不是？我有个能够妥善解决的办法，你要是信我，就让大家先把摊儿收了，等我的消息……"

听了老先生一席话，黑子笑逐颜开。第二天，走鬼们果真都不上街了。

半个月后，一份题为《关于"走鬼街"治理及失业人员妥善安置办法》的提案在市政协会议上被提交。当地政府和有关部门非常重视，很快出台方案，将走鬼街改造成农贸市场，给了走鬼们最优惠的政策，向他们提供减免一年租金的摊档，并且发放了营业证。

这一切，都是那位老先生努力的结果——他是黄太平的启蒙恩师，市政协委员王正明。

七　夕

三木是在黄昏时坐 215 路小公交进城的。

这是一趟城郊线路公交车，乘客大多有着跟三木差不多的衣衫和脸孔，这让三木感觉很放松。他们都木然地望着窗外：三两只喜鹊在霞光中扑扇着翅膀，低飞而过；鸭蛋黄似的夕阳正从错乱林立的脚手架上缓缓坠落。

三木不喜欢进城，不喜欢汽车、玻璃、霓虹灯和针一样的眼神，这些闪闪发光的事物，让三木慌乱、不安。工地在郊区，天明上工，天黑歇下，头一挨床板就呼噜连天，三木的日子就像白水煮萝卜一样简单。这次，是老板让他去买零件的，吊车的轴承坏了，要影响工程进度。

三木在电视台下车，换乘 9 路。三木一上车，就有长长短短的目光箭一样射过来。三木下意识地低头看自己，一身洗得发白的工装沾满了白灰和水泥，皮鞋裂了口子，像一张似笑非笑的大嘴。三木像一条小心的老豆虫，在过道里笨拙地蠕动着，几米长的过道，仿佛十里八里那样远。三木终于走到车尾，在一张空位子上坐下来，转脸看到邻座的女孩起身走开。三木的心就抽了一下，下意识地拿袖子抹脸。三木闻到袖子上浓重的汗味，就想到自家那个水灵灵的小女人，她总是把头插到三木的腋窝里，贪婪地皱着鼻子，小狗一样地嗅来嗅去，说，木头，你的汗味真好闻。

三木想着，就咧开大嘴无声地笑了。笑上一会儿，见有人看他，三木赶忙收了笑容，把脸转向窗外。

三木买完零件出来，路过一家西餐厅，看到门口竖着的广告牌子上写着：中国情人节，全场打八折。三木突然记起来，今天是鹊桥会了。往年，一到七月七，小女人就扯着三木往院子里的丝瓜架下钻。小女人说，木头，牛郎织女在鹊桥上说小话儿呢，俺们也来听听呀！三木就顺从地跟了小女人在丝瓜架下蹲着，头挨着头，手扯着手，屏着气息儿，听。月光光地亮着，水一样从丝瓜叶的缝隙中泻下来，勾出小女人俏生生的眉眼儿。三木看着看着就不老实了，把嘴凑上去，“叭”的亲出个响儿来，在小女人还没反应过来时，坏笑着躲到黑影儿里去，引得小女人来找、来追。

三木就这样站在人潮涌动的大街上，痴痴地想，傻傻地笑。三木被一句“神经病”给唤醒过来时，闻到一股很香很香的肉味儿。三木不知道那是烤牛排的香味，但三木知道自己饿了，就伸手去摸工装的后袋。

三木的手伸进去就没再拔出来，胡子拉碴的大嘴张成了O型——手机没了，钱也没了！三木愣了几分钟，抬手往自己的脸上抽了一巴掌。三木恨恨地说，你个鬼日的，谁让你站到大街上想女人的？

偏偏这时，不争气的肚子咕咕地叫唤起来。三木恶狠狠地把腰带扎到最后一个眼儿，抬脚走开。车是坐不上了，走回去么？几十里地呢。但三木只是稍稍犹豫了一下，就坚定地迈开了步子。再远的路总有个头，总能走到的。

三木一步步走进夜色里去。天早已黑透了。只是，在城里是没有夜的，到处都是亮闪闪的灯，晃眼。被灯晃花了眼的三木过路口的时候，被车蹭了个跟头。车里的男人伸头到窗外看看，嘴唇动了动，飞驰而去。三木太熟悉那个口型了。

三木坐在地上愣了会儿，就爬起来，排开围观的人群，摇摇晃晃地走开。像是喝了半斤二锅头的三木，脑子里还在想着，小女人这会儿是在丝瓜架下蹲着的么？三木就忍不住想，能给自家那个水灵灵的小女人打个电话就好了。路越走越黑，肩上扛着的零件越来越沉，但三木的这个念头却越来越强烈了。

快要出城的时候，三木看到路边有一所房子，几蔸子巴掌似的绿叶儿从窗下爬上来，灯光下丝丝缕缕地缠绵着。三木就不由自主地挪过去，近了，才看清是葡萄叶儿。三木怔了怔，突然想，在葡萄架下能听到牛郎织女说小话儿么？这样想着，就在葡萄架下的阴影里蹲下身来。

三木听到的是一声汹汹的狗叫声，一个黑影蹭地蹿上来，将三木一头扑倒。三木惊出一身冷汗，就地滚到月亮地里，小腿上已被咬了一口。这时有人闻声出来，拽开那条肥壮的狼狗，用手里的棍子指着三木的鼻子。

三木知道，被人当成贼了！就是跳到黄河里也洗不清了。难道跟人家说，是到葡萄架下听牛郎织女说小话儿的么？谁信呢？

三木用血、泪和唾沫把自己洗清的时候，已经是半夜了。月儿爬上来。三三木抓一把土灰捂住伤口，瘸着条腿，沿着公路一步步走。在三木心里，给自家小女人打个电话的欲望越来越强烈。三木想，半夜三更的，德子哥会从村东跑到村西叫自家的小女人去接电话么？

三木这么想着，就踩着一地白花花的月光，加快了步子。

向车窗外招手

亚辛斯基是波兰卡托维兹市的一名工人，他有一个温柔漂亮的妻子和一个聪明可爱的女儿。

这一天，女儿从爷爷家度假回来，没有看到妈妈。亚辛斯基告诉她，妈妈被派往巴黎工作，要很久很久才能回来。

有时候，薇罗妮卡太想妈妈了，就会哭闹一番。第二天醒来，总会在枕头边发现一件她最想要的礼物，有时是毛绒玩具，有时是音乐盒。亚辛斯基总会告诉她，妈妈夜里回来过，还亲吻了她，天不亮又赶火车回巴黎了。

妈妈为什么总是在夜里回来呢？薇罗妮卡产生了疑问。亚辛斯基站在窗边，一脸忧伤。远处响起一阵汽笛声，一列火车飞驰而来。那是往返于巴黎和莫斯科之间的国际列车，每半月一趟，中途在卡托维兹火车站要停留 30 分钟。亚辛斯基望着远去的火车，若有所思。

一个星期天的上午，邮差马雷斯基送来了一只包裹。亚辛斯基打开包裹，惊喜地大喊："薇罗妮卡，妈妈来信啦，还给你寄来了礼物！"

那是薇罗妮卡近来最想要的礼物，一只漂亮的小闹钟。薇罗妮卡高兴得唱起了歌儿。亚辛斯基望着欢天喜地的女儿，轻轻叹息一声。

这天下午，亚辛斯基正坐在客厅里发呆，门铃响了。敲门的是一个身穿列车员制服的女人。她叫克里斯蒂娜，正是莫斯科到巴黎那趟国际列车上的列车员。前几天，列车在卡托维兹车站上完旅客后，她正要关上车门，一个男人急匆匆地跑过来，将一个包裹和一张钞票塞给了她。当时，火车已拉响了汽笛，她根本没有听清他说些什么。她只是对包裹上写着“卡托维兹斯皮特大街302号薇罗妮卡收”的字样感到奇怪。但她没有多想，到了巴黎，就用那张钞票买了邮票，把包裹投递了出去。今天，列车再次行经卡托维兹，她就带着疑问找来了。她注意到，这是一座红色的房子，就在铁路边上，十分醒目。

亚辛斯基的妻子在车祸中不幸丧生，为了不让女儿伤心，他就骗她说妈妈去了巴黎。但谎言不可能持久，亚辛斯基就想到了用“巴黎来信”安慰女儿。克里斯蒂娜听完讲述，热泪盈眶。从那天起，她就和亚辛斯基共同维护着这个美好的约定——巴黎来信。并且，每次途经卡托维兹，她都会站在车窗边，向那座红色的房子微笑招手，而这时薇罗妮卡一定会按照爸爸的叮嘱守候在窗口，等着“妈妈从这里路过”。她对爸爸说，希望平安夜那天，妈妈能回来看她。

转眼就是秋天，德国纳粹军队闪击波兰，卡托维兹沦陷。德国人将铁轨加宽了10厘米，使得只有德军的火车才能够通行，克里斯蒂娜工作的国际列车再也不能驶往卡托维兹。每当窗外火车隆隆驶过，薇罗妮卡都会趴在窗边向飞驰的火车招手，她并不知道，这些火车上面没有“妈妈”，而是满载着待宰的羔羊，驶往距卡托维兹不远的奥斯威辛集中营。

平安夜将近，亚辛斯基十分发愁，他已经很久联系不上克里斯蒂娜了。此时，她肯定也在饱受战火的煎熬，怎么还能继续履行约定呢？

平安夜到了。亚辛斯基听到远处传来的汽笛声，悄悄地擦干眼泪，转身换上笑脸，想要跟薇罗妮卡解释，妈妈临时有事，不能回来陪她过圣诞了。就在他刚刚走进客厅时，突然听见了薇罗妮卡的欢呼声。她趴在窗边，用力挥动着小手。窗外，是一列飞驰的列车，隔着窗玻璃，很多人在向外招手。

那一天，每一列路过的火车上，都有人向车窗外招手。薇罗妮卡开心得守在窗边，不停地挥手，说："啊，原来我有这么多的妈妈！"她根本不知道，这些向她招手的人中有女人，也有男人；有被押解的犹太人，也有押解他们的德国人……

克里斯蒂娜并没有因为战争而忘记那个美好的约定。亚辛斯基为此热泪盈眶。可是，她是怎么做到的，让所有路过的旅客都向车窗外招手?

亚辛斯基并不知道：平安夜那一天，那些火车上的人尽管国籍不同，旅行的目的不同，前方等待他们的命运也不同，但他们都听到了来自一家法国电台的声音：在《平安夜》的音乐声中，一个自称为"克里斯蒂娜"的女人讲述了一段故事，并且请求能有一位路过卡托维兹的女性旅客，向车窗外一座红色的房屋招手。

逃出“野狼”号

巴萨诺是一名法国厨师，在远洋货轮“海星”号上工作。

这天黄昏，“海星”号途经索马里半岛的亚丁湾。因为这里常有海盗出没，船长下令所有船员高度戒备。话音刚落，前方主航道上停泊着的一艘渔船上放下了三只快艇，离弦之箭一般驶向“海星”号。小艇上有十来个海盗，一边高呼，一边朝船上开枪，其中有个海盗向“海星”号的驾驶舱射出一枚火箭弹。“轰”的一声巨响之后，“海星”号被迫停下，海盗蜂拥攀上甲板，将十多名船员全部打死，将货物抢掠一空。

巴萨诺躲在货舱里，但还是被发现了。海盗举枪要打死他，但旁边一个正收拾货物的女人冲海盗打了几个手势，海盗就放下了枪，将巴萨诺绑起来，带回了索马里半岛东北部一个名叫巴德尔的小渔港。巴德尔是索马里海盗的天堂。这里的村民大多以劫掠过往商船为生，黑脸哈斯就是他们中的首领。

夜幕降临，海盗们品尝着巴萨诺烹饪的鹅肝、蜗牛等法国美食，喝着冰爽的啤酒，都称赞不已。巴萨诺从此就留在了“野狼”号海盗船上，和巴萨诺一起在厨房工作的，就是那个救了他一命的女人。她是哈斯的妻子露西，是个哑巴。巴萨诺心知自己身陷狼窝，稍有不慎就会小命不保。在茫茫大海之上，逃跑几乎是不可能的，何况身边还有这么个女海盗时刻监视着他？

这一天，“野狼”号抢劫了一艘中国商船，得到了大批物资。回巴德尔港的路上，海盗们大摆酒宴，个个喝得东歪西倒。厨房里，巴萨诺正在处理刚刚在中国商船上被流弹打死的一条狗。巴萨诺的家乡在巴黎北部地区，那里有不少人至今仍保留着吃狗肉的习惯。他把狗肉剁成大块，放进锅中用白水炖煮着。露西则翻拣着从中国商船的厨房抢来的一堆食品和调料。

不一会儿，狗肉浓郁的香味很快弥漫了船舱。有几个海盗闻到香味冲进了厨房，当得知锅中炖的是狗肉时，都忍不住垂涎欲滴，表示想尝一尝。巴萨诺点点头。

海盗退出厨房后，露西的表情忽然变得奇怪起来。她急慌慌地在食物堆中翻找着，随后拿出一小袋绿豆，转身递给了巴萨诺，示意他把绿豆放入锅中。巴萨诺摇摇头，把绿豆扔到边上。露西有点着急，突然俯在巴萨诺耳边，小声说：“你听我的。这是个好机会，我们得逃走！”

巴萨诺吃惊地张大了嘴巴。露西不是个哑巴吗？她是哈斯的妻子，怎么会说要逃走？难道她是在试探我？

露西挺着急的，说：“没时间解释了。你要想逃走，就按我说的办！”说着，就把绿豆加进狗肉锅中，然后又扒拉出很多中国调料加进去，开大火炖煮着。

狗肉端上甲板，醉醺醺的海盗们一哄而上，将一锅狗肉抢食一空。厨房里，巴萨诺满腹狐疑，露西也一脸紧张地等待着。不大会儿，船舱内响起此起彼伏的叫声，海盗们一个个捂着肚子倒在地上，呕吐、打滚，很快就陷入了昏迷。露西的脸上浮起一抹笑容，成功了！

等到把海盗们一一绑住手脚关进舱房，露西才喘了口气，向巴萨诺揭开了谜底。

露西是哈斯从一艘英国商船上抢来的人质，哈斯见她年轻漂亮，就强迫她做了自己的妻子。为了逃出虎口，露西就假装成哑巴，暗中寻找机会。狗肉和绿豆在一起煮会产生毒性，食用后轻则呕吐，重则丧命。

这是她从唐人街的中国厨师那里听说的“食物相克”之道。当她听说海盗们要吃狗肉的时候，突然想到了这个来自遥远东方的神秘传说，觉得这是个千载难逢的好机会，就毫不犹豫地动手了。

因为怕海盗们清醒过来，二人决定赶紧逃走。巴萨诺有船上工作经验，就去通讯室，用国际通用电码向过往船只发出求救讯号，露西去船尾解缆绳放小艇。

巴萨诺刚刚发出讯号，突然有一支枪管抵在了他的后脑上。巴萨诺转过身，就看到了双眼喷火的哈斯！哈斯吃的狗肉比较少，呕吐后很快就清醒过来，用藏在靴子里的军刀割断了绳子。见哈斯扣扳机的手指越来越紧，巴萨诺长叹一声，闭上了眼。

“砰”的一声枪响，巴萨诺身子一晃，却没有倒下。他睁开眼睛，看到哈斯已倒在血泊之中，露西端着枪出现在门口，枪口还冒着缕缕青烟。

哈斯的嘴角喷出一股血沫：“你——你为什么要杀——杀我？”

露西冷漠的眼神扫视着血泊中的哈斯，说：“我早就在等这一天了。”

哈斯的脸上露出吃惊的表情，露西不是个哑巴吗？但他已经永远得不到答案了。

小艇驶离“野狼”号不久，海面上就亮起了灯光，一艘悬挂着五星红旗的军舰破浪驶来。这是中国海军派往亚丁湾护航的舰艇。小艇上，露西紧紧拥抱着巴萨诺，两个人都流下了狂喜的热泪。

佛祖会猜拳

铁马镇西头有座小庙，三间破瓦房一个小院子，挺破败的，香火也不是很旺。庙里有个孤零零的老和尚，过着青灯古佛的日子。

这一天，老和尚正在做功课，突然来了几个人，抬着口薄皮棺材往偏殿里一放，说是大李庄的李二愣子死了，先寄放到庙里，请和尚明天给做法事。

晚上，老和尚坐在殿内蒲团上念经。冬天风大，呜呜地从窗缝里灌进来，吹得布幔乱飘烛火乱摇，一盏25W的小灯泡吊在梁上，晃动着一团昏黄的光，气氛阴森森的。老和尚念了一会儿经，突然响起了敲门声。老和尚问了一声，没人答应。老和尚想，莫非是来了小偷？可是从来没听说过偷东西还先敲门的。

就在老和尚犯狐疑的时候，电灯突然灭了，紧接着偏殿里传来一阵怪声，像是手指甲挠在木板上。老和尚举起蜡烛走过去查看，只见那棺材盖突然吱呀一声移开了，一身白衣的死人打棺材里探出头来，喘口气，说："憋死我了！"

诈尸了！老和尚吓得一溜烟往门外跑。

老和尚这一跑，就没敢再回去，去了市里的一家庙挂单。这一天，老和尚上街买东西，遇上个熟人。这个人叫刘平，是个导演，早几年借用过小庙的场地，跟老和尚挺熟悉。他问老和尚怎么跑到市里来了，老和尚叹口气，就把庙里死人诈尸闹鬼的事说了。刘平听完眼珠子一转，就笑了，说："我当年跟一个江湖术士学过驱鬼，我一定帮你把鬼赶走。"

果然，第三天下午，刘平找到老和尚，说："你跟我回铁马镇，看我帮你驱鬼。"老和尚半信半疑，但还是跟着刘平走了。到了铁马镇，找家小旅馆安顿下来，天已经黑了。刘平看看表，就一个人背着个包袱出了门，没多久又回来了，哈哈一笑，说："鬼撵走啦，你明天就放心回去吧，我保证你香火比原来还旺。"

老和尚半信半疑，心想这人肯定是哄我玩呢。

次日一早，老和尚起身到院子里的水池边去洗脸。这时，旅馆的小老板过来了，打招呼说："大师您起得早啊？您知道吧？昨儿晚上庙里佛祖显灵啦！"

小老板说，自打老和尚离开，小庙就被一帮地痞给占了。都是些什么人呢？张大来、黄三、胖头和黑子，成天在庙里头喝酒聚赌。昨天晚上，他们又在庙里喝酒。张大来尿急，就解开裤子对着香炉撒尿，尿完了回来坐下继续猜枚，伸出根大拇指，喊："五魁首啊！"突然，窗外响起一声炸雷似的呼喊："六六六哇！"紧跟着窗玻璃咔嚓一声碎了，打窗外伸进来一只蒲扇大的巴掌，直伸到桌面上。这只手大得吓死人，手指头比胡萝卜还粗，又来得这么突然，一下子把几个人都吓傻了。只见那只手猛地一翻，一巴掌拍在桌上，酒菜溅得到处都是，然后"嗖"的一声缩回窗外不见了。

四个人酒吓醒了一半，屁滚尿流地跑出庙门。我的妈呀，这不是如来佛显灵吗？谁能有这么大的手啊？肯定是张大来往香炉里撒尿激怒佛祖了。

张大来连惊带吓，回到家就病了。早上张大来的老婆去请医生，这事儿就传出来啦，大伙儿都说是佛祖看不惯他们糟蹋佛门净地，显灵惩治他们了。

老和尚听完小老板的讲述，觉得这事有蹊跷，佛祖为什么早不显灵呢？难道跟刘平有关？老和尚急忙跑进屋去把刘平喊醒，问他到底是怎么回事。刘平一听就笑了。

刘平根本就不信什么鬼神。那天他听老和尚讲完闹鬼的事后，就怀疑是有人在装鬼，于是一个人去了铁马镇。他先去大李庄一问，根本没有李二愣子这个人。他又跑到庙里，隔着庙门听见哗啦哗啦的搓麻声，心里就明白了八九分。悄悄地寻人一打听，原来这几个人都是好吃懒做，爱喝酒，爱赌钱，还有个通病：怕老婆。每次赌钱喝酒，不是这家的老婆找来掀了桌子，就是那家的媳妇儿找过来揪着耳朵“捉拿归案”，所以总觉得不痛快。这几个人一商议，就演了出诈尸的把戏，把老和尚吓走，好霸占小庙当落脚地儿。

刘平搞清了事情的原委，就想着以其人之道还治其人之身，于是导演了这出“佛祖显灵”的好戏。那只比蒲扇还大的手掌不过是他打电影摄制组拿来的道具而已。

老和尚又重回小庙。因为有“佛祖显灵”，小庙的香火越来越旺。大家都说，这里的佛祖灵验；也有人说，这佛祖挺幽默，还会猜拳哩！

中国式结婚

排球教练刘晓晓，因为身材太高，找男朋友就成了难事儿。可都说爱情来了挡都挡不住，这天，刘晓晓去参加闺密李芳的聚会，认识了小个子法国男人亨利·伯格森。所谓身高不是距离，国籍不是问题，两个人一见钟情，交往仨月，亨利就当着朋友们的面单腿下跪，献上戒指和玫瑰，来了个法国式求婚。刘晓晓的父母对亨利也算满意，婚期就定在了国庆节；但是，老人们提出一个要求：一定要按中国传统风俗举行婚礼。

这一天，凑巧刘晓晓休假，就去了亨利的学校。当她走进外教宿舍，却听见从亨利房间内传来激烈的桌椅碰撞声音，伴随着男人粗重的喘息和笑闹声。刘晓晓急忙打开门，看到一幕令人目瞪口呆的场景：亨利和意大利籍外教安东尼满头大汗地躺在地板上，都只穿着条裤衩，肢体还缠绕在一起，样子十分亲密。

刘晓晓脸唰地红了半边，转身冲出房门，去找闺中密友李芳。听了刘晓晓的述说，李芳吃惊地说，不会是断背山吧？李芳话音还没落，刘晓晓已经气得晕了过去。她打小就有这毛病，一受刺激就会晕倒，李芳见怪不怪，在她的人中上一掐，很快就清醒过来。

尽管亨利再三发誓，说是在和安东尼玩摔跤，刘晓晓就是不信，最后还是安东尼出面，向刘晓晓保证他和亨利之间是纯洁的友谊，刘晓晓才原谅了亨利。

但好景不长，半个月后，心细的刘晓晓去亨利宿舍突击检查，又发现了异常——亨利房间里传来“呼哧呼哧”的粗重喘息和桌椅碰撞声，好像在做一件极为消耗体力的运动。可是房间内并没有其他人。刘晓晓觉得奇怪，忍不住质问亨利，每回亨利都笑着把话题转移开，还神秘地说：“我在为我们的完美婚礼做准备呀！”

从亨利真诚的脸上，很难看出什么来，但刘晓晓坚信，这个神秘的亨利一定有不可告人的秘密。刘晓晓找到李芳，让她暗中“监视”亨利。为了闺密未来的幸福，李芳当然是义不容辞了。

转眼间婚期越来越近。这一天，刘晓晓正在熟睡，手机响了，李芳说，她刚刚亲眼看见亨利抱着个穿白衣服的女人在爬楼梯，还抱着她在屋子里走来走去。刘晓晓急忙出门打车，直奔亨利的学校。当她和李芳敲开亨利的门，满头大汗的亨利用标准的法国式微笑迎接她们，而房内却空空如也，那个女人神秘地消失了！

有什么东西能够藏住一个大活人呢？刘晓晓的目光搜寻一圈，终于落在那张箱式床上，正要上前去掀床垫，身体突然一晃，“咚”的一声晕倒在地板上。李芳还没来得及掐人中呢，亨利就一把抱起刘晓晓跑下楼，一口气跑到500米外的学校医院。

刘晓晓清醒过来，可是 “捉奸”计划却落空了，那个藏在床下的女人会那么傻，等着人回来抓她吗？

那个女人果然很傻，还躺在亨利床底下。当刘晓晓和李芳看到她时，都吃惊地张大了嘴巴：那是一个塑胶模特，穿着一身洁白的婚纱，栩栩如生，连面貌都跟刘晓晓一样。

追问之下，亨利坦白交代了事情的原委：当刘晓晓的父母提出中式婚礼的要求后，认真的亨利就特意上网查询了中国婚俗，得知出嫁当天，新娘从出门到上车脚不能沾地，必须由新郎抱着。可身高一米八五、体重七十五公斤的刘晓晓家在六楼，从她家到停花车的大街足有

400 米，要抱着她走过这段距离，对身材矮小单薄的亨利来说几乎是个不可能完成的任务。为了中国式婚礼的完美举行，亨利只好找到身高体胖的安东尼扮演新娘，来帮助他练习臂力，没想到却引起了误会。因为男人的体面和自尊，亨利并没有解释，又想出条妙计，特意从国外定做了一个和刘晓晓身高、体重、相貌一模一样的塑胶“新娘”，每天抱着这个灌了铅的“刘晓晓”关起门练习。因为怕别人嘲笑或者惊讶，他一直偷偷摸摸，因为婚期临近，才开始爬楼梯加大训练量……

“那是旧风俗，我还能真让你抱啊？你真傻……”误会冰释，刘晓晓破涕为笑，又开始感叹这个小个子法国男人奇特的自尊和浪漫。

半月后，婚礼如期举行。瘦小的亨利抱着高大的刘晓晓胜似闲庭信步。当人们看到花车里坐着两个一模一样的新娘时，更是投来惊奇不解的目光。

最佳骗局

王三胜是个猪贩子，经常拉着猪到老河口去卖，白家窑是必经之地。

白家窑道边有个小旅店，店主白大嫂是个寡妇，模样儿俊俏，过往的买卖人都爱在她店里歇脚。人不能有钱，更不能闲着，就聚赌，赌得昏天黑地。王三胜好赌，每回卖完猪回来，都要在白大嫂店里赌，一来二去，挣的钱都扔到赌桌上了，老婆为此没少闹意见。

这一天，王三胜卖完猪，又把车开进了白大嫂的旅店。正是雨天，店里没其他客人，俩人就闲拉呱。白大嫂问："王老板，这一趟赚了不少吧？"王三胜得意地伸出三根手指头。"这么多啊？！"白大嫂很惊讶，又压低声音说："那你可要小心点。听说最近路上可不太安生呢，都出了几起抢劫案了。"王三胜一听挺害怕，白大嫂就俯耳给他出了个主意。

"你可真是女孔明啊！"王三胜一听就大笑起来，伸手去摸白大嫂的腰，被白大嫂一把打开。

雨一停，王三胜就去街上买了几捆上坟用的火纸，回到店里，将火纸拆开，中间挖空，把钞票填进去。这一招就是白大嫂教他的。据说，当年白家窑常有拦路劫道儿的，生意人为了保住血汗钱，就想出这个主意来。

当晚，白大嫂炒了几个好菜，烫了一壶好酒，直把王三胜喝得东倒西歪。白大嫂拿出张纸，说：“差点忘了。王老板，这是你这回的食宿账单，签个字吧，年底一块儿算。”王三胜醉眼朦胧，看也不看，提笔就签上了自己的大名。

次日一早，王三胜告别白大嫂，哼着小曲儿上路了。车到家，老婆问：“钱呢？”王三胜得意地拎下几捆火纸递给老婆。老婆骂：“挨刀的，这是给死人的！”王三胜笑眯眯地把火纸打开，突然傻眼了：钱没了！

王三胜呆若木鸡。等清醒过来，王三胜想，这事儿没人知道，鬼肯定出在白大嫂身上，肯定是趁我喝醉酒给我掉了包！想到这，王三胜跳上车直奔白家窑。

白大嫂正和客人说话，见王三胜气势汹汹地进来，就笑着打招呼：“哟，我家的酒这么好喝啊？王老板前脚刚走可又回来了。”

王三胜黑着脸，说：“少废话！我的钱呢？”白大嫂说：“什么钱？”王三胜说：“藏在火纸里的三万块钱。你别当我不知道，你把我灌醉了，给我掉了包。”白大嫂笑了，说：“大伙儿瞧瞧，这人非得说我拿了他藏在火纸里的钱。你们说，谁这么傻会把三万块钱藏到火纸里呢？到处不都是银行嘛！”

众人一听就哄笑起来，都说王三胜想钱想疯了，讹到一个寡妇身上。

王三胜愤怒了，蹿到厨房里就拿出把菜刀，“啪”的一声剁在桌子上。众人吓了一跳，白大嫂却纹丝不动，说：“王老板，你是猪八戒上阵——倒打一耙啊！你这一年欠我的酒钱饭钱和住店钱，还有借我的两万八千块，加起来正好三万！你啥时候还我啊？”

王三胜大怒，说：“屁话！我怎么会欠你那么多钱？”

白大嫂笑笑，取出一个账本和一张欠条摊在桌上，说：“你上次赌博输了问我借的啊，你这么快就忘了？这可都是白纸黑字写着呢，上头签着你王老板的大名，我可不赖你！大伙儿都瞧瞧！”

众人纷纷围拢过来，一看，果然账本和欠条上都签着王三胜的名字。王三胜好赌谁不知道？赌输了问白大嫂借钱也是常事儿，就纷纷指责王三胜赖账。王三胜脑袋“轰”地一下炸开了，这张欠条是打哪儿冒出来的？他突然回想起头天晚上，白大嫂让他在账单上签字，他喝得晕晕乎乎，根本就没仔细看！

白纸黑字，王三胜无可抵赖，气得抓起菜刀就要砍白大嫂，被众人七手八脚拦住，都说：“好你个王三胜，欠人家债还敢拿刀，赶快报警！”

王三胜手里菜刀“当”的一声落在地上，一屁股瘫坐在地上。白大嫂却突然笑了，打柜台里取出一包钱，说：“王老板，我今天就充一回大方，你欠我的钱我就不要了，另外再送你三万块钱。你点点吧。”

天底下哪有这等好事？众人都愣了，王三胜也不相信，问：“真的？”

“真的。”白大嫂拿起桌上的欠条一把塞进了火炉里，正色道：“只要你以后挣了钱想着家，别再只顾自己吃喝赌博，被人坑了都还不明白咋回事儿。”

王三胜这回是彻底傻了，众人也都没明白过来这到底是咋回事儿。这时，门外停下个出租车，一个女人下了车，走进店来，冲白大嫂亲亲热热地喊了一声：“白姐！”王三胜抬头一看，咦，这不是他老婆吗？

“你们——你们认识？”王三胜更糊涂了，两个女人却手拉着手笑开了。

原来，这是两个女人合伙导演的一出好戏。王三胜长时间泡在白大嫂店里赌博，他老婆劝不了，就偷偷来求白大嫂。白大嫂也看不惯这帮老客聚在自家店里赌博，可自己做的是开门生意，总不能把人往外赶啊？就想出这么个主意，要给王三胜一个教训，也给其他爱赌博的老客提个醒儿。

白大嫂说：“各位都是我这里的老客，是我的衣食父母。我不是想把大家伙儿往外赶，可我又不能眼看着大家伙儿把辛苦挣来的血汗钱都扔到赌桌上头。要知道，赌场是个黑窟窿啊。你们说呢？希望大伙儿以后都还能照顾我的生意，我好酒好菜侍候着！”

众人一听这话，想想还真有道理，齐刷刷地鼓起掌来。这里头，王三胜鼓掌最响，巴掌都拍红了。

飙车奇遇记

洛阳人马六，无业，在街上开黑摩的，成天骑着个改装的大洋摩托呼啸来去。跑黑摩的，免不了跟交警打游击，逮着了要罚款、扣车，飙车就成了家常便饭。

这一天，马六在天津路拉了个衣着时尚的女郎，长发飘飘，模样俊俏。马六油门一轰，“嗖”的一声就飙出去了，起码有 80 迈。没走多远，一辆警用摩托就拉着警笛兜过来。马六见状，说声“抱紧了”，车头一拐，鱼一样游进一条小巷，车速丝毫不减，转眼间就把交警甩得没影了。

马六长出了一口气，这才觉得有些异样：平时这么一通飙车，乘客早吓得一连串尖叫了，今天这女人怎么没动静，不会是吓傻了吧？回头一看，那女郎正冲他笑，还竖起个大拇指，说：“牛！”

马六笑笑，驶出小巷。突然，迎面又来了两辆警用摩托。完了，交警早算好马六的逃跑路线，在这儿等着呢！说来也不奇怪，马六成天跟交警玩猫捉老鼠，久而久之，车技练得十分了得。最牛的是，他能把洛阳本地产的大洋摩托开到 130！树大招风，交警当然更加“照顾”他。

正所谓“狭路相逢勇者胜”，眼瞧无路可走，马六油门一轰，“嗖”地从两辆警用摩托的夹缝中蹿出。前方是一道排污渠，没路了！马六却不慌不忙，猛加油门，车把一提，车子顿时腾空而起，飞过一堆水泥预制板，箭一般驶上一道横跨水渠的架空自来水管道，几秒钟就到了河对岸。

这正是马六的救命招数，轻易不用的。他得意地冲河对岸吹个口哨，拐上大路。路口有个交警岗，马六回头对女郎说："大姐，你帮个忙，一会儿交警要是拦我，你就说是我……"话没说完，女郎就笑着截住话头，爽快地说："是你老婆。"马六感激地笑笑。

到路口，交警果真把摩托车给拦下了。马六说："你拦我干啥，我又没违章。"这时，女郎亲密地把脸贴上马六的脖子，说："警察同志，小两口逛街也罚款啊？"

交警板着脸，让马六拿驾照。这时，女郎俯在马六耳边说了句什么，一把拿起马六的包，跳下车，说："老公，我去逛商场啦，你回头来接我。"说完，转身就进了路边的商场。马六"唉"了一声，要追，却被交警给拦下了："驾照！"

那包里可装着500多块钱呢，身份证还在里面。可是，他能跟交警说他"老婆"抢了他的钱吗？马六眼睁睁看着女郎离去，干着急没办法。好不容易从交警那儿脱身，马六急忙驶向南山头，因为刚才那女郎在他耳边低声说："下午两点，到周王陵找我。"

一路上，马六想，这妞儿挺奇怪，莫非是看上我了？可是不去酒店去野外，这是什么路数？

周王陵在天津路最南头的周山上，是四座覆斗形的土山。马六上了山，远远看见路的尽头停着一辆厢式货车，旁边站着个几个男人，车前盖上还坐着个女的，正是抢他钱包的那个时尚女郎。

马六问："找我来干啥？我的包呢？"

女郎笑笑，拿出包晃了晃，说："你不是摩托车开得挺牛吗？咱俩比比，看谁先爬上西边那座'周灵王陵'。你要是赢了我，就把包还你；你要是输了，得帮我办件事。"

"什么事？"马六一怔。

“反正不是什么坏事。你就说你敢不敢比吧？”

“比就比。”马六露出轻蔑的笑容，“你车呢？”

女郎一挥手，厢式货车的后门打开，马六眼睛顿时亮了：两辆本田CRF450R越野摩托，一辆雅马哈YZF-R6公路赛车，都是国际顶尖的好车。

女郎说：“你那车不行。这两辆越野摩托是一样的，你挑一辆。”

马六点点头。从脚下到王陵，根本就没有路，只有麦田和荒坡，王陵也十分陡峭。他的大洋摩托虽然改装过，架高了底盘，加了减震，换了耐磨轮胎，可到底不是越野的。

女郎穿上赛车服，戴上头盔，发动引擎。马六也毫不示弱，轰响油门。两人互望一眼，猛轰油门，两辆车同时吼叫着驰向前方。

结果当然没有意外：马六输了。女郎的车技十分娴熟，在高低起伏的山坡上闪转腾挪，如履平地，动作潇洒至极，等她爬上峰顶，马六还在半山坡。

马六输得心服口服，女郎却摆摆手，说：“你没受过专业训练，也没骑过专业赛车，能骑成这样就很牛了。”

马六说：“愿赌服输，你说吧，什么事？”

女郎说：“你开黑摩的也不是个正经事儿。我给你找个事儿，既不违法，又能挣钱，还能过车瘾，怎么样？”

女郎名叫林小意，是来自新加坡的一名专业车手，这次来中国做巡回表演，第一站就是洛阳，打算在两座周王陵之间完成一次空中双人飞越；按她的想法，需要找一个当地的赛车手配合表演。说来也巧，她搭上马六的摩的，目睹了马六的“飞车特技”，很是震惊。出于好玩的天性，也为了增加神秘感，就跟马六开了个小玩笑。

林小意指着那辆本田摩托，说：“要是没意见，这辆车就归你了。”

马六一听，太高兴了。没想到跑黑摩的还跑出了专业水平！

半个月后，经过一番训练，马六和林小意搭档同台表演车技，获得了空前成功。不久之后，在林小意的引荐下，马六去了新加坡一家赛车俱乐部，成了一名职业赛车手，再也不用跟警察捉迷藏啦！

大雨之后

三月黄昏，小南风贴着草尖爬过来，撩起衣襟，小手似的，挠。割草的秀秀，艰难地直起腰。新草绿生生的气息，惹得人痒痒的。两只松鸡追逐着，从松林里扑出来，拖着鲜艳的花翎，当空旋舞，又双双躲进草窝子里去。

秀秀望一眼不远处那座新坟，一滴清泪溢出眼角。

天擦黑的时候，秀秀才进了村。村头大槐树下，村人端着碗或坐或蹲，大声说笑。见秀秀走过来，忽地噤了声，拿眼睃着秀秀。等秀秀走过去了，那声音才又低低地抬起头来：白虎精，克死了男人，又瞅上小叔子了……秀秀硬着身板，不紧不慢地走着，脊梁骨上却热辣辣的。

秀秀进了院子，最后一抹霞光才掉落到山坳里去。二宝正在垒猪圈，上身精赤着，爬满蚯蚓似的汗道道。二宝望一眼秀秀，说，嫂，俺给你凉了水在缸子里。秀秀应一声，把一筐草倒进猪槽。转身拧把湿手巾擦了，又放水盆里浸了浸，递给二宝，说，饿了吧？俺去烧火。

秀秀做好饭，把碗端到婆婆床前，细声细气地说，娘，吃饭吧。

婆婆咳着，撑起干虾似的身子，说，秀，那事儿……

秀秀一怔。

秀，不是娘撵你。娘也舍不得。婆婆叹口气，说，谁叫咱家穷啊……

二宝在外间腾地撂了碗，瓮声瓮气说，娘，你就别逼俺嫂了！俺去下煤窑子，好歹养活你跟俺嫂。

娘，先吃吧，待会儿凉了。秀秀温声说。见婆婆还是不动筷子，秀秀叹口气，娘，俺答应你，你吃了吧。

秀秀走到外间，和二宝对面坐了，捧着面条碗吸溜溜地吃。一双筷子悄没声地伸过来，把一只荷包蛋放在秀秀碗里。秀秀夹起来，送回去。又送过来。一来二去，秀秀急了，把荷包蛋送回去，往碗底使劲掖了掖，起身端着碗出去了。

二宝愣愣地举着筷子，眼里潮潮的。

第二天是清明，秀秀踩着一地露水去了男人的坟上。细细地给坟头培了土，烧了纸钱，秀秀跪在坟前，嗫嚅着说，大宝，俺寻思过了，还是得听娘的。秀秀的眼里噙满了泪花儿，说，俺以后不能常来看你了。你别怪俺。说完，抹了把泪，起身去坡上割草。

秀秀心里乱麻麻的，割了一整天，都不晓得歇一下。傍晚，一场春日罕见的大雨兜头浇下来，将秀秀打得透湿。秀秀才恍然醒来，急忙挽了草筐回家。穿过密匝匝的松林，夜鸟投林，扑棱着翅膀。秀秀想，娘和二宝肯定饿了，就踩着泥泞低头急慌慌地走，一头撞在二宝厚墩墩、湿答答的胸脯上。

嫂子一大早出门，天杀黑还不见影，又泼了一场大雨，二宝着急，就寻上山来。秀秀吃了一惊，见是二宝，身子一软，瘫在二宝怀里。二宝就张皇地僵着个身子，两只手张着，不知该放哪里。二宝呼出的热气扑在脸上，热麻麻的。不知怎的，秀秀的脸腾地红了。

大雨如注。

秀秀忽然就觉得累了，好想睡上一场。秀秀就干脆闭了眼睛，头枕着二宝的肩膀。也不知过了几时，秀秀醒过来，推开二宝。

二宝说，嫂，以后别这晚才回。割那么多草猪也吃不了。

秀秀嗯一声。想了想，说，二宝，嫂就要走了。

二宝沉默半晌，说，你走了，俺——俺娘咋办？

嫂去下坳里张独眼家，把他妹子换来给你当媳妇。娘也好有人侍候。

二宝激动起来，就那个杀猪的？喝酒、赌钱的无赖？他女人就是给他活活打死的！你别去遭罪，俺打一辈子光棍都行。

秀秀说，别说傻话了。你们刘家总也要有个后。

二宝忽然冲动起来，一把抱住秀秀，说，嫂，你别走。俺待你保准比俺哥还心疼。

秀秀被二宝突如其来的勇气吓蒙了。秀秀说，快松手二宝，俺是你嫂子！别让人瞅见了嚼舌头。

二宝说，谁敢？俺拔了他的舌头！

秀秀见二宝铁了心的样子，想挣，又挣不开，慌乱中说，不行！俺是个白虎精，你会被俺克死的！

俺不信！啥白虎精！葫芦还不长毛呢，照样结籽儿！

俺是葫芦吗？秀秀扑哧笑了，当胸捶一拳头，嗔道，真是个宝货！

不知何时，雨停了。月牙儿亮光光地爬上来，月光穿过密实的松针，水一样泼在身上，好舒爽。

几声狗吠爬过山梁。大雨之后，天空是如洗的蓝。

都是流感惹的祸

洪泰是成都一家外资公司的副总，未婚妻何童是市传染病研究所的一名医生。两人刚刚举行完婚礼，正准备利用一个月的婚假去云南度蜜月，洪泰却突然接到一个赴美国谈判的任务。

当时，H1N1 流感疫情已蔓延至美国，这将是一次充满危险的旅程。临行，何童拥抱着洪泰，说："老公，你可得当心哦，少跟洋妞接触，小心得上猪流感，我就不要你了。"

洪泰笑笑，说："放心吧，洋妞看不上我这土包子。"

玩笑归玩笑，何童还是殷切叮咛，注意房间通风、保持个人卫生、出门要戴口罩……

何童的关切，使洪泰的内心升起一股暖流。

初到旧金山，洪泰就投入了紧张的首轮谈判中，忙得焦头烂额。这天傍晚，洪泰拖着疲惫的身体回到酒店，洗了个澡，下楼去吃晚餐。在电梯口，迎面遇上一个女人，四目相对，洪泰惊呼出声：朱朱？！

朱朱是洪泰留学美国时的恋人，毕业后洪泰归国，就断了联系，没想到在这里不期而遇。旧日情人相见，都很激动，去了一家中餐馆，不知不觉就喝高了。饭后送朱朱回家，到门口，醉意朦胧的朱朱忽然拉住洪泰，说："洪，你留下吧……" 洪泰犹豫了一下，突然想起何童的叮咛，又轻轻挣开，说："不行。"

朱朱“扑哧”一声笑了，用熟练的中文说：“逗你玩儿呢。没看出来，你倒还挺忠诚，说不定你老婆这会儿正跟别的男人亲热呢！”

朱朱语含戏谑，洪泰听了也只是报以一笑。他坚信，何童不是那样轻浮的人。

谈判进行得很不顺利，直到第十轮谈判结束，双方才达成协议，这已经是一个月后了。这期间，遵照何童的嘱咐，洪泰一直谨慎出行，除了必要的商务往来，很少与人接触；但是，从遍布街头的戴口罩的男女可以看出，这是个充满危险的城市。既然谈判已经结束，还是早点离开为妙，何况他早已归心似箭呢？洪泰吩咐秘书，订了当天飞往北京的机票。

临行，洪泰给朱朱打电话告别，朱朱坚持要来送行。在机场，朱朱亲吻了洪泰，洒泪而别。

思念的距离有多长？跨越海洋，只要 11 个小时的航程。抵达北京时，接受检疫检验，一切正常，登记，放行。洪泰迫不及待想要见到何童，当即搭乘最近一的次航班，飞往成都。

到成都时，已是凌晨。在家门口，洪泰拨通了家中的电话。何童接了，问：“怎么又打来了？”

“想你了。”

“想也白想！你又不会飞回来。”

“你念一百遍‘我想你”，我就会出现在你面前。你信不？”

“真的？那我就念一百遍。”

洪泰取出钥匙，轻轻打开门。想到何童吃惊的样子，他无声地笑了。

可是，房间里空无一人。

何童不在家，她使用了呼叫转移！洪泰有些吃惊，想了想，说：“我手机没费了，你用家里电话打过来。”

片刻后，电话果真打过来，洪泰惊讶地看到，显示的正是家中的电话号码。洪泰的脸色顿时变得铁青。这是怎么回事？他正要开口质问，听筒里突然传来一个男声，叫着何童的名字。何童应了一声，紧接着电话突然断了。再打，无人接听。

此时，朱朱的话又在耳边响起："你倒还怪忠诚，说不定你老婆这会儿正跟别的男人在一块儿呢！"洪泰怒火上冲，把手机摔得粉碎，仍不解气，又扯下墙上的婚照，摔得稀巴烂。

二十分钟后，门外突然传来一阵急促的脚步声，紧接着门开了，两名警察出现在门口，身后还跟着两个"太空人"。透过面罩，洪泰清楚看到，其中一个身材娇小的"太空人"正是妻子何童。

洪泰太熟悉眼前这场景了——2003年，他刚刚和何童恋爱，就赶上了非典疫情大爆发。当时，尽管洪泰一再劝阻，何童还是主动报名去了隔离医院工作，结果差点死在了隔离病房里。这一身"太空服"，就是与外界空气绝缘的防护服……

原来，和洪泰搭乘同一次航班一名旅客在下机后出现发热症状，主动报告了疾控中心。疾控中心紧急出动，在警方配合下，迅速查明了该次航班的旅客名单和地址，找上门来。刚刚，何童正在与洪泰通话，接到紧急行动任务，没来得及说一声就挂了电话，直到上了车，才知道检疫名单中有洪泰……

无须过多解释，事情已真相大白：当前不久成都发现第一例甲型H1N1流感病例时，隔离病房就重新启动了，何童又瞒着洪泰报了名。在进入隔离病房后，所有人都不允许随便外出，为了瞒过洪泰，何童特意从网上下载了一个修改号码的软件。这个软件，能使拨出的电话显示成任何号码……

洪泰恍然大悟，急忙给何童道歉。

望着一地的玻璃碎片，何童泪眼婆娑，说："很抱歉，洪泰，我欺骗了你。不过，这件事让我明白，我们之间还缺乏基本的信任。我想，应该重新考虑一下我们的关系。"

洪泰顿时冒出一头的冷汗。看来这次何童是真生气了，都是流感惹的祸啊！

水晶花瓶

花春晴很美。

花春晴的美是像花儿一样四时变化着的，春天像桃花红，夏天像芙蓉粉，秋天像金盏菊，冬天像雪里梅。因此，打中学开始，就不断有男生往她的课桌抽屉里塞小纸条儿。这其中，出现得最频繁的是一笔工整的小楷。花春晴知道，那是林晓白。

林晓白和花春晴是邻居，打小一块撒尿和泥，在外人眼里，是“郎骑竹马来，绕床弄青梅”的般配，可花春晴不这么想。林晓白就像她自己的脚趾头，太熟悉，也就构不成吸引。

林晓白却对花春晴一往情深，甚至把她当成了自己的。他以为，小时候过家家当了人家一回老公，就是真的了。

林晓白一路追着花春晴，像个影子，就把花春晴的生活给搅乱了。那么多追求者，没等对上火，就被凶神恶煞似的林晓白给吓跑了；再后来，花春晴再遇上可心的男人，就特别地小心地避开林晓白，跟搞地下工作似的。直到有一天，花春晴和心上人偷偷摸摸地领了结婚证，两人关在小屋里点了红烛喝了红酒，花春晴才舒了口气。可正当花春晴吹气如兰醉眼朦胧面含娇羞轻解罗裙的关口，林晓白竟像蜘蛛侠一般打阳台上跳进房来。花春晴在瞬间的错愕之后，像一头被激怒的母狮子，多年来累积的委屈和怨气一下子爆发出来。花春晴扬起花叶似的小手，狠狠地掴了林晓白两记耳光，歇斯底里地骂一声，你给我滚!

如遭雷击的林晓白一头扎进深沉的夜色，再也没有回来。

花春晴终于可以光明正大地和爱人牵手月下缓步街头了。撑开了身子的花春晴一下子感觉天也高了地也阔了。花春晴就和老公热热闹闹地补了一场豪华的婚礼。婚礼上，老公把一只水晶花瓶送到花春晴手中，深情款款地说，亲爱的，你就是我最美的花儿。我要把你插在纯洁的水晶瓶中，让你再不受风雨之苦。

那一瞬间，幸福的花春晴除了感动得流下两行珠泪，说不出半句话来。

老公是个商人，大把挣钱，就要花春晴辞了工作回家养闲。花春晴起初也不怎么乐意，慢慢地，也就默认了这种安排；慢慢地，花春晴甚至感觉到了这种散淡生活带来的幸福和满足。花春晴就变成了一个慵懒娇艳的小妇人，闲来就在家里练习插花。花春晴常常会用上一个下午的时间，把花儿细心地插在那只水晶花瓶里，然后端放在茶几上，等老公晚上回家时送上一个饱含赞赏的吻。

慢慢地，花春晴插花插出了名堂，获得了许多比赛的奖项；可花春晴却发现，老公回家的次数少了许多，拥抱的力度和吻的热度也小了许多；但花春晴只是一错愕，这一切不快就过去了。她还是一门心思地插花，然后等老公回家。

黄昏的光线渐渐暗淡下去。花春晴坐在茶几前，捧着腮，望着水晶花瓶出神。她瘦削的剪影像一株百合；也只是在这个时候，她才会偶尔想起过去的日子，想起那些充满了热烈、羞怯之语的小纸条，想起那个叫林晓白的男孩。花春晴就这样一直坐进黑暗里去。这时候的花春晴，仿佛已经麻木了，像一株干燥过的花。

直到有一天，花春晴在郊区一幢别墅里将老公和那个花朵一般的小女人堵在床上，花春晴才从麻木中恢复过来。花春晴注意到，客厅里的茶几上端放着一只水晶花瓶。那花瓶纯净无瑕，和她的那只一模一样。

花春晴在那对惊慌失措的男女面前表现得很镇定。直到回到家中，望着茶几上插满鲜花的水晶花瓶，花春晴才痛哭失声。黑暗中的花春晴猛地把那只水晶花瓶举过头顶，做出一个掷的动作，脑海里瞬间闪现出花瓶落地碎裂的声音和场景。

花春晴的手终于无力地垂下去。她忽然就像一只泄了气的皮球。她不知道，摔碎了花瓶，她该把自己插在哪里。

花春晴在瓢泼大雨中漫无目的地走着，直到一只黑布伞举在了她的头顶。她抬起头来，看到了一双熟悉的眼睛。在多年前的那个夜晚被两个耳光击溃了的林晓白，像蜘蛛侠一般，在关键时刻重新回到了花春晴的身边。

花春晴怀揣一纸离婚证书，走出那幢居住了十年之久的房子，坐进林晓白的奔驰 S350。车子发动，花春晴突然又拉开车门，走回去。花春晴走回客厅，轻轻捧起那只水晶花瓶。瓶中的鲜花依然盛开。花春晴面无表情地看着那束花儿，然后轻轻地放开了手……

水晶花瓶掉落在地板上，只发出很轻微的碎裂声响。花春晴就在这轻微的声响中高昂着头，迎着早晨的阳光走出去。

花春晴走得很快，随风摆动的衣裙像一株百合在晨光中绽开骨朵。

忘记飞翔

赶在太阳还未升起之前，我爬上了最高的山峰。此时，一缕薄薄的雾气从山涧缓缓地弥散开来，洁白如雪，轻薄如云。一只鹰在苍穹之上盘旋，发出悦耳的清鸣。它像一个强力的召唤，又像是一个充满自由的象征。

在我的头顶，是天堂；在我的脚下，是凡尘。我仰起脸，望向天空的最深处——我的故乡。我知道，我再也回不去了。我原本是自由的天使，不慎跌落凡间，折断了翅膀，再不能飞翔。

太阳浮出云海，翻过山梁，醒目，鲜亮，像一个初生的婴儿，带着奶香。阳光倾泻而下，潮水一样铺平山坳，填满湖泊，覆盖森林，发出宏大的声响。在我背上，那双折断的翅膀像两把破旧的扫帚，沉重、丑陋、无用。

山风刚烈坚硬，打在身上。那双曾令我骄傲的翅膀，如今沾满了尘世间的污浊，断骨处传来锥心的刺疼。有一瞬间，我觉得每一阵迎面而来的风都可能将我带走。我已经闻到了死亡的气息，它从未如此地贴近。

我曾经是个天使。我的故乡，是洁白的天堂，那里没有酷暑，没有严冬，没有冰雨，没有霜风；那里没有污浊，没有灰尘，没有恶毒的咒骂，没有鄙弃的眼神，当然，也没有爱情。我第一次听到“爱情”，是在一个少年的梦里。那时，他正思念着一个姑娘。当时我正在云层里闲游，碰巧捉住了他飘飞的梦。我一时好奇，就走进了他的梦里。他有时哀伤，有时欢欣，有时沮丧，有时振奋，那种奇妙的感觉，让我忍不住想要尝一尝爱情的味道。

那天，我透过云层，看到她，一个在山坡上捡蘑菇的姑娘。嫩白的蘑菇云朵一样，在她纤巧的手指下绽放。偶尔，她会采一束野花，编织成花环，然后兴高采烈地顶在头上。当我看到她的那一瞬间，忽然被一股强大的暖流击中。

老天使看出了我的异样。他说，爱情是一种毒药，只有那些受到惩罚的人才会得到爱情；因为，爱情会使他们苦恼、愁闷、忧心忡忡。老天使告诉我，天使如果爱上了一个人，就要折断翅膀，坠落凡间，才能像凡人一样寻找爱情，同时也像凡人一样有了苦恼和忧愁，有了伤痛和死亡。

老天使的话让我感到害怕。可是，当我想到那乌黑的长发，想到那五彩的花环，想到那飘飞的裙裾，我又勇敢起来。我对老天使说，我爱上她了，我要去找她。

老天使说，孩子，你一旦去了，就再也回不来了。你只有三百六十五天的时间用来寻找她。在最后一天的太阳落山之前，如果你没能找到她，或者你找到了她，她却不能爱上你，你就会化为灰尘。孩子，你在想到爱情的甜蜜之前，首先要想想结局的可悲。这样，你就能永远做一个快乐的天使了。

我坚决地摇了摇头，纵向一跃，跳下了云层。我以比风还快的速度扑向大地，在跌落的瞬间，折断的翅膀传来锥心般的疼痛，随即我的身体便感到了从未有过的沉重。

没有了翅膀，我只能拖着沉重的断翅，开始了艰难的旅途。我日复一日地行走在广阔的大地上。我走过集镇，走过城市，走过草原，走过山冈。我趟过了九百九十九条河，翻过了九百九十九座山，终于，在最后一个黎明的前夜，我来到了这片山坡上。就在那片葱郁的树林中，住着我心上的姑娘。一盏镶银的烛台，一扇敞开的小窗，一座简陋的木屋，我心上的姑娘，我朝思暮想的姑娘，我为之寻找了三百六十四个日夜的姑娘，她，依偎在一个英俊青年的身旁……

那一刻，我泪眼模糊。那是我自降生以来的第一滴泪水。这一年的寻找时光，我倍受思念的煎熬，饱受饥饿和伤痛的折磨，还有世人鄙弃的眼光……在他们眼中，我是个犯了错的天使，被放逐到凡间。我承受着，因为我内心有一片盛大的光明，有一个美丽的梦想。可是，当我真正找到她时，她却是别人的新娘。

我第一次看见她的眼睛，那么美丽，像闪动的星辰。她扇动着黑丝绒一样的睫毛，吃惊地望着泪流满面的我。在她身旁，是她的爱人，一个朴实、英俊的青年。他亲热地将我迎进木屋，端上泉水煮开的花茶，奉上新鲜的蘑菇汤，还有他亲手烤制的糕点。

他们是多么般配的一对，同样年轻，同样英俊，同样善良，同样真诚。而我呢？从茶杯里，我看到了自己的倒影，如同一片黄叶，枯皱、灰暗，苍老不堪。

面对这样的场景，这样残酷的现实，我能再说什么呢？我有什么权利打扰他们的幸福，介入他们的爱情？

我不再是追寻爱情的天使。我只是伤心的路人……

山风渐渐强盛，日近黄昏。残阳已是一片血红，在一片落霞之间，那轮残阳像一只巨大的眼睛，注视着这个世界，注视着我和我沉重的翅膀，注视着小木屋里幸福相拥的一对爱人。在悬崖边上，在世界的尽头，我感觉力量正缓慢地从身体内抽离，越来越轻，越来越轻……

我仰起头来，遥望天空的深处。我看到了老天使的微笑。他说，孩子，回家吧。你不会再受伤害了。我摇摇头。因为，我早已经忘记了飞翔。即便化为灰尘，我也要飘落到她的身旁。

两双鞋子的爱情

我叫 PRADA，我爱上了 POLO。我们漂洋过海，从意大利来到中国，相逢在同一个柜台里。中国不是有句俗话吗？“老乡见老乡，两眼泪汪汪。”我一掉眼泪，POLO 就心疼地抱住我。嘻嘻，我好喜欢赖在 POLO 温暖的怀里呀。

朝夕相守、耳鬓厮磨，我和 POLO 相爱了。白天我们牵着手，站在玻璃后面说情话。那些来来往往的人，对我们评头论足，却不知道，他们成了我和 POLO 眼中的风景。夜晚，商场打烊了，就只剩下我们这群鞋子了。英俊潇洒、有着贵族血统的 POLO 就是这里的王，而我，美丽可爱的 PRADA，就是风姿绰约的王后。鞋子们簇拥在我们身边，唱歌、跳舞。POLO 牵着我的手，跳起美妙的华尔兹，我们一起旋转、旋转，在街灯投射过来的光线里，我就是 POLO 最美的小爱人。

夜深了，鞋子们酣然入梦。我也累了。POLO 就敞开他宽阔的胸膛，将我紧紧包裹。我枕着他的呼吸睡去，他轻声唤着我的名字。

商场里人来人往，鞋子们一茬一茬地来了又走了，我和 POLO 却少有人问津。因为，我们的身价过于高昂。售货员叫爱妮，对冷清的生意并不在意，中国不是还有句俗话吗？叫作“三年不发市，发市吃三年”。我和 POLO 很高兴，没有人光顾，我们就可以长相厮守了。

就这样，我和 POLO 过了很长一段平静的日子。

这一天，来了一双男女，勾肩搭背，一步三摇，让我和 POLO 这样一对亲密的情侣都感到害臊。那女人妖媚的眼睛扫来扫去，落在我身上，惊喜地叫了一声。那男人就掏出大把的花纸头。我和 POLO 被爱妮分开的时候，大声地叫着对方的名字，伸出手去，却怎么也抓不住对方的手。我的泪流下来。从今之后，人海茫茫，我还能见到亲爱的 POLO 吗？

我有了一个新主人。我的主人叫“宝贝儿”。她好像还有好多名字，有时叫“小心肝”，有时叫“小蜜糖”。男主人不常来，来了就和女主人躲到卧室里，弄出些声响。男主人不来时，女主人就看电视、上网、打电话，很无聊。女主人偶尔带我去逛街。有一回，逛到原来的那个柜台前，我看见了爱妮，却看不见 POLO。他的位置上，站着一只模样又丑又怪的靴子。我心爱的 POLO，你去了哪里呢？

慢慢地，男主人来得更少了，女主人就生气、骂人、摔东西。男主人再来时，哄她说，小心肝儿，别生气，看我给你带了好东西。男主人取出一双粉红色的鞋子，是法国的，叫 TIRIPEAK。女主人一高兴，就原谅了男主人。女主人就喜欢上了 TIRIPEAK，把我扔在一旁。

我在鞋柜的角落里，蒙了满脸灰尘，再也没机会出门，没机会看到我的 POLO。我哭哑了嗓子，还长出满脸的皱纹。有一天，我听见男主人和女主人在吵架。女主人哭骂着，说你个陈世美，有了新相好就不要我了。你把我当件旧衣服吗？男主人说，你以为自己是什么东西？我限你三天内搬出去，不然别怪我不客气！女主人哇地哭开了。

女主人搬家的时候，打开鞋柜子。她苍老了好多，满脸皱纹，像一件揉皱了的衣裳。她把鞋子们一双双挑进盒子里，挑到我时皱了皱眉，说这破鞋，怎么变成这样了？说完，随手把我扔进垃圾袋里。

很久没见到阳光了。我躺在垃圾堆里，很兴奋。我想，我终于有机会见到我的 POLO 了，他在哪里呢？

我迷迷糊糊地睡着了，梦见了 POLO。他依旧年轻、英俊，像个王，一群年轻漂亮的女鞋子围在他身边。我喊他，他用蔑视的眼光看着我，哼一声，转身挽着一双漂亮的GUCCI走开了。我的POLO，他不认识我了，我成了又丑又老的老太婆。

当我哭醒了的时候，看到一只苍老的手。捡垃圾的老爷爷把我小心地捧在手里，吹吹我脸上的灰尘，又用衣襟擦一擦我的身体，说，这么好的鞋，谁给扔了呢？老爷爷把我装进口袋里，说，老婆子还没穿过这么好看的鞋呢，她肯定乐得合不拢嘴了。老爷爷推上三轮车，一边走一边哼起了歌。

老爷爷和老奶奶住在一间破房里，门前堆满了垃圾。老爷爷把我细心地擦了油，揩干了身体，送给老奶奶。老奶奶很高兴。老奶奶疼爱地抚摸着我的脸，说，这么好的鞋，我一个死老婆子哪穿得出去啊？还是给闺女留着吧。老奶奶就把我装进一只柜子里。

柜子里黑漆漆的。想到刚刚的梦，我又害怕又心疼，呜呜地哭开了。身边有一双手伸过来，把我紧紧抱在怀里，为我轻轻拭去泪水。有一个声音在我耳边轻轻地说，别怕，有我呢。

这声音好亲切，好温暖，好熟悉。黑暗中，像一道光，照亮了我的心。这胸膛，好宽厚，好温暖，像一堵厚实的墙，能够遮挡风雨。

POLO？ POLO！ POLO……我喜极而泣，喃喃地轻唤着。我是PRADA，你的PRADA呀……

我和我的POLO，就在这样一个漆黑的散发着樟脑丸味道的木柜子里重逢了。我们紧紧拥抱着，没有了闪光的柜台，没有了簇拥的鞋子们，没有了热闹繁华的舞会，可只要我们在一起，就充满了甜蜜。

我们常常拥抱着，听柜子外的老爷爷和老奶奶说话儿。

他说，死老婆子，你今天穿得真好看，嘿嘿……

她说，死老头子，想当年，俺可是俺村里的一朵花……

无人接听

妻子罗斯今晚值夜班。少了枕边的温存，麦克早早就戴上 mp3 耳机，听着音乐睡了。

麦克这一觉睡得很沉，醒来时，感觉异样寂静。麦克拉开窗帘，吃惊地发现，街上停满了汽车，却空无一人。麦克张大了嘴巴，好半天才回过神来，光着脚冲下楼去——大街上空无一人。商场里空无一人。公园里空无一人。麦克疯狂地奔跑着，不停地喊叫：有人吗？有人吗——

街边一辆法拉利敞着门，竟然没有熄火。麦克用最快的速度跑遍全城，没有看到一个人。这个繁华的城市，在一夜之间变成了一座空城。仿佛所有人共同和他开了一个玩笑，趁他熟睡之际，偷偷地走掉了，只留下满街的店铺、车辆和公园里啁啾的鸟鸣。

麦克颓丧地坐在街边，弄不明白发生了什么事情。铃声响起。麦克急切地抓起手机——一个陌生的号码。麦克按下接听键，听筒里传来一阵粗重的喘息，混杂着电磁波的呲啦声。

谁？我是麦克，你是谁？

没人说话。紧接着传来挂机的“咔嗒”声。麦克脑子里顿时浮现出日本恐怖片《午夜凶铃》中的场景，脑袋“轰”的一声炸开，一片空白。

麦克开始打妻子的手机，无人接听；给所有的亲人、朋友、同事打电话，无人接听。路边一家咖啡馆的桌上，一杯咖啡还冒着热气，可喝咖啡的人却不知去了哪里。麦克的脑子里瞬间跳出无数个念头：外星人攻击地球？核战争？瘟疫？可是死不见尸，难道蒸发了？！

麦克陷入巨大的恐惧之中。

手机铃声再次响起。麦克触电一般跳起来。同样是一个陌生的号码。麦克犹豫着，不知该不该接。他快要崩溃了。

麦克终于颤抖着按下了接听键，听筒里传来熟悉的声音，是罗斯！

麦克，麦克，你还在吗？

罗斯，亲爱的，在，我在——

二人在电话里哭出声来。

罗斯和麦克有共同的遭遇。她值班时打了个盹，再醒来，就掉进了一座空城。麦克最先接到的那个电话，就是她打来的——她的手机跑丢了，找了个公用电话，听筒是坏的。

二人开始冷静下来，分头往世界各地的亲朋好友处打电话，想要弄清发生了什么事情。结果无一例外：无人接听。二人很快明白了，整个地球，只剩下他们二人。公园里的木马仍在旋转、厨房里的火炉仍在燃烧、钟表的指针仍在转动，只是，除了他们，这世界空无一人。

二人在一家餐厅找了些食物吃了，依偎着躺在沙发上。罗斯很快就睡着了。她熟睡的样子，像一只小猫。

罗斯醒来时，发现自己被绑在一张椅子的靠背上，一把餐刀正指在胸口。刀，握在麦克手里。麦克一脸狰狞，说，你到底是什么东西？你把人都弄哪儿去了？

你疯了，麦克！快放开我！

麦克不理，挥动着餐刀：快说！你到底是什么东西？你这个画皮！

罗斯痛苦地闭上眼睛。你真的疯了，麦克，我是你的罗斯呀！还记得我们第一次接吻吗？在中央广场的喷泉边上，你笨手笨脚，咬着了我的鼻子……

那是他们共同的秘密。麦克犹豫着，扔掉餐刀，解开罗斯身上的绳子。

天明时，门外响起一声凄厉的狼嗥。曙光中，几匹饿狼吐着血红的舌头，正试图撞破玻璃门闯进来。麦克和罗斯急忙从餐馆的后门逃出。外面成了动物的世界，兔鸟马鹿四处奔逃，狮虎熊豹紧追其后——动物园里的野兽耐不住饥饿，集体出逃了。

麦克和罗斯急忙跳上车子，向城外驶去，沿途经过旅馆、加油站、小镇、城市……

空无一人。

十天过去了。麦克和罗斯都憔悴不堪——自那日餐馆的首次“审判”之后，罗斯一直不敢入眠，麦克也不敢，可又都不敢离开对方；再没有往日的柔情蜜语，有的只是无边的恐惧和无休止的逃亡。可是，他们不知该逃向哪里。

海阻挡了逃亡的脚步。海边，一座小木屋里，二人各自蜷缩在一个角落，努力睁大疲倦的双眼，警惕地盯着对方。天黑下来，海浪拍打着礁石，风中传来野兽的嗥叫。他们终于挡不住连日来的疲倦，在警惕和恐惧中睡去。

他们是被一阵奇怪的响声惊醒的。睁开眼睛的那一瞬间，几乎同时跳起，扑向对方，又突然停步。

麦克怒吼：你到底是谁？！

罗斯换上一副甜蜜的笑容，说，亲爱的，我是你的罗斯呀！

为什么所有的人都消失了，只剩下你一个女人？

我也想这么问你。

不，你不是罗斯！麦克从背后拔出一把餐刀，用力刺进罗斯的小腹。与此同时，枪声响了，一缕青烟从罗斯的袖口飘出。

你的枪——哪来的？麦克嘶声问。

罗斯没有回答。二人纠缠着倒下，血混在一处。窗外，巨浪扑上沙滩，大地开始摇晃，一场罕见的风暴正慢慢升高……

麦克和罗斯互望一眼，同时拼尽全力发出一声嘶喊：你——是——谁——

麦克，醒醒，醒醒——你做噩梦了！身着工装、一脸疲倦的罗斯急匆匆跑进卧室，推醒麦克。麦克茫然地睁大双眼，耳机里仍在播放着齐秦的歌：如果世界末日，真的有审判，所有人类剩我们两个……

麦克一骨碌翻起身，抓起电话迅速拨了几个号码——

无人接听……

心　中

樱花时节。

北海道的黄昏，宁静如水。西川一郎挥桨掀开湖的面纱，将小舟轻轻荡开。晴子两眼秋水，一脸愁云。

“西川君，你非去不可吗？”

“战事吃紧，前线需要人。”

“我舍不得你走。”晴子牵住西川的衣襟，“我怕……”

“晴子，我知道你怕什么。可我身为军人，就要听从国家的召唤。纵然我不情愿，也不能推拒。”西川抚摸着晴子的秀发，面如铁铸，“还记得军训课吗？好男儿当视死如归。我要是战死了，就葬在这片樱花下吧，花雨纷飞，便是你柔软的心……”

“西川君，不许这样说！”晴子捂住西川的嘴，“我要你活着回来。”

西川不语，出神地盯着湖岸上那片樱花，良久，轻叹一声，用力挥桨，划破湖面的夕阳，点点金色荡漾在散碎的波光中，一直沉到黑暗中去。

次日，晨光曦微。

晴子与西川并肩穿过樱花林。一双鸽子掠过天空，洒下悠扬的哨音。晴子抬头望天，只是迷茫云烟。西川却凝视着花间一座隆起的土堆，深深地鞠了一躬。

晴子知道，西川是在拜别。那儿躺着一个孤魂，西川的师傅——来自中国的魔术师秦仇先生。九·一八事变枪声一响，秦仇谋划报国复仇，因为机密泄漏，未能成功。秦仇自感无力报国，便自缢而亡了。

西川默然无语。晴子清楚，他心存愧疚，因为他就要手持刺刀，去践踏师傅的故土。

军舰离港。晴子挥动手帕的身影渐渐淡成一朵白云。西川心中默念道:“晴子，等我，我一定回来，娶你。”

战争持续到 1945 年夏天，西川的皮靴已踏过半个中国，目睹中国军人与日本军人的流血，目睹自己的战友在这片古老的土地上犯下的暴行，西川的内心也在流血。他甚至想要当一回逃兵，赶快结束这场不义的战争，回到有着宁静生活的名古屋，回到晴子身边。

黑石山要塞。这是日军防线上关键的一枚棋子，一旦失守，防线将全面告破。西川所部就驻扎在这里。

中国军队全线反攻，势如破竹，日军各要塞相继失守，黑石山已成孤军。中国军队正日夜奔袭而来，一场血战即将拉开。

是夜，人心惶惶，连狗吠都森寒许多。小野队长作最后的训话:“你们都是天皇的子民，是大和民族的精魂，是死士，是战神！明天，与支那军队一决生死！”

群情激奋。

小野话锋一转，说:“记住，大和武士是宁死不降的！一旦战败，用你的战刀切开你的胸膛，将一颗红心捧给天皇陛下！‘心中’，是我们最后的光荣！”

西川无语。武士道精神要求战败者“心中”，即切腹自杀，以洗雪耻辱。此时，中国军队士气旺盛，反戈一击，锐不可当。西川清楚，明日一战必败，疯狂的小野只不过是在作困兽之斗。“心中”并不可怕，可是，晴子怎么办？想到这里，西川似乎看见那树绚烂的樱花和花雨下瘦削的剪影。

西川一夜无眠。

战斗打响。中国军队攻势如潮，小野一部彻底溃败，仓皇遁入山林。小野脸色焦黑，惶惶如丧家之犬。空气中拧得出水来。小野沉默半晌，就溪水洗净手脸，头扎布带，取出武士刀。

“心中！”小野咬牙切齿地迸出两个字来。众军士皆一脸悲伤，犹豫半晌，方纷纷净手取刀。西川也取出长刀，向腹部深深刺去……

西川倒下，血染刀锋。

残阳如血。四野传来嘹亮的号角和沸腾的欢呼，西川 24 岁的躯体横卧在破碎的夕照里。在他身边，横七竖八躺着小野残部的尸体。

北海道，深秋时节。

晴子伫立在樱花树下，双泪涟涟。报上列出阵亡名单，西川的名字赫然入目的那一刻，晴子的心被凉风揪扯得一丝一丝地碎。

黄昏，凉风再起。一个身影蹒跚而来，渐行渐近，在晴子的泪眼中，竟幻化成西川的模样。晴子苦笑了笑，正要转身，耳畔一声轻呼：“晴子？”

晴子定神再看，西川生动地微笑着，疾步奔来。西川紧紧地揽住晴子，勒得她骨头都要断了，但晴子的内心却涌动着欢喜的浪潮。两人的泪汇往一处，滴落于土。

“西川君，你，你——不是——”

西川笑笑，说，“还记得师傅秦仇君吗？他曾留给我一把道具刀……”

第三辑　江湖传奇

花儿为什么这样红

固原古道，漫天飞雪，朔风渐盛。六盘山横亘于丝绸古道之上，如一尊巨大威严的雕像，于静默中传达出一种与死亡有关的暗示和呼唤。

追骑湮没于蔽野的暴雪之中，我仍能清晰地听见群马急遽的喘息。我望了望迅速枯萎的阿依拉，漫长的逃亡已使她失去了原有的娇媚，她渐渐变冷的身体在我的怀中轻如一尾飞羽。我决定停止疲惫无望的前行。

山洞里，跳跃的火光似恶魔的舞蹈，我拥紧冰凉的阿依拉，思绪滑落入回忆的河流……

加入驼队西去时，我还是个孩子。阿姐郑重地将那只冬不拉交到我手里，泪蛋儿便滚落入土。那是爹爹的遗物。你是个男人了，我对自己说。西去之路便是我的谋生之路。我要给阿姐备一套嫁妆。

塔里木河的水声远了，阿姐挥动的头巾早已淡成一朵轻云。我眼角的泪渐渐风化成沙粒，我日益拔高的身躯已坚硬如一株沉默的胡杨。我走过一个个国家和部落，贩卖货物，也贩卖我的青春。我忧伤的琴声响不过驼铃。

驼队行进途中常常遭遇惨烈的搏杀，也常常遭遇异域女子的别样温柔。我的琴声是她们心醉并为之放纵的理由，但我一直固执地等，我不知道自己在等待什么，直到在那个黄昏里遇上了她——驼队遭遇马贼，伙计们相继倒下。在劈开第十八个汉子的颅骨时，我听见自己骨头碎裂的声音。我轰然倒地时想必如同一株垂死的胡杨，等待风沙举行的葬礼。是她和她的部族救了我们。她披黑袍，跨白马，疾如飙风，轻若浮云，自落日的背景之上奔驰而来，弯刀闪亮，格开了劈向我头颅的致命一刀。尾随她而来的是一个虬髯汉子，一样的雪亮弯刀，一样的迅猛骠勇。飞血四溅中，她宛如女神。

她就是阿依拉，一个部族的公主，和她一起助驼队击溃马贼的汉子便是她的长兄奇安答。驼队损员过半，余者大都伤重，须休养半月方能起程，就住在她的部落里。

阿依拉喜欢在月光下听我弹琴。我的冬不拉流淌出如水的月华和深情。她有一双幽深的眼睛，我每次注视着她的眼睛，她的脸就变得花儿一样鲜红。

驼队西去的日子到了。族人设宴饯行，阿依拉的舞姿风一样轻灵。她捧酒敬我时，我无可救药地掉进她哀怨的眼神。

我终于没有随驼队西去。我的固执让所有的伙计吃惊。他们舍我而去，无奈的眼神像看一粒被风吹散的沙子。然而我再没能走进她的帐篷。当她的族人洞悉了我去而复返的意图后，愤然将我逐出，并以锋利的弯刀切断了我企盼的目光。我像一只泣血的杜鹃，在她的帐篷外日夜吟唱。尽管我一次次被她的族人击倒在地，但我的琴声依然饱满清亮，让她寸断柔肠。

一个有月的夜，她溜出了帐篷。草绵软如床。我用琴声问她，花儿为什么这样红？她笑而不答，只让我听她心跳的声音。

琴声被雪亮的刀锋切断了。我被关进了地穴。她的父亲已忍无可忍，决定痛下杀手，以绝阿依拉的念头。不知是不是阿姐的泪在召唤我，我逃脱了。阿依拉用药麻翻守卫，我们骑一匹汗血宝马趁夜出逃。她没忘记带上我的冬不拉。逃离时，我注意到，有一双鹰一般的眼睛在黑夜中注视着我们。是奇安答。他并未阻拦，目光中有很难懂的语言，但是我懂。

塔里木河仍在流淌，阿姐却不在了。我数年未归，阿姐望穿秋水，终泣血而亡。我的泪儿未及滴落，追骑便至。我和阿依拉继续东逃，一路的月光渐渐幻成漫天雪光。汗血宝马吐血而死。六盘山下，我拥着冰凉的阿依拉，已望断天涯！

奇安答走进山洞，火光中，他高大的身躯裹挟着寒气，砭人骨髓。我的冬不拉依旧悠扬。阿依拉依在我的肩上，面容恬静。奇安答怜惜地望着最疼爱的妹妹，粗糙冷漠的脸上浮动着一抹忧戚绝望。

跟我回吧，娘舍不得你。

我没有停下拨琴的手。阿依拉含笑摇头。

跟我回吧。奇安答几乎是在乞求，父亲已下死令，带你回去，否则……

阿依拉坚决地摇头。

奇安答哀求地望我一眼。我动摇了。阿依拉却有力地握紧了我的手。弦断声绝！我的眼神中便显现出坚决来。

奇安答泪如雨下。

我继续着我拨弦的手。弦已断，世界静下来。

奇安答探手取刀，犹豫良久，说，我要带走你的琴。

我无言。我与阿依拉相视一笑，紧紧相拥，迎向森寒的刀锋。

我问：花儿为什么这样红？

她轻声说：这是我们回家的路……

武侠四题

刀下留人

雾淡。花盛。云清。

你拈起第一粒鸟鸣，用目光点燃。取一只青花瓷瓶，注满清水，你端坐在晨曦之中，插花。

你有一双修长的手。干燥、稳定，指甲剪得干净。你就用这样的手，插花。你神情专注，似在做一门功课。这门功课你每日必修。因为，你需要一双稳定的手。

你是一名刽子手。如同烙饼补锅钉马掌一样，杀人是你祖传的技艺，也是生计。十三岁，你出了第一趟红差。受刑死囚是惯常刀口舔血、枪尖夺食的恶盗，仍不免在你刀下鬼哭神嚎。你砍了三刀，三刀未断其颈!

那一刻，你的心很痛。你牢记父训，刽子手的职责是解除生之苦痛，而你未能做到。于是，你闭门练刀。夜夜，你对空望月，只为心定。插花十载，方得手稳。以刀切水，只求刀快。初时，刀入水，激浪四溅；越十年，刀穿水而过，不生细纹。

晨起。焚香。沐浴。

你望一眼空寂的青花瓷瓶。今日，是你的第二趟红差。杀人，总是很落寞的事情。你已无心插花，就让花瓶空一回吧。

深巷。青藤。细雨。

你缓步而行。卖花老者挑担行过，探手取一支杏花递上，道一声：“先生，出红差去？”你颔首轻笑，答一声“嗯”。

你行杀人之事，却颇受人尊敬。世人皆知，生之苦痛悬于你刀下时，你不以杀人为乐，不为谋生计，只为超脱。

小巷深长且窄。行至转角，一素衣娇娘挡住去路。

“无刀先生？”

你双手笼于袍袖之中，颔首不语。

“闻先生十年前行刑，三刀过后，未能断首？”

你面露愧色。

“此番受刑之人乃妾之夫君，先生可否一刀断之？妾有百金奉上。”

你含笑相望，将杏花递过，侧身而行。

法场。雨住。风停。

照例，监斩官问死囚，有所求否？死囚言，欲再饮杏花陈酿。陈酿难求，监斩官面露难色。素衣娇娘闻言，折身疾去。

你单手执刀，立于当场。日将中天，素衣娇娘仍未折回。死囚面如死灰，唇干口焦。

午时三刻。死囚长叹一声：“可怜我愿难偿矣！”

三声追魂炮响，监斩官令牌落地。你挥刀急斩。耳畔听得一声凄喊：“刀下留人——酒——”

素衣娇娘飞奔而来，尚在十丈之外。

你心念方动，刀光闪过。转身，行至监斩官案前，单膝跪地，禀：“行刑毕！”再回身时，娇娘已至，酒碗呈至死囚唇前。死囚张口，饮尽。含笑相望片时，颈项处忽现一裂痕，继而断开，人头落地。

你一刀成名！

独院。月寒。水冷。

瓶中花已盛开，清芳满院。你执杯在手，对月饮茶。茶乃岭南山中所采，经秋霜，越冬寒，沐春阳，味苦性甘。你每饮一口，心头便是一痛。杀人，总是件难以令人愉快的事情。虽然你心定，刀快，手稳，然每解除一人苦痛，你便少一分轻松。你无法化解这份沉重。你只有使自己的心更定，刀更快，手更稳！

于是，你依然夜夜望月，日日插花，晨昏练刀。

又是春日。

深巷。烟雨。杏花。

这一趟红差，受刑之人乃一女匪。此女身怀绝技，刺杀高官无数，日前为一云游番僧所擒。时女匪已身怀六甲，临盆待产，按律不当斩。然番僧临行前封其穴道，言次日午时前必斩之，否则穴道一解，将无人能制。产婆探得产期正值午时前后，铜壶滴漏，声声催魂，已近午时，仍未见动静。

雨丝渐稠。你执刀在手，心生哀矜。三声追魂炮响，监斩官令牌落地，你略一思虑，挥刀。

刀，终未斩下。

四野阒寂。叶落有声。

监斩官拍案而起。

你趋步上前，单膝跪地，禀："杀气挫，刀锋钝，已不能斩。"

"斩！"二道令牌掷下，监斩官面似铁板，不起半点波澜。

你退步，转身，刀交左手。

刀光闪过。你右臂齐肩而断！

一声响亮儿啼，撕碎寂静。法场正中，婴儿呱呱坠地。

你飞身上前，左手再次挥刀。女匪人头落地，仍含笑相望，珠泪滚落脸庞。

你长叹一声，怔立当场。你知道，你永远不能放下屠刀。然而，你已心中无刀。

一诺千金

残阳如血。你忽然闻到了一股酒香。

在你的词汇里，只有血、酒和剑。血是热的，酒是温的，剑，却是冷的。

这是片望不尽的沙漠。天像一块破旧泛黄的抹布，裹挟着风沙的传说。你回望身后的足迹，它们悄没声地湮没了。

酒香渐浓。你忽然听到腰畔的一声嘶鸣。

你握紧了剑柄。剑在跳。二十年来，它的每一次跳动都预示着一场惨烈的搏杀，预示着血与铁的碰撞；而凭着这把剑，你总是站着离开的一方。

血是热的，而你是冰凉的。自从你五岁时以一柄竹剑洞穿独行盗燕子飞的咽喉时，你就变冷了。十岁那年的秋天，你以同样的一式飞剑刺杀了那个你该叫他“爹”的男人，一剑封喉。你清楚地记得，他安静地卧在血泊中，微笑着望了你一眼。那一眼暖如春水。

你就成了春水，第一杀手的身份似乎不能匹配你的名字，而你却以一柄无鞘的竹剑刺疼了江南塞北的桃红柳绿和雪飞。官府捕快在你的剑下只是有来无回。

你只为剑而存在。当你目睹你娘的笑容在你爹刀下一丝丝碎裂的时候，你的骨子里便生成了一种冷。这是宿命。

残阳如血。酒香愈浓。你的剑在跳，几乎无法把握。它最终跳出你的腰带，不染尘沙地飞翔，飞向酒香飘散的源头。那饮酒的青衫客双臂一振，青衫鼓荡，乘风而起。

酒花四溅。血花四溅。

只是瞬间，已成永远。青衫枯萎下来，血花滴落。风沙平息，黄昏的大漠静美如画。

你忽然觉得累了。颓坐在酒香里。你的剑安静地依在腰间，沉沉睡去。饮血十载，它已有了生命。像你的爱人，而你却没有爱人。你忽然想起了那个夜晚，那抹令你深陷的笑容。你望向沙漠的深处，心，却成了虚无。

一只苍鹰破云而来。江湖无人不识此鹰。它羽翼所至之处，无不掀起可怕的旋风。你的交易均由它来完成。雇主只需将要杀之人姓名及银票交与苍鹰，你就肩负起杀手的使命。

无人不信任你。春水一诺千金。

你解下鹰爪上的竹筒，取出银票和纸条。

“春水先生，三月初九酉时正，如归山庄，取‘一剑平秋风’之首级。酬金二百万两奉上。”

你忽然觉得很累。江南花雨，大漠孤烟，你饮血来回，带走了什么？留下了什么？你真想沉入这酒香里，就此睡去。然而你不能。苍鹰传讯，必杀无回！春水之名风闻江南塞北，不仅凭此剑，更凭一诺千金。

如归山庄。沿途十里桃红，二十里柳绿，三十里草色青青。这本不该是个杀人的季节。

“一剑平秋风”翩然而至。她的手中无剑。她的笑容足以平定秋风。

你素来以黄金为粪土，视美人如无物。你只需轻轻出剑，即可抹去繁华云烟。

而你不能。你忽然惊觉，自己陷入了一个绝妙的陷阱。

你记起了那个酒醉的夜晚。你春水般消融在月色里，一个春水般柔软的女人用她温暖的呼吸和光滑的心跳紧紧包裹了你。

你的血是冷的。那一刻，理智却败给了本能。当你努力攀向巅峰的时候，女人却停了下来，柔声问：“你……能不能……答应我……一件事情……”

你的血迅速冷却。你默默起身，握紧剑柄。你的手从未离开过它，它已经成了你肢体的延伸。

“我不能答应你任何事情。”你的剑跳了跳，你努力地握紧它，“我只能保证，不让我的剑刺穿你的笑容。”

而此刻，那笑容正绽放在眼前。

你的手第一次离开了剑柄。

“你来杀我？”女人浅笑着，如风中摇曳的菊。

“我不杀你。”

“你必须杀我。春水先生一诺千金。”

“为何逼我杀你？”

“我是雇主。”

你一怔，握住剑柄，制止了剑的跳动。

“你收了我的酬金。不杀我，你就违背了自己的诺言；你若杀我，同样违背了自己的诺言。”女人花一般笑，阳光开在脸上。

“我不杀你。”你的剑再次飞起，眼前闪过那个酒香四溢的夜晚，闪过那水一样的月色，“我杀我自己。”

残阳如血。你躺倒在江南的花雨里，躺倒在自己的诺言里，如同醉卧在酒香之中。你的剑直直地站在你的咽喉上。你的血盛开一片残阳。

“春水先生，”女人凝结了笑容，“原来，你的血也是热的……”

三月江南，十里桃红，二十里柳绿，三十里草色青青。

数日后，江湖风传，女捕头柳定秋成功诱杀天下第一杀手春水先生，后，遁入空门。

一笑倾城

十月。惊雷。

你拾阶登城。巍然一座城池静卧于孤岛之上，群峰之中。方十里，纳万人，酒旗林立，良田百顷，市街交错，沟渠纵横，稼穑货沽皆在其中。路不拾遗，夜不闭户；晨可闻鸡啼，夜不觉吠声。

这便是你的安平之城!

云低。天雨。

你巾冠猎猎，铜甲铮铮，呛啷一声，拔剑在手，遥指天宇:“谁，能撼我安平之城?！”海天空阔，惟风裹旌旗，雨打铁衣；寒剑吐芒，角弓低鸣。

十年前，你是朝廷的一名将军。你生来面容清秀俊逸，临敌搏杀，常以青铜面具遮之，故号“青铜将军”。四海征战，荡平边犯，归见天子，赐金玉衣，赏百花酿。你酒酣耳热，醉卧当场。醒来，已身陷囹圄，金甲离身，显赫无存。

兔死狗烹，鸟尽弓藏。你深明此理。你本无拥兵自重之心，天子却有去危求安之意。

慨叹良久，你越狱而去，至海中孤岛，筑安平之城；但凡世人蒙冤入狱、走上法场，你必舍命相救，纳入安平城中。你不行叛乱之事，惟守安平之心，天子却不容你，十年来，几番挥师剿杀。你本擅战事，精兵法，又有城池之固，山水之险，屡屡化险为夷，保得城池不失，直至将军金甲领命而来。

金甲乃你故交。此番金甲与你三战，你皆未尽全力，每每枪至金甲颈项要害，必回马而走。你三战三捷。金甲三战无功，自知有辱使命，无颜回见天子，又感念你不杀之恩，不欲再度刀兵相见，遂挥剑自刎于阵前。

自此，朝中乏将，再无兵来犯。

回首往事，忆及故人，心念至此，你悲情满胸，拔剑起舞，寒光闪射，锐啸声声。

花盛。酒暖。

长安城中，红檐青瓦，朱阁绮户，箫管清鸣。翠红楼内，歌伎飞羽低首弄箫，清音绕梁，婉转哀怨，撩人心弦。烟花之地，本多怨女，却无人知晓飞羽怨从何来，悲因何生。达官显贵、轻薄子弟如逐香之蝶，几欲踏破红楼。飞羽一概不见，只垂帘相对，待以箫声。如是，仍车马喧嚷，为博飞羽一笑，掷千金，倾锦囊，甚而拔刀相向。

忽一日，翠红楼门前冷落，车马顿绝。市井坊肆，街谈巷议，言飞羽将当朝一品大员毙杀于床帷之间。三堂会审，断飞羽当斩！举城男子皆悲戚满面，食不知味，夜不安寝。

安平城内，你接探报，查明飞羽本为良家女子，隐身烟花，实为伺机行刺，以雪家仇。你感其志，怜其命，遂星夜赶赴长安，法场之上，救得飞羽，转回安平之城。

飞羽感你再生之恩，欲以身相许。你平生不染女色，清洁自制，世人皆道你清心寡欲，岂不知你性高气豪，无人堪配也。是夜，烛光点点，月华如水。你观飞羽身段容颜，如春花照水，秋月凌波，竟心旌摇曳，不能自已。执飞羽之手，你恍若魂归瑶台。红罗帐内，锦绣榻上，鸾凤和鸣，秋水潺湲……

安平城内，张灯结彩，鼓乐喧天，皆道青铜将军大喜。你携飞羽登城，举目四望，豪情满胸。

自此，你与飞羽亲耕自织，吟诗作赋，弈棋灯下，弄箫月前。你还时常携飞羽出入市井阡陌、商户农家，嘘寒问暖。城中一派祥和升平，众人皆尊你为安平王，尊飞羽为安平娘子。

转瞬百日。

黄昏。夕阳。

飞羽邀你登城，观海天落日。你欣然执飞羽之手，素衣简从，缓步轻履，沿长街，踏青石，穿花影，拾阶而上，至箭楼之巅，极目而望，海岸线如蛾眉淡扫，一轮红日似不胜酒力，摇摇欲坠。

飞羽执箫在手，轻启朱唇，一曲乐音便袅娜开来。四野薄暮冥冥，水汽氤氲；飞羽箫声忧悒，珠泪欲滴。你心知，海天美景难抑飞羽思乡之情；而你，何尝不曾思念故里？

箫声初时呜咽，低回清扬；忽而急促，激越高昂。却观飞羽神情凄然，眼含幽怨。箫声忽爆出金戈杀伐之音，裂帛碎玉，断人柔肠！飞羽柳眉倒竖，发丝如钢，已不再是温柔若水的飞羽。

箫声绝。飞羽目光如炬，手捏剑诀，箫作剑势。你错愕茫然。

“青铜将军，我乃当朝将军金甲之女，可曾记否？”

你若有所悟。再观飞羽眉宇之间，与故交金甲将军似曾相识。

“我不杀伯仁，伯仁却因我而死。你为父报仇，是为情理之中。”

“你据城而守，分庭抗礼。我诛你，一雪国恨，二报父仇！”

“忍辱烟花，杀吏入狱，只为近我？”

“是。”

“为何逾百日方始动手？”

“欲破此城！”

你抬眼望去，见落日背景之上，战船旌旗林立，破浪而来。你轻叹一声，采一株枯草于掌间，亦作剑势。

飞羽猱身而上，风穿箫孔，发凄厉之音。你伫立不动，仅以手腕带动草尖变幻，封住来势。飞羽一击无功，遂弃箫于地，探手攫起青石旗杆，举重若轻，竟舞出轻灵剑意。

以石杆之重，对枯草之轻，正是武学至境！

你暗自心惊，剑气催生。城下，战船泊岸，箭矢如雨；城上，烽烟四起，金鼓齐鸣。飞羽将旗杆舞得风轮一般，你却点、刺、粘、带、削，一一化解于无形。初时，剑势如狂风骤雨，盏茶之后，飞羽剑意大盛，你面色凝重，一支枯草重若千钧。

石砖碎裂，深陷及膝。你长叹一声，弃草于地，面露悲伤之色：“只可怜安平城内众生……”

飞羽杀气已敛，回复温柔，道：“城后有秘谷，内存水粮。我已妥善安置，必不伤平民，君但可忘忧！”

你回望城中，果然街市已空。

“知我者，飞羽也……”你凝望飞羽，“为何逾百日方始动手？”

飞羽沉吟良久，一滴泪滑落脸颊：“十岁识君，夜不能寐……”

风烈。火起。

箭矢纷落如雨……

你粲然一笑——城坍墙倾！

曲高和寡

暮春，斜阳，古道，长亭。

你执壶在手，抚剑而歌。歌在心中。十三岁，放眼江湖，已无人能叫你拔剑。普天之下，已无人能懂你的歌声，又唱给谁听？

亭柱红漆斑驳。每个晨昏，你在此静观，而前日柱上却多了一行指书，银勾铁划，极尽洒脱：

无歌先生台鉴：

闻先生剑指天下，龙影飘忽，无人堪与争锋，已数十年矣。曲高和寡，大音稀声。想先生久居高处，定不胜其寒。某初涉江湖，亦工剑术，期与先生会猎于野，不知可否？本月初九酉时，当期于长亭。先生性素雅答，必不致令某空候矣。

青衣

风渐起。酒将尽。春寒料峭，你衣素胜雪，如一柄凌空欲翔之剑。数十年来，你盼的就是这一天。

又是黄昏。长亭。

剑在鞘中。你每一次心跳，剑都锵然而鸣。

天际现出一袭青衣。来者从容淡定，每一步落下，均暗合五行，无懈可击。他走得很慢，转瞬却已至亭前。

你没有起身。你没有看他一眼。你甚至没有放下握杯的手。

时间凝滞下来。风已停。你面朝远山，空门毕现！此时出剑，必可置你于死地。你期待着那一剑。

你失望了。残阳退去，夜雾已生，世界仍是一片寂静。亭外之人渊停岳峙，气定神闲。

冷汗浸出。你知道，你等到了自己要等的人。

人不动，风动。月，已至中天。你心知不能先动，却已不能再等。你缓缓举杯，不知何时，青瓷酒杯已为剑气所摧，碎成齑粉，风一吹，便散了。

你终于耐不住寂寞，问："青衣？"

"是。"青衣语声铿锵，如金石交击，"无歌先生？"

"是。"你抬首望去：青衣粉面如银，青丝满头，语声如此粗粝，不料竟是窈窕女子！

你抽剑出鞘。月华之下，剑身流光四溢，寒如秋水。你伸指轻弹，剑作龙吟。你面上便显出无限爱恋，轻叹一声，手腕发力，一震！

剑，碎成数段。

"我败了。"

"不曾交战，何以言败？"

"我不待，你不言，所以我败。"目视青衣，你的眼睛里满是真诚。

"先生雅量。此行不虚矣！"青衣幽幽一叹，反手出剑，以腕力震碎，散落一地月华。

"无歌一生寂寞，能得君之弦歌，已知雅意，当浮一大白。"你话锋一顿，面露遗憾神色，"可惜已无酒。"

"先生请随我来。"青衣嫣然一笑，转身，袍袖轻扬，翩飞如云。你纵身相随，片刻已行十里。荒野有酒肆。青衣叩门而入，以玉镯换酒。

盘膝趺坐于屋脊之上，月华之中，你与青衣对酒当歌。你的歌声如此动听。青衣击缶相和。

天将明。酒已尽。青衣起身，长发随风，青衫鼓胀，素手平伸。

"无歌先生，再战何如？"

"剑已碎，以何为战？"

“剑在心中。”

你缓缓起身，素衣无风而动。

“无歌先生，此战当以生死论之。”

你直视青衣，已解其意：“知音难逢，战必全力。”

“青衣若不敌而亡，尚有一事相托，不知先生可应否？”

“请。”你略一颔首，竖掌为刀，剑气立生！

青衣面如春水，含笑相望。见你颔首，知你已应，遂纤指一扬，剑气破空袭来！你袍袖一引，将之化为无形。青衣疾起，如风中柳絮飞升，至最高处，一声清啸，携月华，引星光，倒冲而下，以指为剑，疾如流星。你一掠而起，双掌一引，身轻如羽，悬于虚空。

数里之外，湖水波纹顿生。花木为剑气所摧，花叶纷飞，遮蔽月华，久不落下。

云起，星隐，风生，雨落。

雨水疾落，离地数丈即为剑气激碎。盏茶之后，你已觉乏力，丹田略松，剑气顿阻。你衣衫尽湿。青衣掠起，食中二指化作一道飞虹，直取你百会死穴。你颓然坐于屋瓦之上，鼓起余力，双目圆睁，将残存的剑气以目力射出。

你已知此举无功，以青衣造诣，可将之轻轻化去，而青衣纤指一至，便是你归去之时。数十年来，求败不能，你早已难耐寂寞孤独，既有青衣能闻弦歌而知雅意，死在她的剑下，当是你最好的归宿。

你望一眼排开雨水疾飞而来的青衣，缓缓地闭上了眼睛。

你终于没有等来那一剑。

雨住，风停，云散，天明。

你以目力发出的剑气正中青衣咽喉，洞穿处飞血四溅，流出绯红的黎明。你抱起青衣迅速枯萎的身体。

“你能躲开的。为何不躲？”

青衣微笑，如一朵盛开的莲：“先生既已受尽孤寂清寒，再受十年何妨？而我若胜，岂不要接下你的孤单？”

你无语，泪落如雨。

“我是女人，我很自私。”青衣浅笑，“我有事相托于先生……”

青衣自怀中取出一方锦帛，粲然一笑，闭上了眼睛。你用力抱紧青衣，颤抖着手展开锦帛：

无歌先生：

妾乃当朝三公主青衣。素闻先生有良将之才，却浪迹江湖，自甘孤寂，不思报国。君子何当蝼蚁一生？今蛮夷来犯，国之将亡，苦无御敌良将。妾为女身，虽有木兰之心，却恐难领三军，唯有一死，以求先生代为出征！破楼兰而还，妾愿偿矣。

青衣顿首

三日后，你挂帅出征。

三月后，你破敌而还。至青衣墓前，你击节而歌，已不觉曲高和寡。

风筝三题

风筝会

清早，桥镇还沉睡在史灌河的迷雾中，风筝王就已走到蒿草丛生的野地里，挽起袖口，用蘸了唾沫的指尖，试风，估摸着风向和风力，适合把他的哪些风筝交给天空。

在他细长的眼睛里，倒映出蔚蓝的天空。在他身后，柴门边立着他的女人。

桥镇没有放纸鸢的传统，在桥镇人眼里，年过三十仍未立业的风筝王，只不过是个败家子，而他那个靠放风筝赢回来的水灵灵的小女人，也只是个中看不中用的花瓶。

听到这些话，风筝王夫妇只是淡然一笑，埋头又去扎制风筝。

风筝王本无家传，他爹是个卖盐的。那一年，风筝王还不是风筝王的时候，和他爹一起去天津卫贩盐，正逢上一年一度的风筝大会。北京、天津、潍坊、南通、阳江、汴梁六大风筝之乡，均有高手前来竞争“风筝王”。桶形、软翅、硬翅、板子、拍子、串活；鸟形、虫形、水族、人物、字形、器皿；大的小的长的短的方的圆的鼓的扁的……各式风筝，漫空飞舞。十四岁的风筝王就迷了眼睛。

这其中，一只硬翅的大鹰风筝夺尽了彩头。那大鹰迎风振翅，翼展数丈，时而凌空俯冲，时而青云直上，时而盘旋回翔，竟引来数只野生大鹰，嬉戏流连，令人真假莫辨。众人顺着大鹰风筝的丝线望去，却是一个女子，不过二八年纪，眸若秋水、唇似涂丹、鬓发如云、巧笑嫣然。一打听，原是天津卫老风筝王的女公子，芳名唤做珠儿。

大鹰夺彩，珠儿意气风发，当众夸下海口：不论今岁明朝，亦不论青壮老少，谁若胜得我的风筝，不仅让出风筝王的名号，还嫁与他做妻。

一时哗然。各路风筝好手纷纷祭起风筝，去斗大鹰，却被大鹰一一击落云头。

十四岁的风筝王听得耳热心跳，当晚，竟瞒着他爹带上购盐的大宗货款，悄然离了客栈，就此一去不回。

天津卫三年风筝大会，沙燕轻灵、巨龙雄伟、人物风筝传神、故事风筝妙趣，却终无人比得珠儿手中大鹰，集轻、灵、巧、雄、巨、真于一身，自然也无人能抱得美人归。

转瞬四载，又是风筝大会。大鹰方自起飞，便闻一声哨响，一尾数尺长的青绿小蛇，肋生双翅，如离弦之箭直冲云霄，忽然敛翅飞回，凌空下击。大鹰临危不乱，连续闪转盘旋，翻身迎战。小蛇却仗着轻捷灵巧，双翅时开时合，弹、刺、跳、转，专攻大鹰双翅，瞅个空子，一头撞去。那大鹰本是榫接骨架，被小蛇一撞之下，脱了榫子，折了翅膀，一头栽下云端。

珠儿花容失色，急忙祭起一只鹞子。这只鹞子乃以白绢制成，并不染色绘图，系以透明丝线，飞速攀升，与长天云影融为一色，不可分辨。

这竟是一只传说中能够隐形的素鹞子！

素鹞子嘴尖爪利，又能隐形，倏忽来去，往返突袭，转眼间将青绿小蛇双翅扑碎。珠儿暗自松了口气，取了一方丝巾正要擦汗，空中突然升起一只八角板子风筝，四周全是竹篾利缘。珠儿急放线，将素鹞子送上云中隐形，八角板子并不追赶，却借风势划一道弧线，将素鹞子的丝线切断。

断了线的鹞子顿时随风飘逝，一去不返。

珠儿又羞又怒，抬眼，见一位眉清目秀的白衫少年，手中提着那只八角板子风筝，排开人群走来，大咧咧地说，姑娘，俺胜了你的风筝，从今儿起，你就是俺媳妇儿了。

珠儿这才记起自己四年前夸下的海口，一张俏脸顿时涨得绯红，啐道，你耍赖！使这卑鄙手段。有本事，咱们来个风筝会，光明正大地比一场！

少年满口应承。

所谓“风筝会”，颇有程序讲究。二人从风筝造型、色彩、图案，从桶形、软翅、硬翅、板子、拍子、串活，一一比来，少年总是技胜一筹。珠儿怎肯认输？又比故事。你出一个“麒麟送子”，我便出一个“麻姑献寿”；你出一个“八仙过海”，我便出一个“百鸟朝凤”。少年的故事风筝却似取之不尽。

便要比大。珠儿祭起三丈方圆的龙睛金鱼，少年却放出百尺来长的飞天蜈蚣。

便又比小。珠儿放飞巴掌大小的黄莺，随风飞舞，姿态可人；少年却取出寸许见方的蝴蝶，却是花瓣制成，栩栩如生。

偌大的会场，人山人海，却不闻人声，不闻气喘。珠儿汗如雨下，少年神情自若。斗到最后一个回合，珠儿无计可施，只得认输。

那少年便是风筝王。自四年前在风筝大会上对珠儿一见倾心，于是走南闯北，遍访名师，学习扎制风筝，又勤习绘画渲染之技，一心要一举扬名，赢得珠儿为妻，这才有了这一场前无来者、后无古人的风筝会。

经过一番比拼，珠儿已是芳心暗许。谁料回到家中，却遭来父亲一番喝责——自古风筝世家，都想争当风筝王，怎甘心输了名头还赔上个闺女？珠儿被反锁在绣楼之上，哭成了雨打桃花。

三日后，大风突起，吹过庭园。夜半，珠儿正以泪洗面，忽然听到有人叩窗，推窗一望，白衫少年骑着一只桌面大小的双鲤鱼风筝，飘浮在空中，笑吟吟地望着她。

花树下的暗影中，老风筝王目送双鲤鱼载着少年和女儿在大风中飞远，不禁微笑抚须长叹：果然是技高一筹！

风筝王

桥镇北郊，是一块荒地，生着一人高的红麻和黄蒿，一座柴门疏篱的小院把炊烟高举在风中。炊烟之上，是云朵和鸟；是大大小小的风筝，随风飘摇。

这些风筝，有时是轻盈的软翅，有时是硬朗的板子，有时又是姿态曼妙的串子。春天风软，蜜蜂与蝴蝶争艳，沙燕与仙鹤竞翔，天空便是它们的花丛；夏天风硬，鹊桥会、梁山一百单八将纷纷亮相，天空便是他们的情场和战场；秋天，风烈起来，百尺长的飞天蜈蚣才能舒展筋骨，一飞冲天；只有冬天，风猛，钢筋竹骨的双鲤鱼才能腾空直上，悠游在云朵之间。各式风筝，带着不同的哨子：鹞鞭、竹哨、响弓，音色清润，高低不同，似飘飘仙乐从天空缓缓降临。

每当听到风中传来悠扬的哨声，桥镇人就知道，风筝王又在放风筝了。

那年，天津卫风筝大会上，风筝王借一出“风筝会”赢得津门风筝世家的女公子珠儿芳心，当夜乘着一场大风，用一面双鲤鱼板子风筝将珠儿从绣楼上“偷”出。那真是一次奇妙的旅程，他们乘着风筝，驾驭着呼啸的海风，仿佛一对神仙眷侣。他忍不住就放开喉咙，唱起了家乡小调：

南风呀没有北风呀凉，荷花呀没有桂花儿香，燕子呀垒窝嘛在高楼，梧桐呀树上落呀嘛落凤凰。乖姐呀爱的是咱有情郎……

风筝王携妻回到桥镇，他爹已然逝去，家业荡然无存。风筝王和珠儿撮土为香，拜了天地，就在桥镇北头的野地里盖了座小院，开荒种粮，闲来便研究风筝，扎、糊、绘、染……

风筝王夫妇扎制的风筝，集南鹞北鸢之大成，常有人慕名前来，以百金求购。这其中，就有光州城的马五爷。他也是个极爱风筝的人，竟开出了天价，要拿田产、宅子换风筝。风筝王夫妻却断然拒绝，甘守清贫。这样的日子倒也清静，一晃就是十数载。

那一年，史灌河一夜之间突然见了底。河漏了！不出一月，光州大旱，禾苗可燃。当年秋，颗粒无收，未入冬，家家户户已断了炊烟。风筝王家的米囤也早已空了，夫妻二人饿得全身浮肿。此时，马五爷又派管家过来，开出一石白米换一只纸鸢的价码。

马五爷料想，此番定然能做成这笔交易。这正是既有救贫救急之意，又存有挟人于危之心，谁知风筝王又是断然拒绝。

管家悻悻地告辞，抛下一句话：人都要死了，还守着那些花纸头做啥子？！

转眼进了腊月。桥镇啼饥号寒之声不绝于耳，珠儿也饿倒在榻上，气息奄奄。风筝王一夜未眠，天刚放亮，就打壁间摘下一只风筝，抬脚出门去了。

风筝王去了光州城的马府。

听说风筝王登门，马五爷激动得连皮大氅都来不及穿就亲自迎出府门来。客厅里坐下，看茶，风筝王道明来意，要拿风筝换粮，说明还按当初马府管家开出的价码。

马五爷抿一口茶，微微一笑，说，时过境迁，如今大旱，家家断粮，一石白米可不止当初的价格了。

风筝王一听，随即起身，拱手道，那不打搅了！说罢转身就走。马五爷一把拦住，说，好商量，好商量！

风筝王回来时已是黄昏，身后跟着一溜儿马车，驮着沉甸甸的麻袋。马车后跟着一帮持刀护粮的家丁，马五爷也坐着轿子来了。

风筝王强撑着瘦骨嶙峋的身子，从堂屋、厢房到回廊的墙壁上、箱笼里，将那些大大小小的风筝一一摘下、取出，有人物风筝“判官”、钟馗”、“包公”、“寿星”；有故事风筝“禹王锁蛟”、“刘海戏金蟾”、“吹箫引凤”、“天女散花”；有花鸟、鱼虫、瑞兽、祥禽……大到十数丈长的白龙风筝，小到半寸见方的蝴蝶风筝，花样繁多，各个不同。

粮食已经卸下，风筝已装上马车，马五爷忽又回身，目光直愣愣地盯着房梁上架着的那面巨大的双鲤鱼板子风筝。马五爷盯了一会儿，说，这个我要了！

风筝王摇头。

马五爷从袖中摸出两根金条，当啷一声掷在桌上。

风筝王摇头。

马五爷冷笑一声，又加上两根金条。风筝王还是摇头，说，这只风筝，再多钱我也不卖，五爷您请回吧！

马五爷冷哼一声，拂袖而起。临出门，又回望一眼双鲤鱼，眼睛如同猫眼一样闪光。

马五爷并没兑现起初的价码，三百只风筝，只换来两千斤白米和三千斤杂粮。当晚，这些粮食就进了桥镇几百户人家的锅里，三月未见炊烟的桥镇又有了一丝儿烟火气息。

风筝王跌坐在小院中，耳边仍是车轮哑哑而去的声音，那些飘然远去的风筝，仿佛已将他身体内的力气一丝丝抽尽。

眼前的这片天空，终于空了。

风筝劫

大旱终于过去，史灌河又波光潋滟。

风筝王又回到小院的老榆树下，坐在一只蒲团上，扎制风筝。他腿上蒙着块破围裙，用薄而利的蔑刀，劈出极薄的竹青，再上火炙烤，细察那火色，由红转绿，由绿转青。就是这些普通的竹子，在风筝王手里神奇地弯曲着、变化着，逐渐成形，之后是画样、上色、涂绘勾描。做这一切的时候，风筝王总是眯着细长的眼睛，尾指微微翘着，像个绣花的女人。

在他头顶，天空中又飞舞起各式各样的风筝。在他身边，坐着他的女人。桥镇人不识风筝之趣，这些风筝，本就是给她一个人看的。

日子又回到当初的清静，但风筝王并没想到，正是那只他执意留下的那面双鲤鱼板子风筝，惹来了一场祸端。

半年后的一个深夜，风筝王夫妻正在灯下给风筝绘图，一伙蒙面人突然闯进门来，直扑那面双鲤鱼风筝。珠儿奋力阻拦，被一刀砍翻。情急之下，风筝王抡起篾刀将双鲤鱼的骨架斩断，扯了个支离破碎。蒙面人大怒，挥刀要杀风筝王，此时，史灌河上夜渔的渔民闻声持着鱼叉赶来，贼人仓皇逃离。

气息奄奄的珠儿强撑起身子，坐在血泊中，绘制一只未完工的沙燕。珠儿的鲜血染红了沙燕雪白的肚腹，被珠儿巧手勾勒成一朵殷红的牡丹……

望着血泊中的珠儿和支离破碎的双鲤鱼，风筝王老泪横流。

含泪埋葬了珠儿，风筝王去了光州城。此时，已没人能够认出他了——珠儿惨死，他一夜白头，从一个身体强健、满头乌发的中年人变成了一个白发苍苍的老人。此时，马五爷正在马府后园的藏宝阁里玩赏风筝。他并不知道，在马府外的墙根下卧着一个白发满头、袖藏尖刀的老乞丐。

风筝王在马府外守了仨月，但马五爷每次出门，身前身后都拥着一群打手，无法下手。风筝王望一眼那高达三丈的围墙，转身回了桥镇北郊的小院，闭门不出。风筝王将那面被斩断、扯碎的双鲤鱼板子风筝从角落里翻出，坐在灯下重新换篾、撑骨、绷皮、引线。这面双鲤鱼板子风筝，是仿当年鲁班造木鸢以窥宋城的那只木鸢而扎制的，钢筋竹骨，以薄羊皮蒙制而成，能够载人短途飞行，但必须凭借大风才能升空。他当初“偷”走珠儿，用的就是这只双鲤鱼板子风筝。

转眼又是冬天。这一夜，刚烈的北风从淮水上吹来，掠过桥镇上空，在史灌河畔激荡起彻夜不绝的涛声。

大风吹到光州城时，马五爷正在后园的藏宝阁中和小妾饮酒调笑，忽然听到窗外传来嘤嘤嗡嗡的声音，像是有一只蜜蜂在花丛中飞舞。

马五爷忍不住好奇，起身披上衣服持着烛盏走到窗边，推窗一望，世界已是一片银白。雪花丛中，竟飞舞着一只巴掌大的蜜蜂，在烛光的映照下，这只巨蜂浑身闪动着金色的光芒，晃人眼睛。马五爷一时竟然看呆了，眼前金芒乱舞。就在这个当口儿，一只飞速旋转的八角板子风筝突破风雪倏忽而至，借风势从窗前划出一道锐利的弧线，锋利的竹篾边缘恰好从马五爷脖颈间划过，又迅速消失在黑暗之中。

马五爷突然感觉脖颈间生起一丝尖锐的刺痛，紧接着是一阵锥心刺骨的冰冷。他张了张嘴，想喊，喉咙间却发出咝咝的声音，像是一只漏了气的风箱。马五爷嘴角涌出一股血沫，脖颈间突然多出了一道血口，血珠刚刚渗出，就被寒风冻成了冰。

马五爷一头栽倒，灰白色的死鱼眼却仍然盯着窗外的天空。

窗外，是一眼望不穿的风雪。风雪之中，飘浮着一只巨大的双鲤鱼风筝，风筝背上，一个白发白须的老人手中牵动着两根丝线，将巨蜂风筝和八角板子风筝收回怀中，紧跟着手一牵一引，双鲤鱼便在空中划过一道奇妙的弧线，随风飞过高墙，隐没在风雪之中。

借助双鲤鱼风筝飞越高墙，以巨蜂诱马五爷现身，再用八角板子锋利的边缘割断马五爷的喉咙。这份心机能耐，这份离奇本事，这股子滔天恨意，除了风筝王还能有谁？

马五爷死了，却没有人知道他是怎么死的。马五爷的小妾说他是被巨蜂蜇死的，众人都笑，大冬天哪来的什么蜜蜂，又有谁见过巴掌那么大的蜜蜂？

又是清晨。雪霁，云开，日出。风筝王走到珠儿坟旁，将裱糊一新的双鲤鱼和那只被鲜血染红的沙燕，连同大大小小的各式风筝放飞上天空。之后，风筝王放掉手中的丝线，微笑着坐回到妻子的坟旁，回顾着这一生的欢乐和悲伤。

断了线的风筝乘风直上，越飞越远，越飞越高，与飞鸟混迹一处，真假难辨。

他知道，她能够看见。

梨园二题

富贵衣

民国十九年的春天，淮河上飘来一叶扁舟。船首，站着个长身玉立的男子，身穿一袭打满补丁的黑布长衫，那补丁却是绸子的，五彩缤纷，煞是好看。

船随风摆，那男子手摇折扇，脚踏方步，漫声唱来，却是京剧《玉堂春》里王金龙的一句西皮摇板：

玉堂春后花园去把雪踏，我等候那金哥来送梅花……

淮水东流，这一句唱腔，婉转有致，韵律清昂，经风一送，空旷的淮河竟似有了三月江南的绮丽风光。风过，掀起他那一肩纷披的乱发，左颊上赫然现出一道丑陋的疤痕。若非这道疤痕，任谁也想不到，这儒雅斯文、风流倜傥的男子正是名震光州的水匪头子“水上漂”。

水上漂本是光州城最负盛名的大戏园子庆和堂的头牌小生，艺名唤作玉美郎。他身上那件打满丝绸补丁的黑布长衫，叫“穷衣”，戏曲里的穷生都是这副打扮，比如《玉堂春》中的王金龙，《彩楼记》中的吕蒙正，《状元谱》里的陈大官，《红鬃烈马》中的薛平贵……但他们最后都求得了富贵，所以这穷衣也叫个“富贵衣”。玉美郎本是乞丐出身，后来才被庆和堂东家余庆和收为义子。因之，他纵然擅演贵介公子，却更爱这副穷生扮相。

玉美郎面相清秀俊气赛过女子，又有一副刚、劲、宽、亮的好嗓子，《玉堂春》《奇双会》《清风亭》《西厢记》《金玉奴》……袍带小生、扇子生、穷生样样演得绝，演得妙，演得神！他首次登台，就是对阵沪上来的名角儿王金魁。那是民国十二年春，光州城两家戏园子打对台，三易社对庆和堂，一边唱《人面桃花》，一边演全本西厢。

招贴一打出来，光州人就炸了窝，说这余二爷是不是疯了，拿一个雏儿来对阵名角儿？一时间，光州城像锅沸水，四处冒泡儿，茶馆里，赌局以十搏一，买玉美郎准输！

人心都是好奇的，开演那天，庆和堂还真来了不少瞧热闹的，都想瞅一眼这余二爷押的宝是个什么货色。大幕一开，未见人而声先闻，一句西皮导板“扬鞭纵辔长安往”，唱词清丽似皎月，嗓音清亮若秋水，喧嚷好似粥锅的戏园子顿时静若平湖，不起半点涟漪。紧接着，张生出场，玉面含春，眼若晨星，袍袖缓摆，折扇轻摇，“春愁压得马蹄忙，风云未遂平生望，书剑飘零走四方”三句唱完，眼风就那么一扫，整个戏园子里的看客都觉着那张生望见自个儿了，顿时响起彩声一片！

人人都看过《西厢记》，可谁看过这么俊的张生啊？不光女人喜欢，连男人见了都要爱，以为那份清秀比女子柔媚更胜三分。“小生风流”，到玉美郎这里就不单单是一句说词儿，而是实实在在的样本。

一传十，十传百，次日再开演，看戏的都挤到庆和堂来。王金魁勉强再唱了一场，就草草收拾起箱笼头也不回地走了。

不消说，玉美郎一炮走红。但凡达官贵人家，无不以能请到玉美郎的堂会为荣，即便要花上比别人多出几倍的包银；当然，这期间也难免有那春心暗动的女眷，千方百计要和玉美郎共赴巫山；也有那好断袖之癖的，费尽心机要和玉美郎修龙阳之好，但玉美郎一概婉拒。

这一日，光州水警局长金正奎来请堂会，为三姨太祝寿。戏唱罢，金局长殷勤留饭，玉美郎不胜酒力，被劝了几盏酒，就醉倒在金府。清早玉美郎一睁眼，发现自己身旁竟卧着个黑粗的汉子，正是金正奎。

玉美郎慌忙起身，脑中一片混沌。此时，金正奎已然醒来，满脸堆笑，伸手欲抱。玉美郎一个巴掌扇过去，急急穿衣下地。金正奎吃了巴掌，顿时一脸寒霜，“唰”地从墙上摘下宝剑。

“你一个臭唱戏的，老子给你脸，你才有脸！”金正奎话未落音，手起一刀，玉美郎的左颊上顿时现出一道血淋淋的刀痕。

玉美郎夺门而出，身后，传来金正奎冷森森的话：“限你三日内离开光州，否则定要你项上人头！”

深夜，庆和堂内戏终人散，一个身影悄悄走上戏台。黑暗中，响起一个凄凉悲愤的唱腔。一曲唱罢，东方既白，台上，袍带飘飞；台下，空无一人。

玉美郎临行，只带走一件富贵衣——那是他多年来一直穿着的，是他的花开花落，是他的戏里人生；是他的来路，也是他的去处。

一年之后，光州有了这样的传说：金正奎深夜被人砍了脑袋，痴肥、狰狞的脸上却被精心地化了戏装。

自此，光州再无玉美郎，淮河之上，芦苇丛中，却常有五彩衣袂飘荡，渔者也常常听见一曲散淡、明媚的《人面桃花》，在风中婉转悠扬：

这一回金榜上

又没有名分

且趁这春风暖

载酒行吟……

挑滑车

光州城的戏子多如牛毛，名动全城的却只有两个小生：小白灵和王美郎。这两人一文一武，都是庆和堂老东家余庆和的义子。小白灵入行晚，他入梨园行时，风流倜傥的玉美郎早已落草为寇，那勾魂动魄的唱腔已成绝响。

小白灵是河北沧州人，自幼习武，又加一副好嗓子，成就了他的文武兼通，能唱《清风亭》里的张继保，也能唱《小商河》里的杨再兴；但他最擅长的还是演武生戏，长靠、短打都能，当然，演得最出神入化的还是那一出《挑滑车》。

小白灵十三岁登台，首场就演《挑滑车》。开初，观众都还矜持着，再往后，一条枪刺、挑、磕、打，上下翻飞，枪花乱舞人影满台，观众再也矜不住了，大声喊好儿，掌声一浪高过一浪……

只此一场，小白灵就名动光州。

民国二十年，小白灵忽然罢演了，一时光州大哗。余二爷也疑惑，去问，小白灵说："义父，您老听说了吗？东三省出事儿了。国难当头，这让人乐让人笑的戏，还是不演了吧。"

转眼就是民国二十七年，日寇第二军侵入光州，以"水上漂"为首的水匪杆子奋起抵抗。苦战数日，水上漂战败被杀，头颅被日军砍下，挂在城门楼上示众。这时，庆和堂的东家余庆和忽然找上门来，主动说要为皇军演一出《群英会》庆功。日本人连声称赞余庆和"良民大大的"，只是，点名要小白灵演周瑜。

此时小白灵隐居城外已近七年。日本人带着余庆和找上门来，小白灵愤然而起，说："要我办啥都成，给日本人唱戏，不成！"

日本人的狼狗作势要扑。余庆和一头跪下，说："孩子，这事儿你得成全我。"

小白灵见此，长叹一声，说："义父，您这一跪，咱们的情义就算到头儿了。"话语一转，又说："给日本人唱戏，成！但是你告诉日本人，嗓子是我的，这唱什么得我说了算！"

小白灵不唱《群英会》，他要唱《挑滑车》。

在场的人都大吃一惊:《挑滑车》是岳家军大败金军。同样是外族入侵之时，在日本人的庆功宴上唱《挑滑车》，不是找死吗？可余庆和却应下了，转身对翻译官说:“《群英会》里文戏太多，皇军看不懂,《挑滑车》热闹。”

光州城一时哗然，纷纷骂道:“呸！爷儿俩没一个好货色，都给日本人当狗了！”

次日傍晚，庆和堂里早已是人头攒动，日伪军和汉奸头目都来了，为首的鬼子叫井上一郎，大大咧咧地坐在前排。锣鼓一响，高宠出场，上步转身，微颤靠旗，凝神蹬式亮相，手眼身法之神俊潇洒丝毫不减当年，顿时博得个满堂彩！

台上，刀来枪往；台下，彩声雷动，观众已是如痴如醉。到兀术战败溃逃，黑风利挺兵刃来迎，高宠一杆枪如蛟龙出水，越使越快，只见一团红缨上下翻飞，偌大一个戏台，全是枪影闪动。忽然，高宠飞起一脚，将黑风利直踹得腾空飞起，“扑通”一声跌落在观众席上。那高宠一声大喝，飞身挺枪追下台来！

观众一时怔住:《挑滑车》里没有这段啊！

说时迟那时快，小白灵已飞身扑下，手中枪抖出碗大的枪花，照井上一郎迎面就刺。事变突然，井上一郎不及拔枪，连起数脚，踢飞三张茶桌。小白灵手中花枪一抖再抖，接连将三张茶桌挑飞，一枪跟进，将井上一郎刺了个透心凉。

哨声一响，日本兵蜂拥而入。小白灵腾身跳上桌面，紧跟着蜻蜓三抄水掠出，接一个鹞子翻身，手搭戏台的横梁，使了个燕子穿云，“呼”的一声撞破屋瓦，消失在黑沉沉的夜幕之中。

鬼子气炸了肺，将余庆和打成了马蜂窝。

夜幕下，小白灵穿房越脊，直扑城墙，一身戏装，宛若天神降临。鬼子兵还没回过神来，就被一杆花枪挑破了肚肠。小白灵将水上漂的头颅摘下，纵身一跃出城。

天明，淮河岸边，小白灵放眼四望。忽然，打芦苇丛中摇出一条小船，船头上一人乱发披肩，拱手问道：“来者可是白灵儿？”

小白灵拱手答礼，问：“可是水寨兄弟？我送水上漂大侠英魂回家。”说着，打包裹里取出一颗血乎首的人头，双手捧上。

长发汉子淡然一笑，接过人头，顺手抛进水中，说：“师弟受惊了。我就是水上漂。”

原来，此人就是小白灵从未谋面的师兄，昔日玉美郎，今日水上漂。他战败之后，挑选了一个与自己形貌近似的肉票杀死毁容，让打入伪军内部的同伙“捉”去邀功。之后，又找到义父余庆和，要他假称“庆功”诱敌入彀，暗中设下埋伏，准备将鬼子、汉奸一网打尽，却没料到不知情的小白灵会唱这么一出“挑滑车”……

“只可惜了义父他老人家……”水上漂长叹一声。

小白灵闻言，虎目含泪，就在河岸之上，放声高唱：

壮志未酬身先殒
还我河山有儿孙
两河豪杰齐待命
复燕云岂止是岳家孤军
义师劲旅终必胜
英雄何必泪满襟
权当作塞雪立马黄龙痛饮

小生声腔，唱的却是一曲老生唱段《满江红》，凄凉悲壮。一曲唱罢，小白灵反手一枪直刺咽喉，扎了个对穿。

小白灵气绝不倒，身后的靠旗在风中猎猎作响。

许多年后，提及小白灵枪挑井上一郎，光州城还是人人称快，都说，那是小白灵演得最好的一场《挑滑车》。

古玩二题

打　眼

光州城古玩行里有个能人，叫杨大眼。他天生一副异相，刮刀脸上生着一对鸽蛋大的眼，远远地见俩小灯泡打人群里忽闪着就过来了，那一准是杨大眼无疑，别人没这号的。

杨大眼这一双眼可不是白长的，那可是一宝，赛过照妖镜。经这俩眼珠子瞧过的玩意儿，不管是硬片（瓷器）、软片（字画）、铜铁木石，假的真不了，真的假不了。要说杨大眼有这能耐，该发财了不是？可他有个原则：光看不买。他就靠给人掌眼看货吃饭，瞧一眼，十块大洋。他敢开这个价，就因为他这辈子从不打眼。

也有不信的。

这一天，杨大眼带着博古堂的白贤去古玩街上“抓货”，路过一小摊，杨大眼扫一眼，脚下不停，指着摊上一块破砚台低声说，那块砚，抓了。

白贤抓起来，一问价，四个大洋。他瞧半天也没瞧出好儿来，就又放下了。碰巧聚宝斋的余二也在，白贤刚一丢手，他就抢过来，看也不看扔下四个大洋抱起就走。这时，迎面过来个老头，瞧见那块砚眼一亮，一把拦住，说，让给我吧，多钱？余二随手伸出六个手指头，心说赚两个大洋就成，谁知那人二话不说就摸出六十块大洋，把砚买下了。

余二挺得意，撵上杨大眼说了。杨大眼长叹一声，说，宝物择主啊！六十块？六百都嫌少喽！那是郑板桥的砚，上头有他的亲笔题跋“一池荷叶衣无画，满地松华食有余”，你都瞧不见吗？

余二悔得肠子都青了；白贤更悔，差点没把自个儿脸给打肿喽！

杨大眼常去聚宝斋喝茶闲聊。这天，一帮玩友正喝着茶，进来个年轻人，一身洗得发白的青袍，胡子拉碴，满面颓唐，打眼一望就是个潦倒之人。

年轻人怯生生地左右望望，犹豫着打怀里掏出件北宋哥窑海棠式笔洗。众人眼睛都是一亮，这东西要是真的，可是价值千金呐！

年轻人说，这是祖上传下来的，要不是遇上难处，是不会卖的。

古玩行里的人是不听故事的，可杨大眼却听进去了。他瞧一眼那笔洗，就一眼，转过脸来拿一对鸽蛋大的眼死死地盯住年轻人，那眼神里逼出一道亮光来，直瞧得年轻人面色由红转白，由白转青，两股战战，几欲转身夺门而去。

杨大眼终于收了眼里那道亮光，扭脸对余二点点头。余二心里有了谱，五十块大洋将那件笔洗留下了。

年轻人一离店门，没等众人索看，杨大眼就说，拿来我再瞧瞧。余二忙将笔洗捧过来，小心翼翼放到桌上——这是古玩行里的“规矩”，传看物件儿不能手递手，以免不小心打碎了，说不清责任。

当下，杨大眼拿过笔洗对着阳光细瞅，冷不丁打了个大喷嚏，手一抖，笔洗掉在地上摔成个八瓣儿。一屋子人都傻了，就听那细瓷碎裂之声兀自回响。余二转得快，说，也不是啥好玩意儿，打就打了。杨大眼却不依他，说，这东西算我的。说完，拍出两根金条子，将那破笔洗一兜，起身走了。

大伙儿都说可惜。有眼尖的瞧见了，说，这东西不对！你看那碎茬口儿，看新呐！外层包浆是做上去的！

看新，是古玩行的行话，意思说，东西是新仿的，赝品！

杨大眼看哥窑打眼了！这消息不胫而走。有人信了，说他“失手”是为了遮丑，可一多半人不信。杨大眼还是靠那一对眼珠子活着。

这一年，光州驻军新来了个李团长，车马甫歇，就派人来请古玩界的名人，杨大眼自然也到了。进门，落座看茶，李团长说，我有个家传的物件儿，不知好坏，想请大伙儿给掌掌眼。说着，捧出一轴古画，展开来，赫然是张择端的《焦骨牡丹图》。

张择端的画那可金贵得很呐，据说只有一幅《清明上河图》存世，另有一幅《金明池争标图》是否伪作还争议不断。这幅《焦骨牡丹图》都只是听说，自元明以来就没人见过。可李团长家祖传的东西还能有假吗？众人都是交口称赞，唯独杨大眼不吭声。

李团长问，杨先生，您瞧着怎样？

不对！杨大眼两片薄嘴唇一翻，蹦出俩字来。

李团长一字一顿地说，不对？那就请杨先生给点拨一下。

李团长这可是话里有话，你说他家传的宝贝是假的，那是当众打他的脸，总得说出个道道来吧？可杨大眼脆生生地撂下句话：我杨某平生只管看，不管说。

李团长嘿嘿一笑，“唰”地拔出手枪，一把拍在桌子上，说，我要是非得听您说说呢？

一时间厅堂里的空气就胶住了。人人都听说了，李团长人称“笑面阎王”，是个不笑万事休，一笑就杀人的主儿。可杨大眼浑若无事，端起茶碗滗了滗，抿一口，说，信我，不对。不信我，那就是对了。

此言一出，满堂皆惊，心想杨大眼今儿个算是完了。谁知李团长却抓起那幅画“唰”地扯成两半儿，跟着双膝“呼”地跪在青砖地上，口称“恩公”，对着杨大眼就磕了三个响头。

你道这是咋回事儿？

这李团长正是那年在聚宝斋卖哥窑海棠式笔洗的年轻人。他当初遭了难，卖假笔洗实是无奈之举，发达后一直心怀愧疚。他来到光州后，听说杨大眼当场“失手”打碎了那只笔洗，就疑心是杨大眼在暗中周全他，于是演了这一出戏，要试试杨大眼是否真的神目如电，当初并不是看打眼了的。

至此，人们才明白了，杨大眼当初的“打眼”忒高明了：他借余二之手买下笔洗，再“失手”打碎，既成全了这落难之人的体面和尊严，又不亏了余二，更不砸自家招牌，不违自家“只看不买”的原则。

此事传开，杨大眼声名愈隆。人都说，杨大眼果然从不打眼，连看人都入木三分呐。

吃　药

古玩市场上，从来都是“药”多“漏”少，再高明的玩家，若是有了贪念，也都有吃药的时候儿。我要说的，就是吃药的故事。

光州城有两个大玩家，博古斋的白贤和聚宝斋的余二。俩人是一个师傅带出来的，论斤两，论眼光，差不了多少，但白贤精明，余二憨厚，从心术上讲，余二就栽到白贤手上了。

这一天，余二到博古斋去，一进门，就见白贤慌里慌张地抱起一个啥东西就往柜子里塞。余二说，你鳖孙弄到啥好宝贝了？白贤说没啥。余二哪里肯信？非逼着白贤拿出来瞧瞧。白贤推辞了半天，这才打开柜子，抱出个物件来。余二上眼一瞧，那是一只北宋龙泉青瓷碗，大开门的玩意儿，老气十足，釉色肥厚、纯正，美得令人目眩神摇。

余二就想着，咋能把这东西给哄过来。谁知他还没想好呢，白贤就开口了，说：“师哥，我知道你想要。这碗我弄了仨，让给你一个，三千，咋样？”

余二心里一掂量，太值了！嘴上却说：“两千。”

白贤一咬牙，一拍大腿，说:“成！谁叫你是俺师哥呢？”

余二当即扔下一沓子银票，抱起那碗就走，生怕白贤反悔了。

古玩行里消息传得贼快，转天就有个陌生人找上门来，指明要这龙泉青瓷碗，一打眼，一问价，二话不说扔了八千块银票抱起就走。临走，那人说:“这东西我喜欢，你要是再弄到，去福升客栈找我。”

人走了，余二闷头坐在门墩儿上想，咋能把白贤剩下那俩碗再给糊弄来呢？想了老半天，就去了博古斋，坐到对面的茶馆里等着。掌灯时分，看到白贤出门了，余二拔脚就进去了，对白贤他徒弟说，昨儿跟你师傅说好了，把那俩龙泉青瓷匀给我，一个两千五，我来拿货了。

余二常来常往，小徒弟也熟，一听这话，就说，俺师傅说这碗至少三千五才能出。师叔，这我可做不了主，要不您老等他回来？

余二哪敢等白贤？咬咬牙把七千块银票往桌上一甩，自个儿把那红木柜子打开，拿起俩碗粗瞧一眼，抱起就走，连“灯下不鉴瓷”的大忌都忘了。

余二前脚走，后脚白贤就追上门来了。余二任他难听话说了一筐，死活就不给那俩碗，说是“货到码头船靠岸”。白贤无奈，就逼着余二把一尊清末的象牙佛给了他算作补偿，这才算完。

且说余二得了那俩碗，次日天一亮就去福升客栈找那买碗的，店伙说，早走了。余二傻了，阳光下忙把那俩碗细瞧瞧，嗨，啥玩意嘛，釉色薄，胎骨重，连底部的火石红也是做上去的。

余二照脸就给了自己一耳光，说，这鳖孙，又让他给喂了药啦！

这会儿，白贤跟买碗那人已经把钱分过啦。那碗，只有最先卖给余二的那个是真的，还让他又买回来了，另外俩都是高仿，他两块大洋一个进的。

余二窝囊透了，就想着能生个啥法子整整这个“白眼狼”。有了这想法，他表面上就装得跟没事人似的，还是见天往白贤店里钻。

这一天，白贤正搁家跟人抹麻将牌，余二进来了，俯耳低声说，我搁乡下见了个大花缸，黑底白釉，看着像老的，吃不准，你能不能给过过眼？要是真的，咱俩给哄过来，对半分！

白贤一听这话，拔腿就跟余二走了。到了一个偏僻的山村，俩人偷偷摸摸寻到一户人家，隔着院墙一瞅，院里没人。当院里摆着一只大花缸，里头种着棵贼粗的栀子花。那缸白底黑釉，上头绘着野鸡牡丹图，白贤一眼就瞧出来了，是明代磁州窑穿花大卷缸中的珍品。白贤忽然记起来，年前沪上一家拍卖行刚刚拍出一件明代磁州窑的四系瓶，比这块头小，釉质、做工也差了去了，就那还拍出三万块，这个大花缸估计卖个十来万也不成问题。

白贤心里吃得准，却对余二说，新的。你不看那股子贼光？虽是搁土里埋了几年，还是有火气。

余二听白贤这么一说，再仔细瞧瞧，果然不对。于是就没买，俩人一块回去了。路过一个村子，白贤跳下骡车，说，师哥你先回，我有个亲戚住这村里，顺道看看去。余二一听，就赶着骡车先走了。

见余二走远了，白贤转身直奔方才那户人家，推门进去，装着路过讨口水好喝。那主人是个老头，挺客气地舀来瓢水递给白贤。白贤一边喝水，一边跟老头瞎聊，装作突然看到那盆花的样子，随口对老头说，咦，瞧你这花长得怪喜人的，卖不卖？我家里正好想弄盆栀子花养养。

谁知那老头一脸憨厚样儿，人却不傻，说，花不值个钱，你是想买那缸吧？

白贤见被揭穿了底儿，索性展开三寸不烂之舌，好说歹说，最后以两万五千块的价格把花缸给买下了。拿到缸，白贤也不说要花了，抬手就将那栀子花给拔了。

转天，白贤就带着那只大花缸奔上海去了。找到那家拍卖行，人家一看那大花缸，就笑了，说，刚入道的吧？你吃了药啦！上个月就送来好几个，全一样，新的。说着，那人将白贤领进一间屋子，果然地上摆着好几只一模一样的花缸。

白贤当场就傻了，嘴一咧，差点没哭喽。

这会儿，余二正坐在那卖缸老头家里喝小酒呢。余二喝一口酒，拍着胸脯大笑三声，眼泪鼻涕全下来了。旁边，那老头一边给余二斟酒，一边说，表弟，你再喝点，下回有这好事还找我……

香三题

老杆子

老杆子有一门手艺，秘制打胎药。落肚见红，不痒不疼，那孽根儿就清了，还落不下病根儿。

因了这个，常有人来求药，多是显达人家的眷属，珠胎暗结，又没有来由，求老杆子的灵药还一个“清白”之身。据说，早年间，连清宫里头都常要弄些个进去——也算是“贡品”。

单凭着这一手绝活儿，老杆子盖了宅子纳了妻室，又在镇上开着一间德福堂，雇着个伙计阿福，卖药。一应成药都有，挣钱的大头还是靠那打胎药，却没有现成的，都是现配。

都说，老杆子之所以能制出这么绝的药，全仗着一块宝香。只是，谁也没有瞧见过。

这一日，有人求药。老杆子便清退了旁人，一个人进了药房，关门窗，戴花镜，绾袖口，扎马、提臂，几根枯瘦如竹的手指穿花蝴蝶似的，飞舞着，东一撮西一撮地配料。配齐了，用一架锃亮的黄铜药秤细细地称。调码子的时候，隔着镜片，一双眼睛精光闪烁，那劲头儿让人觉着，就是一只蚊子打眼前过去，他都能辨出公母来。称准了，就掂着把小铡刀，细细地切。切匀，混到一起，搁碾槽里，光着一双大脚板，踩着碾轮子，细细地碾。

等一切都齐备了，老杆子这才摸出一个小锦囊来。锦囊打开，里面是个油布小包，总有个十层八层。一层层地解开来，房间里顿时弥漫了一股奇异的香气。那香味儿，浓郁袭人，近了闻，又有些腥臊。

这时，老杆子的眼镜就从鼻梁上滑下来，微眯了细长的眼睛，单拿右手尾指半寸长的指甲，去那棕褐色的粉末里挖出少许，撒匀了，均摊在几张草纸上，包好。

老杆子这才直起腰，长长地舒了口气，出门来。

这买药的，是个管家模样的男人，叉着腿坐在凳子上啃西瓜，吹口琴似的，红瓤子打左嘴角进去，哧溜一个来回，黑籽儿就打右嘴角冒出来。吃完了，抹抹嘴站起来，接了药包，打袋里摸出几块大洋，叮叮当当地撒在柜台上，抬脚出门。

老杆子慌忙拢了大洋，追出去，喊，朱三爷，这么点药，哪能收您的钱呢？

朱三回过头，眼一斜，问，你认得我？

三伏天的，老杆子陡地生出个寒战，心一下子就冰凉冰凉的。老杆子忙堆了笑，说，小的认错人了。转身就走。

朱三走了，老杆子却不安生了，坐也不是，站也不是，嘴里一个劲地念叨着，坏了事了，坏了事了。

天傍黑，一骑快马沿长街过来，咴儿的一声，立在德福堂门前。那人刷地跳下马来，将一张帖子呈进来，说，我们老爷请你家掌柜的到舍下赏月、吃酒。

老杆子抖抖索索地接了帖子，魂儿却像插了翅膀，扑啦啦飞了。

到了朱府，酒席已摆上了。没有旁人，朱老爷坐了主位，管家朱三在末座陪着，老杆子颠着半拉屁股，战战兢兢地坐了首席。

一番寒暄。朱老爷笑呵呵地劝酒布菜，聊些家常。酒过三巡，朱老爷叹口气，说，虽说家丑不可外扬，却不敢相瞒。小女不争气，这才求到先生门上。朱老爷往自个儿脸上扇了一巴掌，叹道，老朽这张老脸，没处搁啊！

老杆子愣了。他心知是场鸿门宴，却不敢不来。来了，却没料到朱老爷会精赤赤地把话撂出来。这让他怎么做处？

好在，朱老爷又开腔了。朱老爷说，来，我敬先生三杯。这第一杯，是与先生攀个交情，饮个缘分。

老杆子诚惶诚恐，双手捧起杯子，喝了。

朱老爷又举起第二杯酒。这第二杯，是谢先生救了小女。

老杆子见朱老爷一脸真诚，心下陡地松了松，一块石头落了肚。便赔笑称谢，口到杯干。

朱老爷就释释然地笑，打袖里取出一方雪白的丝巾，捂着嘴，咳。咳完了，举起酒杯，说，这第三杯，是为先生送行。

老杆子闻言一阵战栗，好半天才醒过神来，纳头便拜，额头冲着青砖，直磕得血流满面。老杆子一边磕，一边哀告道，小的可什么都没看见，也没听见，您老就高抬贵手，放小的一条生路。

这可由不得你。朱老爷呵呵一笑，你先生一生都在积德修福，总要再结个善缘，好歹成全了小女的名节。

老杆子说，小人自然明白。说罢，牙关一紧，生生咬下大半截舌头来。那舌头掉落在地上，还活鱼似的跳了跳；再看老杆子，顿时成了个血人儿。

丫鬟刚好送菜进来，惊叫一声，菜盘子掉在地上摔了个咣当。连朱三也吃了一惊，皱了皱眉头。

朱老爷丝毫不为所动，双手一拱，道一声得罪了，先生休怪。袍袖一拂，说，送先生上路。

朱三起身，将老杆子“请”出厅去，就在当院里，手起一刀，将老杆子捅了个透心凉。

月上中天。

朱老爷一身雪白绸袍，就那么微笑着站在月光里，看着。末了，幽幽地叹口气，说，是条汉子，可惜了。

偷　香

你为啥叫香香呢？

狗狗是个小花匠。夏日的黄昏，狗狗蹲在枝叶婆娑的花丛间，望着不远处的绣楼，总听见太太喊，香香——

狗狗就想亲口问问绣楼里那个香香的小姐，你为啥叫香香呢？可狗狗一直没有机会。狗狗就下功夫侍弄花儿。他知道，晚风会把花香送到绣楼里去。

闻到花香，香香就总爱往花园里跑。香香看到狗狗，脸上一热，就扭身跑回绣楼上去，隔着窗棂子瞅狗狗。

黄昏的时候，老爷也爱往花园里走走。看到狗狗，老爷就会赞许地点点头。老爷就想，这真是个好孩子，可惜，家里太穷。老爷就又摇摇头。

狗狗每天干完活，就急匆匆地回家去侍候老娘。可这一天傍黑时，狗狗却去了前厅。

老爷抿一口茶，问，啥事儿？

狗狗扑通跪在了地上。狗狗说，老爷，您能不能给俺一块宝香？

老爷一怔，把茶碗往桌上一磕，问，谁跟你说我有宝香？

狗狗垂着头，犹豫着。狗狗是听管家阿福讲故事，才知道香香是一只母麝的名字。阿福还说，老爷就是故事里的老杆子。老爷救了那母麝，得了一块宝香。

狗狗一提“宝香”，老杆子眼前立时浮现出那年冬天雪中救麝、麝王赠香的一幕。老杆子就是靠着这块宝香配打胎药，才发了家，可老婆一直怀不上孩子。老杆子心知，那是个损阴德的事儿，老杆子就再不配打胎药，把那香拿油布裹了，埋在院中的月桂树下，这才有了闺女香香。

想到这里，老杆子将茶碗啪地掷在地上，喝一声，滚！一脚将狗狗踢出了门。

狗狗的泪珠儿滚了滚，又吞回去。

第二天黄昏，狗狗从狗洞爬进了园子，趁着老爷在花园里散步的当儿，摸进了老爷的卧房。可狗狗连枕头都捏遍了，还是没找到香，却被回房来的老爷逮了个正着。

狗狗就被绑在了廊檐下的柱子上。老杆子冷着个脸，说，打。阿福就挥起了马鞭子。阿福心软，马鞭子扬得很高，落下却很轻。就这，狗狗还是落了一身的血道道。

老杆子问，狗狗，是谁跟你说我有宝香?

狗狗硬得像块石头，死活都不说，老杆子就摆摆手，阿福就给狗狗解开绳索，放他走。

狗狗蹒跚着走。老杆子望一眼，说，防着点，他还会来的。

到了夜里，狗狗真的又来了。狗狗刚爬进狗洞，就被逮个正着，就绑到廊檐下的柱子上，打。

老杆子问，狗狗，你要宝香做啥?

狗狗嗫嚅着，说，俺娘害了恶痈，得用麝香才能医好。俺穷，买不起。俺知道老爷有块宝香，俺一年不要工钱，求老爷救救俺娘。

老杆子怔了怔。良久，问，你还偷不偷？不偷，就放了你。

狗狗不吭声，还是硬得像一块石头。狗狗望一眼远处的绣楼——窗棂后头躲着一双湿漉漉的眼睛。

老杆子脸一沉，说，拉出去，埋了。说完了，想，这娃真是个硬骨头。就叫过心软的阿福，叮嘱道，你这回可不要心软，又把人给放了。

阿福把狗狗送回家，又留下包伤药，说，狗狗，你可别再去偷了。

阿福刚走，狗狗就撑起身子，溜回去。可狗狗怎么也想不出宝香藏在哪里，只能在园子里瞎转悠。狗狗转悠到绣楼的檐角下，忽然听到锣响。狗狗正要跑，一只手就捉住了他的袖子。狗狗一惊，刚想甩开，忽然闻到一股香香的味道。

狗狗就顺从地跟了那只手，上了绣楼。那只手就把他按在一张香香的床上。一个香香的身子就钻进来，压在他的身上。

老杆子上了绣楼，隔着帘子，问，香儿，瞧见什么人了么？老杆子说着，就想揭开帘子。

香香就扯紧了被角，说，爹，没啊。您别过来！女儿正睡着呢。

老杆子就在帘外立了会儿。

香香就问，爹，是不是那个小贼又来偷香了？偷走了吗？

老杆子就说，爹把宝香藏在当院里的月桂树下了，他咋能偷得走呢？

老杆子说完了，转身下楼。

狗狗从被子里探出头来，就看到了香香。狗狗忽然就想到了那个问题。狗狗就问，香香，你为啥叫香香呢？

香香的脸红了。香香就一把捏住狗狗的鼻子，说，你觉着我不香么？

香香真的很香。等狗狗再次从被子里探出头来的时候，已是月影横窗了。

香香就带着狗狗，去了当院的月桂树下。狗狗没费劲儿就刨出了一只油布包裹，拿起来，转身就走。

老杆子立在厅堂的窗户后头，怔怔地望着。

狗狗翻上了墙，回头看香香还立在月亮地里。狗狗就跳下墙，去牵香香的手。黑暗中，老杆子的嘴角抽了抽，举起手中的火枪，绷紧的食指一点点压在扳机上。

手，终于软软地垂下去。

香香像一只轻盈的蝴蝶飞过墙头。良久，老杆子叹口气，说，倒真把老子的香给偷走了。

香　香

老杆子是个走方郎中，摇着个串铃走江湖，虽没治死过人，却也没治好过病，自然没得下什么钱财。

这一年，老杆子得了块宝香，竟从此坐地开了间德福堂，专一卖打胎药。不想就发了财，置了田宅，娶了婆娘。老杆子就成日捧着一杆白铜水烟袋咕咕噜噜地吸，那神情，甚是惬意。可老杆子还是觉得少些什么——婆娘像一只光叫唤不下蛋的母鸡，肚子里总没个动静儿。

八月天，毒日头落在身上，滚油煎皮似的。老杆子吃了冰镇西瓜，抽足了烟，躺在院中大槐树下的竹榻上，梦里却雪花飘飞。

老杆子梦见了那一年冬天。

那一回，老杆子进山采药，不留神掉进了一口陷坑。陷坑是逮过大牲口的，有两间房深，口小、肚大、底窄，像个瓮。山猫落进去都难逃，甭说老杆子是个人。老杆子摔折了一条腿，又冷又饿又疼，在坑里苦捱。第三天头上，落了场大雪，雪花中竟掉下一头麝来。老杆子顿时来了精神，打靴筒里摸出把刀；再看那麝，鼓胀着肚子，像个身怀六甲的妇人。老杆子怔了怔，挪过去，呼哧带喘地举起了刀……

一个炸雷滚过。老杆子惊醒过来。白花花的雨鞭子似的从天而降，天地之间一片空茫。老杆子回想梦境，叹息一声。

那日，老杆子刚举起刀，就虚脱了。母麝的毛又厚又密，还透着股奇异的香味儿，老杆子不知不觉就睡着了。老杆子是被母麝温热的舌头舔醒的。醒来的老杆子，第一感觉就是腹内急火火的饿，老杆子就又举起了刀。

母麝的眼眶里盈着一汪水。刀光亮起，那汪水就无声地溢出来，流到老杆子冰凉的手上。

老杆子手一软，刀子掉在雪窝里。

渴了能吃雪，饿了却不能啃石头。夜里，两眼发花的老杆子被腹内擂鼓似的响动闹醒了，就又摸出了刀，可一看到母麝那漾着水光的眼神，心立即就给泡化了。老杆子就叹息一声，等。等母麝睡着了，老杆子闭着眼，颤抖着手又举起了刀——刀子只在母麝柔软的皮肤上咬开一条细口子。血渗出来，在雪光中分外惹人。老杆子闻到血腥气，贪婪地翕动着鼻翼，急切地俯下身去，伸出舌尖，舔。舔着舔着，老杆子就听到嘤嘤的泣声。母麝的眼眶里涌出大滴的泪珠，扑簌簌打在雪地上，一滴泪，一个坑。

老杆子泪流满面。叹口气，使足最后一把力气，干脆把刀抛到坑外去。老杆子就取出小包裹，给母麝敷药，又拣了两根树棍子，把母麝的断腿绑好。完了，老杆子抱着母麝的脖子，深深地吸口气，说，你咋就这么香呢？我叫你香香吧。

老杆子抱着香香，在坑底苦熬了五天。第五天头上，坑口忽然传来嘤嘤的唤声。奄奄一息的香香忽地撑起身子，嘤嘤地应和着，鼻子使劲地指向天空。那一长一短、一清一浊的唤声，彼此相和，穿越风雪，在寂静的空山中回荡。

老杆子知道，是公麝找来了。

公麝先是扔下几只冻僵的山鸡，又窸窸窣窣地拖来根枯藤，绕着树跑。缠牢了，扔下来。老杆子连皮带血地生吃了山鸡，有了些力气，就抱了香香，系在自己腰上，一步一挣地攀着枯藤爬上来。刚到坑口，两只麝的鼻子就凑到了一起。老杆子看着，眼眶潮潮的。香香就偎过来，用毛茸茸的身子给他取暖。

公麝一声长鸣，荒草就起了风似的动起来，一大群麝呼啦啦跑出来，围成一圈。公麝迎风而立，一身暗褐色的皮毛针一样竖着，闪闪发光，像个帝王。

公麝在老杆子脚前卧下来，雪白的肚皮朝天，脐下滴溜溜地吊着个硕大的香囊。公麝舔了舔香囊，眼神温和。老杆子明白，公麝报恩，是要他取麝香。老杆子就噙着泪，取出一只小银勺，轻轻地探进香囊，取出些麝香仁，其它公麝纷纷依样躺下来。

公麝和香香一直将老杆子送出山口。香香忽然前腿一曲，跪下来。老杆子抱着香香，把那一身长毛抚了又抚，才转身走开；再回头，风雪中，香香还是瞪着一双水汪汪的大眼……

上了点年纪，老杆子就爱瞌睡，老杆子就时常梦见香香。这一晚，老杆子梦见香香立在床前，忽闪着眼睛，那眼神里竟有些笑意。老杆子就伸出手，说，香香，你来看我了？

香香就舔舔老杆子的手，忽地一下跳上床来。

老杆子一惊，梦就醒了。

不想，婆娘竟有喜了。十月之后，生下个女娃儿。那女娃儿睁开眼时，老杆子就看到了一汪水。

老杆子就给女儿取名叫香香。

老杆子就常常抱了女儿，看不够。看着看着，老杆子就睡着了。老杆子就梦见那年冬天，梦见雪光里水一样的香香。

扳指四题

虎骨扳指

索二爷古稀年纪，成日里掂一把紫砂壶，架一只八哥儿在街上走。谁见了，都称一声二爷，透着恭敬。

满城人都知道，索二爷有一只虎骨扳指，就戴在他右手的大拇指上。那是一只素面的武扳指，年岁久了，打磨得光光溜溜，泛着牙黄色的光泽，只在中间有一道朱砂红。明眼人一看便知，那是弓弦勒出来的。

索二爷从来不说，但小城人都知道，那是索二爷十五岁时在关东只身猎虎后以虎骨雕琢而成的。那是旧事，早就烂在他的肚子里了。只有城西三眼桥下撂地说书的张铁嘴，说起来眉飞色舞，好似他亲眼见过一般。其实，张铁嘴不过狗大的年纪，索二爷下关东那年哪里有他呢？但小城人都爱听张铁嘴说索二爷，比听三侠五义、薛刚反唐还觉过瘾。

每每场下有人高声撂一嗓子，说说索二爷！张铁嘴就卖个关子，喝一口茶水，才慢条斯理地举起鼓槌子，皮鼓一响，说开去。

张铁嘴说，索二爷本名德温，索绰罗氏，镶红旗满洲子弟，生于咸丰十年。光绪年间，曾官至正二品，武职，世袭一云骑尉，补服上绣了狮子的。索二爷自幼能骑善射。十岁时，进本旗弓房试弓，双膀较力，竟开出“二十三个劲儿”。一个劲儿，就是二十市斤的拉力。十五岁，索二爷只身出关，去辽东旧乡探祖，路遇猛虎；那虎欺他身小，照面就扑……

说到这儿，张铁嘴就住了口，去端茶碗。场中人听得心惊，大气也不敢出。其实，这段子都说了几百回了，满城人都会说下一段：那虎三扑三剪不成，反倒吃了一记老拳，转身便逃。索二爷挺弓便赶，连追六个山头，渐渐近了，觑得分明，弓弦一响，一箭命中，羽箭自虎左眼进、右眼出，射个对穿。胯下马口吐白沫，索二爷大气不喘！

听书人中有好事者，就去问索二爷，二爷，您老真射过虎？

索二爷不应不答，甚至不看来人一眼，顾自去逗他的八哥儿。

那人又问，二爷，您老真是正二品，戴过宝石顶子？

索二爷仍是不理不睬。索二爷不答话，不代表听不到耳朵里。索二爷心里那个悔呀，悔当初不该一时贪杯酒醉，把话漏给了张铁嘴。

那人没眼色，说，二爷，那扳指真是虎骨的？说着，竟伸手去摸。索二爷刷地拉下了脸子，长袖一拂，转身便走。

索二爷如此讳莫如深，反倒越发撩拨起小城人的兴趣。只是，谁也没能从索二爷嘴里再套出话去。

索二爷住在东城铁门巷，一座小院，青石铺地，遍植花草。院当间儿花架下，摆一只大花缸，蓄满清水，种了睡莲。莲下，或游或卧着几尾锦鲤。秋日里，半下午的光景，索二爷就捧着那把紫砂壶，坐在花架下，看花，看鱼，看天上云来云去，自在写意。这时候的索二爷，就显出几分苍老来。弯弓射虎，毕竟是过去了。索二爷看一眼水里那个一脸沧桑的影子，就啜一口龙井，微微地叹上一声。索二爷就放下紫砂壶，把右手拇指上的虎骨扳指取下来，放在掌心里细细把玩。索二爷拿眼光柔和地抚摩着那只扳指，眼珠子就活泛起来，透着股子精神。索二爷一瞬间就回到了年轻的时候。

扳指是拉弓扣弦用的，八旗子弟人人都有，白玉的、象牙的、翡翠的……多用作装饰，象征权力和财富。索二爷的却是个熟皮子的，实用。那次关东之行得了虎骨，雕个扳指，既好使又好看，便爱不释手。自打大清亡了国，索二爷便一把掰断了铁胎弓，扭折了花翎箭。武将不能救国，徒叹奈何？唯这只虎骨扳指，他不忍毁了。弓马无用，老将卸甲。索二爷便离开京城，躲到这关外小城来，捧起了紫砂壶，养起了八哥儿，只想图个一时清静——国破人尚在，苟安了残生。

想到这儿，索二爷悲从中来，一滴混浊的老泪滑下脸颊。索二爷就在这悲痛中昏昏睡去，梦见自己扬鞭江南、策马塞北的英雄少年。索二爷就梦见那年，辽东山野，雪拥重山，猛虎迎面扑来……

索二爷急将左手弯至背后取弓，弓不在。右手探囊取箭，箭已无。索二爷惊醒过来，紧扣住那只虎骨扳指，老泪横流。

黄昏，索二爷撑起身子，去了巷口，着人去城西唤张铁嘴来。

张铁嘴推门进来，道一声二爷，您找小的？

那虎，不是我射死的，是个猎户家的女儿。索二爷坐在花架下的阴影里，幽幽地说，我为虎所伤，眼看难逃一死，是她箭杀恶虎，救了我。

张铁嘴愣了愣，说，二爷——

索二爷不语。末了，抬抬手，说，这扳指，是虎骨的……

张铁嘴等了一会儿，不见索二爷出声，试着去唤去推，索二爷已然去了。

此后，城西三眼桥下，仍时有皮鼓声响：索二爷挺弓便赶，连追六个山头，渐渐近了，觑得分明，弓弦一响，一箭命中，羽箭自虎左眼进、右眼出，射个对穿。胯下马口吐白沫，索二爷大气不喘！

檀木箱子

何老夫人有一口紫檀木箱子，就藏在她卧房里那具红木雕花大床的床底下。箱子里到底都有些什么？谁也不清楚。私下里，有人猜是银元宝，有人猜是“小黄鱼儿”，但当着何老夫人的面，却没人敢提——自打老爷子何敬贤过世之后，这何家大院上上下下几十口子，说话、行事，甚至走道儿，都要拿眼睛瞧着何老夫人，她对紫檀木箱子讳莫如深，谁敢问一声儿？

现在，这口紫檀木箱子就摆在花窗前的梳妆台上。箱子长二尺宽一尺高尺半，箱体黝黑，泛着幽光；式样古旧，白铜包角，四面雕着梅、兰、竹、菊四君子，箱盖上雕刻着蝙蝠、仙鹿、寿字和牡丹，象征“福、禄、寿、富贵”。一把铜锁已布满铜锈，似乎从来就没有打开过。

这把铜锁，是制锁名家李小童精做的，锁钥天下无双，世间再没有第二个人能打开这口箱子。多年后，她常常想，人一旦有了一口箱子，加了锁，就有了秘密了。

她第一次把秘密放进这口箱子时，还只有十六岁。那时，她还不是何夫人，而是白家的大小姐，方圆几十里有名的美人儿。

“人不多情枉少年，谁人不闻白玉兰？不吝千金博一笑，惟冀一宵醉花前。”

白家是世家旺族，白大小姐又美名远播，登门求亲者踏破了门槛，金珠玉帛、官位显赫，却都引不动白玉兰芳心。谁料这四句颇嫌轻浮的诗，却勾动了她的春情呢？

那不过是一个普通的春朝，她的轿子行进在上香的路上。在莲花庵前落轿时，她看到那些公子王孙摇着折扇围上来，一张张放大的脸像搁多了葱花的油饼，令人生厌。就在这时，透过轿帘的缝隙，她看见了他。

他的出场方式很特别——他一边往人群内走，一边从袖子里掏出大把的银票往天上撒，像一场三月的飞雪。山西昌晋源票号的银票，不管走到哪儿都能变成白花花的银子，变成大坛的美酒、大盘的美食、大堆簇拥的美人。就这样，他很轻易、很潇洒地穿过水泄不通的人群，走到她的轿子前头。

他们对视着。他吟诗。她看见他的眼睛。

那是一双弯月般的眼睛，有着秋水的清澈、春水的暖意，足以让十六岁的她沉陷进去。

尼姑原来也是爱钱的，轿夫、老妈子、丫鬟，也都被银子蒙了眼睛。所以，那一夜莲花庵后园的客堂内，只剩下他和她两个人。月光下，她颤抖着把自己交给他。听着他的喘息，她流下欢喜的泪水。他熟睡了，嘴角还带着笑意，她把荷包里珍藏的一枚白玉扳指，悄悄戴在了他的拇指上。

那是一只羊脂玉的诗扳指，玲珑剔透、光洁晶莹，内壁上有个篆体的“白”字，面上镌刻着一句诗：“小园一夜知春归，梦里花落几人回。”

那本是白老爷赠予白夫人的定情信物。在她十五岁那年的三月初三女儿节上，行完及笄礼后，母亲就将这枚扳指给了她。这个月夜，她终于把它送出去了。作为交换，她悄悄留下了他的方巾，然后，她带着甜甜的笑意睡去。

她醒来时，他已经不在了，她竟没来得及问一问他的名字。阳光已经升起来，照着庵堂后园的花木。她看到，园中有一株白玉兰，一夜之间竟已完全开放。

回忆的钟摆在这里停下，何老夫人从怀中取出一柄铜钥匙，插进锁眼里去。她犹豫着，眼神里浮起一丝夹杂着期待和恐惧的哀伤。但她终于还是拧动了铜钥匙——“咔嗒”一声，铜锁跳开了。她的心微微一颤。

铜锁老了，锁簧却还是年轻的，仿佛一个老人，心还年轻着，稍一触碰，就活过来了。

她的目光落在箱子的第一格：一块已泛黄的方巾，似乎还残留着他的体温。

那个春夜之后，她听到腹内有种子发芽的声响，喧闹着、拱动着。

她惊惶、她欢喜，她一心忐忑地守着这个秘密。直到有一天，她的绣裙再也遮不住隆起的肚子，惹来白老爷的一场怒火雷霆。

她被装进竹笼，和她紧抱在怀中的紫檀木箱一起，沉进白家湾的深潭里。

是好心的船工何敬贤救了她。早早潜伏在水底的何敬贤，就像是一条梭鱼，将她推向一处隐蔽的水湾，托出水面。他连夜带着她远走他乡，在杭州城内落脚。她成了他名义上的妻子——她不爱他，不和他同房。他却敬着她，让着她，用在西湖上摇船贩鱼挣的钱，养活她和她的儿子，那个没有爹的野种。

她这一辈子，都欠他的。

想到此，何老夫人叹息一声。她的目光，落在箱子的第二格，莹莹闪光的那是什么？光洁晶莹的包浆，玲珑剔透的影子，一带浅浅的诗痕……

这枚在莲花庵后园客堂的月夜里送出的白玉扳指，又是怎么回到这里的？她已不愿回想。她抬起手，用力将那枚扳指掷向窗外。扳指从小楼上飞出，飞过围墙，跌落在墙外的尘埃中。

她转过脸，看到另一侧花窗外的小园，一株白玉兰已经开得败了。阳光下，那残败的花朵依旧很白，很亮。它那么美，美得令人绝望，令人想要大哭一场。

白玉扳指

三月春早，柳未迟醉倒在街角。他的唇角，还残留着竹叶青的甘洌和芬芳。三月暖风拂动他斑白的鬓发，让他感觉到一种春日特有的舒爽。

他不由得睁开醉眼，曼声吟诵：“追欢逐乐少闲时，补贴平生得事迟。何处花开曾后看？谁家酒熟不先知？”

昔日苏杭四公子之一的柳未迟，如今已鬓发染霜，穷困潦倒，却依旧放浪形骸，游吟于江湖，醉生梦死。昨夜，他刚刚被凶恶的老鸨从滴翠楼里撵出来，用脚上的一双皮靴，从酒铺换了一壶竹叶青，边走边喝，醉倒在何家大院的墙边上。

此时酒醒，他不由得遥想当年。那时，他青春年少，怒马鲜衣，诗词风流，有花不完的银子，春风亭上把盏，月下楼台弄箫；烟波湖上寻芳，烟花巷里放浪。哪家的闺秀，不对他眉目传情？滴翠楼的老鸨，又何曾敢这样待他？

柳未迟正自叹惜，突然见眼前的尘灰中有一样闪光的物事。他捡起来，看到那是一枚白玉扳指，造型圆润，包浆幽光沉静，滑熟可喜，显见是一枚经常把玩于掌指间的古器，看上去又是那么似曾相识。

柳未迟有些惊诧，思绪如一片柳絮，翩然飞向那年三月。

杭州城内滴翠楼新到了一个姐儿，唤作香菱。香菱工诗善对、能歌善舞，一支琵琶，拨弄得满城皆知，引得公子王孙、名流佳士、富商大贾如逐香之蝶，几欲踏破滴翠楼，为博香菱一笑，掷千金，倾锦囊，甚而拔刀相向；但这些慕名寻芳者，大都败兴而归——香菱见客有规矩：必须与之对句，能应得上下联的，才能获准进入香闺。并且，香菱卖艺不卖身，通常只垂帘相对，待以琵琶琴曲。因此，杭州城内口口相传："千金难买香菱笑，万钱掷去还空归。"

柳未迟听到消息时，是在月夜西湖的游船上。文朋诗友个个称奇，柳未迟却只是一笑，心道，料也不过是寻常脂粉，略通诗文，坊间俗人胡乱吹捧而已。

正说话间，湖面上突然传来一缕琵琶声，伴以曼妙的清歌，却是南唐后主李煜的一曲《相见欢》：

"林花谢了春红，太匆匆，无奈朝来寒雨晚来风。胭脂泪，相留醉，几时重？自是人生长恨水长东！"

那琵琶声如珠翠滚落，颗颗晶莹，曲调却充满哀怨，勾人愁肠。唱歌的女子，声音清丽，却又隐有杜鹃啼血之音。西湖月夜，风清月明，衬着这歌声琴曲，却陡然令人觉出一种绮丽的哀伤。那歌声渐渐近了，却是一艘画舫，舱中粉红纱灯映着一个怀抱琵琶的纤巧人影。众人惊呼：香菱!

香菱夜游西湖中，一曲惊动水上人。柳未迟不觉动兴，上前求见，依例纳了百金，老鸨才搭了跳板。柳未迟上得画舫，冲舱门一揖，道，小生柳未迟，求见姑娘。舱内琵琶声戛然而止，一个声音说，公子不必多礼。妾有一联："西湖月夜，水光万点皆银鳞"，请公子作对。

柳未迟不假思索，应声对道："画舫春宵，弦声千种俱柔情。"

舱内，香菱展颜一笑。于是，舱门打开，二人隔帘相对，一曲新词，清酒一杯。天将晓，要分别时，柳未迟已半醉，随手脱下拇指上的一枚白玉扳指，掷在桌上，说，俗物难酬美意，此物相赠，权充酒资。

沉浸在回忆中的柳未迟，嘴角不由得露出一丝酸楚的笑意。自那夜画舫相遇后，常伴花眠、放荡不羁的柳未迟，突然察觉内心起了一丝波澜。他并未见到香菱的面容，而那琵琶曲、歌声和笑语，却时刻萦绕于心。他忽然觉得，自己前三十年的浪荡不堪，竟要在一曲月夜琵琶声被粉碎殆尽。他筹措万金，要为香菱赎身，却遭到了香菱的婉拒。谁又敢将一生交付与一个早已在青楼留下薄幸名的浪荡公子呢?

香菱最终从良，嫁给了一个西湖上的摇船人做小。这其间的曲折，柳未迟不愿回想，可又不得不想：当时，他万念俱灰，又不忍见香菱后半生风雨凄苦，索性趁着一次赌局，将整个宅院、产业都输与了那个摇船人，之后，孑然一身离开杭州，浪迹江湖。二十年如同春梦，恍惚已过，他再回到杭州，柳宅已是何宅，只是物是人非，墙内那株玉兰不改旧时容颜，香菱却已香消玉殒。

想到此，柳未迟长叹一声，把玩着掌中的那枚白玉扳指。这枚扳指，本已随香菱到了何家，不想竟又回到他的手中。遥想当年，一掷千金不皱眉头，又何曾在意过一枚小小的扳指？事实上，他早已记不清这枚扳指的来历，究竟是某次酒后赌局上赢得，抑或是某个相好过的女子相赠？

他记不清了。他又何必记清？

三月春阳洒下静静的辉光。柳未迟举起白玉扳指，眯起昏花的双眼，突然看见扳指上隐约刻有诗句：“小园一夜知春归，梦里花落几人回。”

他诧异，自己竟是第一次看到这凄婉绝艳的诗句。

赌　局

第一眼看到他，是在西湖的水底。他微笑的眸子被湖水染成碧色，一瞬间将她的心俘获。

那是初春的一个早晨，湖水还有些凉意。她坐在一艘画舫的船边，用一双莹白的小脚嬉水。与苏杭四公子之一的柳未迟吟诗作对，又唱了一宿的曲儿，她的确有点累了，这湖水的凉意，恰好能驱走倦意。

此时，他正摇着小船往西湖上贩鱼，再趁鲜摇到楼外楼去。名闻天下的西湖醋鱼，讲究的就是个鲜味儿。他摇着橹，欸乃声中，看到滴翠楼的名伎香菱坐在船边，一双白藕似的小腿浸在水里。大概是水中的鱼儿突然吮到了她的脚趾，她受惊，身体往前一倾，一头栽进了湖里。

他未及脱衣，一头扑进水底。

她内心溅起的惊恐还未平息，就感觉身体被轻盈地托起，紧接着看到一双眼睛。他们隔着水波对望，那一刻，水面上尖叫声声，水面下却如此平静；那一刻，她甚至想就这样沉下去，再不浮起。

但她还是被托出水面，众人七手八脚地将她扶回舱中。一身衣裙湿漉漉的，心也是湿漉漉的，她隔着画舫雕花的窗子望见他摇着小船远去，突然就厌倦了这画舫内的堂皇富丽和接下来仍要面对的烟花岁月。她注视着脚下默默流淌的湖水，想起昨夜那个隔帘相对的柳公子，还有这个眼波温暖的摇船人。一个是诗词风流、浪荡不羁，一个是栉风沐雨、憨厚朴实。他和他，是截然不同的两种人。

回到滴翠楼，她做的第一件事情是请来老鸨。她说，妈妈，我要赎身。老鸨惊呆了，她想不到，这个娇滴滴的女儿才刚刚长大，刚刚能够为她挣来白花花的银子，就想要离她而去。她决不容许这种事情发生，她要留住这棵摇钱树，起码要挣够半座金山才肯放她走。

想到这里，老鸨的眼泪就如春天泛滥的溪水，在粉脸上冲刷出道道沟壑，但她看到的是香菱眼神中的坚定。老鸨愤怒了，抛下一句话：赎身可以，六百两黄金!

滴翠楼前突然来了很多人，六百两黄金，能买多少女人？他们都想来看看那个敢于应价的人。

他们看到了柳未迟。柳未迟是世家子弟，六百两黄金虽多，对他还不算什么；更何况，昨夜画舫一见倾心，他已决定不惜一切，何吝黄金？但柳未迟没想到的是，香菱婉拒了。香菱只请他帮她做件事——请他帮忙找到那个摇船人。香菱说，我相信你。

为了这一句“我相信你”，伤心欲绝的柳未迟去了黄昏的西湖，找到了那个名叫何敬贤的摇船人。他将一个包裹递过去，说，她托我转交你，要你变卖了它们，尽快凑够六百两黄金，去替她赎身。

西湖的波光映着何敬贤惊诧的眼睛，那眼睛里渐渐也有了波光。他解开包裹，看到的是品色繁杂的银两、金条和珠宝首饰，显然是她从不同的人那里得到并积攒下来的。这其中，有一枚莹洁的白玉扳指，熠熠闪光，让西湖的波光都失去了颜色。

柳未迟也看到了那枚扳指。他苦笑一声，这正是他昨夜在画舫上赠予香菱的那枚。在她眼里，他柳公子所赠的扳指，不过与那些狎客所赠的金珠一样罢了。

又是黄昏，何敬贤奔波在路上。他变卖了所有能变卖的东西，只凑够了一百两黄金。现在，他手上只剩下那枚白玉扳指还未变卖出去，古玩店的掌柜太黑了，把价压得太低，即使卖了，也凑不够六百两黄金。

况且，他很奇怪自己为何对这枚扳指竟有不舍之意。

何敬贤正茫然无措时，迎面遇上了柳未迟。柳未迟说，你可以赌。

何敬贤眼前一亮，说，跟谁赌？

柳未迟说，我。

柳家大院，后园，白玉兰花开得正浓。树下有石桌，摆着两口骰盅。比大小，一掷定输赢。

骰子旋转的声音揪着人心。骰盅开启，何敬贤是五点，柳未迟是豹子。

何敬贤没想到，他那还没焐热的一百两黄金第一掷就赔了进去。想起湖底那双动人的眼睛，他万念俱灰。

柳未迟说话了。他说，你还能赌。

柳未迟的眼睛盯着何敬贤的拇指。何敬贤犹豫了一下，终于脱下拇指上的那枚白玉扳指，说，我赌六百两。黄金。

不。柳未迟摇头，说，它不止值六百两。我若未看错，它曾是御用之物，近年才从皇宫内流出。

柳未迟挥手，一名管家不知从哪里冒出来，捧过一只描金木匣，打开来，竟是一沓银票和一叠地契。柳未迟指指小园，说，公平起见，我用三万两银票，加这座宅院，赌你的扳指。

小园中寂静无声，玉兰花瓣落地的声音清晰可闻。

骰子骨碌碌旋转，终于停下。何敬贤颤抖着，不敢开盅。柳未迟掀起骰盅，竟是鳖十！

柳未迟长袖一拂，骰子散落一地。惊愕中，何敬贤听见柳未迟说，你赢了，银子、宅院，都是你的。

柳未迟突然笑了，大笑声中，翩然而去。玉兰花树下，何敬贤呆坐，突然看到那枚扳指的内壁刻有一个篆体的“白”字。

这哪里是御用之物？分明是某位白姓男子赏玩的一枚普通的诗扳指，扳指面上有一带诗痕：“小园一夜知春归，梦里花落几人回。”